Porte S. Antoine
La Bastille
La place Royalle
Marets du Temple
Porte du Temple
Le Temple
R. S. Martin
La Trinité
P. S. Denis
R. S. Denis
R. Mont-orgueil
les Halles
le Palmail
R. S. Honore
Porte S. Honore
S. Roch
Les Capucins

クロコディル

クロコディル

一八世紀
パリを襲った
鰐の怪物

［ルイ＝クロード・ド・サン＝マルタン］

今野喜和人 訳

国書刊行会

目次

鰐《クロコデイル》

もしくはルイ一五世治世下に起こりし善と悪の戦い
百二篇よりなる魔術的叙事詩
そこにあるのは、
死に至る災いなき長旅、
狂おしい情念なき恋愛少々、
大がかりな、しかし一滴の血も流れぬ戦、
博士の権威なき教え、
散文と韻文を含む故に韻文でも散文でもない
秘事の愛好者の遺作

第一篇　天体に現れた恐るべき徴　学者たちの落ち着き　民衆の警戒

・・・・・・、・・・・・いざ歌わん、
エジプトが生んだ、地を這う汚れた獣か
メンフィスの地を離れることなく、遥かセーヌのほとりの
巨大な闘技場まで・・・・・[1]ために至った時、
我らが名高き古来の都が覚えた
怖れ、飢え、渇き、はじける喜びを。

詩神《ミューズ》よ語れ、かくも多くの驚くべき事柄に
蒙を啓《ひら》かれた人が何故かくも少なかったか。
語れ、翰林院のお歴々が何と考えたか。
語れ、アフリカからの使者が

己の襲撃の代償を如何にして蒙るに至ったか。
詩神《ミューズ》よ語れ。否、語るなかれ。
なべては記憶の寺院に刻み込まれ、
汝の力を借りずとも、容易《たやす》く思い起こせる故。

（親愛なる読者よ。詩神《ミューズ》の力を借りぬことにしたので、以後は韻文なしでお許し頂きたい。韻文を作るにはいずれかの女神の口述を受けねばならないからである。そのような恵みを私はめったに得られないので、この作品に韻文はあまり現れない。だが、たまさか韻文に出会われたなら、作家たちが時に差し出して見せる、まがい物の韻文でないことは確信頂けるだろう。）

数ヶ月前から、天空に異常な徴《しるし》が現れていた。乙女座のスピカが天文台から観測されなくなった。月がまるで分娩時のような呻《うめ》き声を発した。かみのけ座が白い髪粉を振られたように見えたかと思うと、一陣の風で喪章のように黒い髪となった。すべての天体が一斉に哀しみの徴を示したように思えた。もはや聞こえるのは、マシニッサ[2]王の下にいたスキピオ[3]の耳に鳴り響いた天体の妙《たえ》なる調べではなく、カテドラルの安手の鐘が出すような陰気な音、もしくは獣たちの調子外れの遠吠えそのものであった。ついには、星々のかなたに、巨大な鰐たちがおぞましく身をくねらせているのを見たと言う者たちまで現れた。
学者たちはと言えば、そこに何らの異変も見ようとはしなかった。こうした現象を一言で説明して片付けるか、説明できないときは否定した。それ故、外見上はすっかり落ち着き払っていた。だが、彼らのように自然の謎を解き明かす鍵を持っていない民衆たちは、これらの不思議な現象に死ぬほど怯え、不吉な前兆を見ずにはいられなかった。彼らは嘆き悲しみ、あちこちをさまよい歩き、絶望と恐怖に駆られて右往左往した。

　然り。古代ローマの勇敢な民たちも、
　己の身、己の家のことをかくも恐れはしなかった。
　強大な敵の攻撃に脅かされて、
　家禽は餌を食《は》むのを止め、汚れなき司祭が、
　敬虔な民の前で鶏たちを調べて、
　悲しげに・・・・・・と宣《のたま》ったときのことだ。

1―韻文のところどころに見られる空白部分は原文の通り。作者一流の韜晦であって、空白部の内容を推測するのはほとんど不可能である。ロベール・アマドゥは、この部分について「s'en aller mourir」（滅びに赴く）かそれに相当する語句だろうと言っているので、だとすればある種の忌み言葉ということになる。なお、「・」の数はアレキサンドラン（一行十二音綴）中の欠落音節数を示す原文のまま。
2―マシニッサ（前二三八―前一四八）。共和制ローマ時代のヌミディア（現在のアルジェリア北東部）の王。
3―スキピオ・アエミリアヌス（前一八五―前一二九）。ローマの軍人。大スキピオの義理の甥。第三次ポエニ戦争でマシニッサ王の元に派遣された際に見た「スキピオの夢」のエピソードは、キケロが『国家論』で言及した。

第二篇　ホーン岬沖の報告

悲嘆にさらに輪をかけたのが、ギアナから戻ってきたフリゲート艦がもたらした、いとも奇妙な報告であった。かの地に上陸した船長が、海岸から離れた場所で狩りをしていたところ、みすぼらしい小屋を見つけた。中に入ってみると、人の骨が散らばっており、その傍に小箱があって、中にすべて英語で書かれた驚くべき手記が入っていた。船長はフランスへの帰途、これを手慰みにフランス語に翻訳してみた。パリ中で売りばらまかれたその翻訳とは以下の通りである。

「私こと、アンソン提督[1]率いる艦隊のホープフル号航海士、ジョン・ルッカーは本報告に述べられた内容はすべて真実であることを保証するとともに、人間の知識は肉眼の限界内に留まるものではないことを、これを読まれる方々に確信するよう願うものである。

一七四〇年三月二五日午後一一時半、当直準備を終えた時、艦隊はティエラ・デル・フエゴ[2]沖を通過し、猛烈な嵐にもかかわらずホーン岬を回航しようとしていたところ、荒れ狂う波の間に、大きな蒸気の塊《かたまり》のようなものが見えた。それは荒れ狂う風にも吹き飛ばされることがなく、色は焦げ茶だった。中央からは薄暗い光がゆらゆらと発し、おかげで中が透けて見えた。数分たつと、この塊が突然、非常に大きな、しかし背の高い人間が手を伸ばせば届くほどの高さの建物に変化した。

その建物は形作られるとすぐ回転運動を始めた。それは円形をしていて、外側全体を見渡すことができ、内部もいくらか見えた。というのも、一回転した後にアーチ状の扉の形をした開口部が外側にできて、内側の淡い光がさらにはっきりと見えてきたからである。

さらに一回転した後、最初の扉の横に、まったく同じような扉が開くのが見えた。こうして、一回転するごとに新しい扉が開いて、容易に数を数えることができた。扉の数は千百にまで達し、それぞれが等間隔に並んでいた。

扉がすべて形作られ、周囲全体から内部を見通せるようになると、回転が止まった。建物が動いていないので、内部の構造を知ることも可能になった。

全体は装飾のない一つの大きな広間になっていて、千百の扉の間ごとに柱が立っており、その根元に茶色の丸椅子のみが置かれていた。つまり千百の丸椅子があったことになる。

ほどなくしてその用途が知られることとなった。というのも、広間がこのように形作られるとすぐ、水平線の彼方、四方八方から見たこともない多くの動物たちが集まってきたのである。それらは皆が皆、鳥類であり、同時に四足獣であり、爬虫類でもあった。その数は丸椅子の数に等しく、千百の扉の前にそれぞれが進んでいった。

獣たちの背中には人が乗っていて、肩から翼のようなものが生え、あたかも鳥が眠るときのように頭を翼の下に隠していた。頭は見えなかったが、背丈は通常の人間と変わらないように思えた。

獣たちは扉の前に進んでいくと乗り手をそこに降ろし、その際に大きな声を上げた。最初は〈フォークランド諸島の精〉、二番目は〈南極の精〉、三番目は〈カフラーリアの精〉。さらには〈ベナンの精〉、〈コーチ・シナの精〉、〈セネガルの精〉、〈海底の精〉、〈ニュージーランドの精〉、〈バス＝ブルターニュの精〉、〈カリフォルニアの精〉、〈クロパク山の精〉、〈ノッティンガムの精〉、〈テネリフェ山の精〉等々、世界の様々な場所が告げられた。さらには次のような声もあった。〈月の精〉、〈シリウスの精〉、〈太陽黒点の精〉、〈水星の精〉。

最後の水星の精はまるまると太っていたが、他の精たちより敏捷そうに見えた。驚いたことに、獣たちは乗り手を降ろし、名を告げるとすぐ、それぞれ生息する三つの［海・陸・空の］部分に解体し、消えて見えなくなってしまった。乗り手たちは、（翼の下から頭を出すことなく）前に進んで扉から内部に入り、左側にある茶色の丸椅子に腰掛けた。両手は前方に突き出したままであった。皆とりどりに世界のさまざまな土地の衣装に身を包んでいた」

1―ジョージ・アンソン（一六九七―一七六二）。イギリスの海軍提督。
2―南米最南端に位置する諸島。その中のオルノス島にホーン岬がある。

第三篇　ホーン岬沖の報告（続き）　議長演説

「それぞれが席に着くと、〈水星の精〉の名で呼ばれた、最も太った精が、椅子の上でせわしなく身を動かしていたが、最初に翼から頭を外にもたげた。まどろみから醒めたかのように、意識がはっきりするまで少し時間がかかったが、議場の全体を見渡し、すべての精の手を次々に眺めた後、大声で言った。

『諸君が宇宙のさまざまな領域の精であるように、私は水星の精であるが、宇宙の物質の神の副王でもある。その資格をもって、物質の神が招集を命じたこの会議を取り仕切る権利が私に与えられている。さらにまた物質の神の副王の権限によって、我が主の名の下、諸君の手に、目には見えないが、諸君の力と与えられた職務とを示す自然のしるしを付けたのも私である。諸君の資格が正当なものであるか否か、そのしるしをもって確認したい』

　この言葉を言い終わるや、それまで何も見えなかった精たちの手には、アカデミーの諸々の学問を象徴する数々の記号が浮かび上がった。議長はそれらを調べ終わると、言った。

『諸君の手には己の職務を果たすための力が与えられた。それ故窮屈な姿勢をもう取らなくともよい。手はどうなりと好きな位置において構わない。（すると精たちの手は自由になったが、頭は相変わらず翼の下にあった。）だが私の資格は諸君の資格より上であるので、私の権能のほどを知らねばならない。そのしるしはこの通りである』

　その瞬間、精たちの頭が一斉に翼の上に出た。議長の頭には硫黄の色味を帯びた鮮やかな赤色の王冠のごときものが現れた。だが王冠の上にあるべき花形の飾りの代わりに、ありとあらゆる表徴が付けられていた。それは学者たちが惑星、元素、金属、神話の神々に割り当てた表徴である。これらの飾りも、王冠と同じ色、同じ素材でできているように見えた。

　この言葉を発した精が戴く冠を見た精たちは、一斉に立ち上がり、彼に向かって頭を下げてから着席した。水星の精は言葉を続けた。

『親愛なる同志諸君、我らは精霊であるが、物質の王の配下にある。物質の王は自ら定められた重要な目標に到達する手段を考えるため、我らの意見を問うべく、地上と天上の遍《あまね》き場所から我らを召されたのだ。さまざまな土地の見識ある者たちから、それぞれ特別の目的のために、王自ら我らを選ばれたのである。我らは王の信を得た腹心である。我らはしばらく頭を翼の下に隠したが、それは王のご意志に全面的に服しているしるしであった。今後は王のご意志を叶えるため、能う限りのことを行おうではないか。それはとりもなおさず、この近海にいる英国艦隊の救援に向かい、迫り来る危険から守ってやることである。

制海権を奪おうとする傲岸不遜なスペイン王家に一泡吹かせようと、英国が臨戦態勢に入ったとき、今次の戦とアンソン提督に命じられた遠征とは別に、一つの計画があったのである。それはいつの日かスペイン王家の源流たるフランス王家にまで攻撃の手を伸ばし、フランスを完全に滅ぼすという希望であった。この軽薄なる国は英国に敢えて対抗し、すぐ傍らで繁栄して英国を悩ませている。さらに英国に対する内と外からの攻撃を今後も続けるであろう。今から予告しておくが、やがてフランス現国王は唆《そそのか》されて財務総監[1]を任命するが、それは無能な総監で混乱を修復することはできない。失政によって混乱の度は極まるであろう。さらにこの総監は食糧を横領し、餓えに苦しむ民衆は憤激に駆られて蜂起し、宮廷は滅亡の一歩手前になることであろう。

だがそれも別の時代にフランスを待ち受けている出来事に比べれば何ほどのこともない。その詳細を明かして良いという命令はまだ受け取っていないが。ともあれ、私が分かっているのはただ、時間そのものが破壊される前に、全宇宙にとって〈時間の鋳型〉が壊れるときが近づいているということだけである。そしてその破壊はまずフランスから始まるであろう。しかるに、我らの活躍の場たる〈時間の鋳型〉が壊されることは我らにとって最大の打撃であり、また我らの忠実なる友である英国人たちは他のどの民よりも時間と結びついているので——その証拠が彼らの感じる憂鬱《スプリーン》なのであって、それは彼らが受け取ったものと引き換えに時間に対して支払っている代償なのだ——スペイン人たちに対抗する英国人のもくろみを我らは全力で支えることができる。そのもくろみが成功すれば、結果的にフランスに大きな被害を与えることができる。そもそも、我ら自身がスペインとフランスに対して復讐をしなければならない。スペイン人たちは我らを用いる者たちをためらわずに火あぶりにしたし、フランス人たちは我らの存在を信じる者たちをあからさまに嘲《あざけ》っているからである。

　スペインはインディオの血を大量に流すことによって、我らの援助をしばらくは頼みとすることができたのだが、この国のいとも高名なる男が[2]、その方策をすべて台無しにしてしまった。その男はスペイン人たちの守護天使の如き存在となり、我らが主君はこの国の中から召喚すべき信頼に足る精を見つけるのに苦労することとなった。英国艦隊にホーン岬を越えさせることができなければ、我々はスペインに対抗する見込みがなくなってしまうのだ。このスペイン人こそ、ずっと昔に死んでいながら、我らの与《あずか》り知らぬ秘密によって今回の出来事を知り、この海域に暴風を巻き起こして艦隊の前進をたえず阻んでいる。四大を支配する力を手に入れ、我らのもくろみを妨害した結果、我々は尋常ならざる手段を講じぬかぎり、成功の見込みはないものとなった。

　だが我らがお仕えする方も大いなる力を保持されていることは諸君も知っていよう。我らが持つ知識と情報も、この恐るべき力を補佐できる。とりわけ我々は計画を成功させるために最適と思われる姿形を取ることができるのだ。

　それ故、この火急の時にあたって、かのスペイン人と暴風による抵抗を無力化すべく、我々が用いる手段について考えなければならない。物質の王が我々をここに集められたのもそのためであり、諸君の考察を結集させれば、我らが計画に役立つ方策が生まれるであろう。議事を開始する。諸君の意見を聴かせて貰いたい』

1―モデルは不明。
2―バルトロメ・デ・ラス・カサス（一四八四―一五六六）。スペイン出身のドミニコ会士。新大陸におけるスペイン支配の不当性を訴え続けた。

第四篇　ホーン岬沖の報告（続き）　海底の精の意見

「海底の精――『まずは私から発言したい。我々がここに集まった目的を果たすための方策をご提案できると思う。いとも尊敬すべき同志の諸君もご存知に相違ないが、この世界を構成するもののうちで、海こそ我らが主君の最大の領地であり、主君がかくも力強く海を治めておられることは、我らが大いなる幸とするところである。なんとなれば、この海という手段を用いて、我らを脅かしてやまぬ火を鎮めて防げるのである。火は海の水の塩辛さを知らせるものでもある。だが、しーっ』

ここで演説者は指を口にあててから、続けた。『よって我々は、他のどの民よりも熱心に海を支配しようとする英国民に肩入れすべきである。これによって英国民は我らが主君の意志を直接に体現し、帝国の家臣のごとき存在となっている。

そのため、アンソン提督の艦隊を危機から救うために、手間を惜しんではならない。それには海そのものに働きかけて御しやすくし、風の害を減らすに如《し》くはない。議長殿の言葉によれば、我々は恐るべき敵に相対しているのであり、風の向きを変えたり、鎮めたりすることを目指すのは我らの手に余るのではないかと考える。猛烈な風を押さえつけることができぬのであれば、風がもたらすべき結果を無にするよう努めざるを得ない。その方策とはこのようなものである。

クセルクセス[1]が我らのもとにやって来たとき、当人からこんなことを聞いた。ギリシアとの戦の際、海を繋ぎ止めるために多島海に鉄の鎖を投げ入れたが、目的を達せなかった、と。支配権を得ようとするこの彼の行いは、幼児の癇癪と同じ動機から発しており、我々を頼ろうとしなかったからである。

だがこの鉄の鎖が海底に沈んで以来、沈殿した海の塩の腐食作用によって、新たな力を得、我らがもくろみに適《かな》うものとなったことを私は確信している。ご存知の通り海底は我が領域である。私は直ちにこの鎖のある場所まで赴き、可及的速やかにここに携えて来ようと考えている。それをかくも荒れ狂う波間に投げ入れれば、波は静まり、英国艦隊が航行を続けられることは疑い得ない』」

1―アケメネス朝ペルシアの王（在位前四八六―前四八五）。

第五篇　ホーン岬沖の報告（続き）　月の精の意見

「月の精――『前論士が、精霊でありながらこれほど愚かな提案をされるとは思ってもみなかった。（議場からいくつかのざわめき。海底の精からは強い不満の声。だが静寂が戻って演説者は続ける。）前論士が想定しているように、問題の鉄の鎖が海底で新たな力を得るには、我が領域の影響力が鎖の沈んでいる深海にまで達しなければならない。だがご存知ないはずはあるまい。かつて月は太陽の炎熱作用によって日々強い渇きを覚えたために、海水の揮発的で無塩の部分をくみ上げて渇きを癒す必要があったが、この吸水作用は今日海の表面にも達せず、月はもはや潮汐には何も力を及ぼしていないのである。

これは人間の学者たちが伝えてくれた知識であり、我々には決して知り得ない事柄であった。彼らの発見がなければ、世界は今でもかつてと同じ姿のままであっただろう。

前論士が無知であることは、大目に見ざるを得ない部分もある。なにしろ海の底を本拠としているので、海面や海中で起きていることに不案内なのである。だがどうしても許しがたいのは、我らの精霊としての性質に付随した権利を忘れているということである。それは我々と異なるすべての物質的存在が所有し、獲得する権利よりもはるかにすぐれたものなのである。

我々がここに集まった目的を果たすためには、我々の存在自体から発するものを用いるほかはない。諸君に提案したいのはこの点である。

船乗りの中に、荒れ狂う嵐の中で、油を用いて波を鎮められることを知った者たちがいる。英国艦隊が長い航海の間に、この必須物質を使い尽くしていなければ、この手段をきっと用いるであろう。それを補給してやるのは我々の役目である。そして、彼らが失った物質的で粗悪な油の代わりに、我々に与えられた力を用いて、我々の精髄からもっと効き目のある油をたんと引き出してやろうではないか。これほど反論の余地のない手段に対して、諸君はためらわずに賛成されると信じるものである」

第六篇　ホーン岬沖の報告（続き）　エチオピアの精の意見

「エチオピアの精――『前論士が自信満々で反対された手段は、確かに愚かと思われて当然だったが、その代わりに提起された手段もさらに愚かしく思われる。（議場に動揺と不平の声。だがいくつか賛同のしるしも。）このような手段を持ち出される前に、我々のからだの性質について、どのような特質が認められ、また認められないか、よく考えてみるべきであった。

我々はからだから様々な物質を抽出することができるが、油はその中に入っていない。我々のからだは油に変化することも油を生み出すこともできない。なぜならこの物質の胚は我々の根の中に含まれていないからである。油は我々のからだの周りを流れるが、表面より内側に入ることは許されていない。我らエチオピアの精はとりわけこのことをわきまえている。かの地の多くの民と同様、我々の肌はきらきらと輝いているのである。

我々がこの油という物質を今なお持っていれば、今回よりももっと華々しく、大がかりな征服に向かうことができよう。しかし過去に目を向けるのは控えよう。現在は、実際上用いることができないこの手段を排除すべきである。

しかしながら、我々のもくろみを放棄するつもりは毛頭無い。ただ油の代わりに、我々のからだから軽い雨のような形をした水の汗を引き出すべきだろう。それを用いれば計画は成功する。誰もが知っての通り、小雨は大風を弱めるのである』というと演説者は忍び笑いをしながら、この巧みな方策に自ら喝采して席についてしまった」

第七篇　ホーン岬沖の報告（続き）　テネリフェ山の精の意見

「テネリフェ山の精――『前の論士の意見に反対するためにお二方が用いられた表現にはどちらも驚かされたが、私はそのような不穏当な言葉を用いない。私が武器とするのは道理のみである。それこそ本会議の尊厳に適う唯一のものであり、私はこの武器をもって、議論に勝ちたいと思う。

前論士もご存知ないはずはないが、我々のからだの内部で支配的な要素は火である。この火という要素は油に対してよりも、さらに水に対して異質である。火と水ほど対立するものは知られていないのである。そのため、我々は塩のエキスを造り出すことができない。揮発性のものと不揮発性のものが我々において常に分離しているからである。我々に向かって水に変身せよ、というのは、狂水病に罹《かか》った動物に向かって、病を癒すために自分の内部から泉を現せ、と要求するようなものである。しかるに、狂水病に罹っていると、自分の周りにある泉の水を飲むことすらできないのである。

前論士の誤りは疎漏によるものと信じたいが、誤りであることに変わりはない。とは言え、我々はもっとずっと屈辱的な告白をせざるを得ない。我々は四大を思うまま支配するどころか、その圧倒的な支配に屈しているのである。我々は諸々の領域において四大の精とされているが、実際は四大の奴隷であり、犠牲者なのである。四大は我々の火よりもずっと強力な火をもって我々を絶えず蒸留している。おまけに不愉快なことにその蒸留は我々を純化することなく、作業の苦痛を味わわせ続けるばかりで、脱出にも解放にも繋がらないのである。

ただ空気のみはその流動性によって、我々といくらか類似関係がある。したがって我々が目を向けるべきはひたすら空気なのである。空気を我々の側で蒸留するために、手間を惜しんではならない。しかしながら、我々が努力を向けるべきは風の塊ではない。風の力に対抗するには策を弄するほかはない。真正面から戦うことはできないのだ。

ところで、私の住む領域は地上の大気が起こす風よりも上にあるので、風を観察する機会がふんだんにあり、風が英国艦隊に損害を与えぬために我々がどのような行動を取ればよいか分かった。嵐の際、風は海の波や船に対して、加えて地上に災禍をもたらすには建物に対して、より強く働きかけるために大きな塊となるのが普通である。それ故、今の嵐に於けるこの塊の力を弱めるために、私が諸君に提案したいのは次のような手段である。

それは、我々が皆口の開いた蒸留器に変身することである。その下部は長い冷却用蛇管になっている。このように変身して、風の塊の一部を取り込み、我々が持つ熱によってこれを溶解し、蒸発によって風と嵐の主要な成分たる空気の部分を抽出するのである。さらに残留物は蛇管を通って海に落ちるから、艦隊に損害を与えることがない。

実はこの世における空気の支配は衰退しかけているだけに、このことはさらに容易なのである。というのも何人かの学者たちが、地上の生を終えた後で我々に伝えてくれたのだが、アカデミーはすぐにでも空気を今の地位から追い落とすべきであって、万物の構成原理から除くべきだという。だから空気はやがて没落する危機を迎えており、我らが蒸留器にほとんど抵抗できない。こうして我々の化学的蒸留を繰り返し行い続けることで、ついには空気の力を無にできるのである』

『素晴らしい！　素晴らしい！』とラップランドの精が叫び、多くの賛同の声が挙がった。しかし自説の雨が却下されて侮辱されたと感じたエチオピアの精が、同意を拒み、テネリフェ山の精とその仲間たちに向かって大声で野次を飛ばしたため、互いの声が聞こえなくなってしまった。

海底の精も月の精に手ひどくあしらわれたことを快く思っておらず、クセルクセスの鎖にまだ固執していて、月の精の意見もテネリフェ山の精の意見も採るつもりはなかった。そこで彼もまた、あらん限りの大声で罵った。こうして、議場の至る所から叫び声がひたすら交錯する次第となった。『発言を求める』『雨に投票を』『油に投票を』『休会』『クセルクセスの鎖』『蒸留器』等々。

議長は『諸君、静粛に！　静粛に！』と、声を限りに叫んだが無駄であった。誰も耳を傾ける者はなかった。さらには、最も突出した扇動者たち――エクラ山の精や土星の精（鉛の精でもある）[1]——が議長の口をはんだ付けする方法を見つけ、もはや一言も発せなくなった。（土星の精がこのような業《わざ》に用いられたのも驚くべきことではあるまい。周知の如く、土星の精は宇宙の大法官の如き存在であり、その資格をもって、自然界のすべてを封印する役目を負っているのである。なにしろ彼自身、その環から明らかなように、封印されている。）

　するとそれぞれが椅子を立ち、各党派が入れ乱れて、渦のようになった。それはルネ・デカルトがこの世界の始まりを解明するために持ち出した渦[2]に似ていた。この混乱がしばらく続いた後、ようやくテネリフェ山の精の一派が優位を占めたかに見えた。全員が席に戻り、議長は言葉を取り戻した。投票に移り、蒸留器説がかろうじて二票差で、すなわち五五一票対五四九票で多数を占めた。

　会議が閉会するとすぐ、議場は消滅し、すべての精が定められた蒸留器の形に変身して、いま下されたばかりの命令を遂行するため空中に舞い上がって行った」

1―惑星と金属の錬金術的関係において、土星は鉛に対応する。

2―『哲学原理』（一六四四年）等で言及された、天体の運動を説明するための渦動説のこと。

第八篇　ホーン岬沖の報告（続き）　精霊たちの術策

「その瞬間、艦隊のいくつかの艦の航行が楽になったが、私の乗っていた艦も同じであった。我が艦にあてがわれた蒸留器の精たちが任務を見事に遂行した結果、つい先ほどまで荒々しく渦を巻いていた風は猛威をふるわなくなり、艦は危機を脱した。提督艇、いくつかの輸送船も同様であった。既に風の音に混じって、歓喜の叫びと声が響き渡るのが聞こえた。『勝利だ、勝利だ。スペインは破れた。スペインの敗北だ。英国はどんな敵にも勝利するのだ』さらに空中には翼を持つ海鳥のようなものが、全艦隊をめぐって、副官がするようにこの報せを広めて水兵を鼓舞していた。それは蒸留器となった精たちが役目をおろそかにしていないか見張るためでもあったかもしれない。

というのも、その必要は大いにあったのである。命令に忠実に従う精たちがいたことは、テネリフェ山の精が多くの仲間の賛同を得たという事実からも疑えなかったが、皆が皆忠実とは言えないという証拠もあった。月の精、海底の精、エチオピアの精は自分の意見がひどく軽んじられたことに腹を立てており、その憤りを鎮めたとはとても言えなかった。命令が下された以上、彼らは他の精たち同様蒸留器の形に変身せざるを得なかったものの、命の遂行にあたってはできる限り怠け、自分たちの意に反して通った意見を何が何でも妨害するよう、仲間たちを唆していた。

彼らの仲間であることを公言していた者たちはこれによく応えた。ある者たちは風に向かって横列隊形をとらずに縦列となったため、効果があったのは先頭の蒸留器一つだけで、残りは役立たずとなった。

別の者たちは横列隊形を保ちはしたものの、第一に自分の持つ熱と火を制御したために、蒸留器の中に入った風の塊を溶解しなかった。さらには蛇管の出口を絞ってしまったため、中に入った風が出口を見つけられずに逆流してしまい、空中にさらに広がって猛威を増すこととなった。

また別の者たちは逆に蛇管を延ばして大くしたために、全体が巨大な円筒となって、風は何の抵抗も受けずにその中を通過し、守るべく命じられていた艦隊に対し、前と同じように襲いかかって行った。こうした命令不履行は、現下の状況でなければじっくりと考察したくなる事柄であった。

艦隊の大部分がこのような裏切りと復讐の悪影響を被ることとなった。いくつかの艦船が猛烈な風を受け続け、必死の努力も無駄となった。帆を降ろし、ありとあらゆる方策を試みても無駄であった。それぞれが遭難の合図の大砲を撃ったため、海戦が行われているかのような有様だったが、救援に来る者はなかった。降りかかる敵の害から守ってくれるものはなかった。ある艦船は船体が裂け、すべてが破壊されて、散り散りになって荒れた海をあちこちと彷徨《さまよ》い、他の艦船はぐるぐると回転してついには海底に沈んでいった。

これら恐るべき惨事の中でも、私は事の進行と展開から目を離すことはなかった。邪悪な存在の術策と悪意は喩えるものとてなく、物質に閉じこもっている人間にはその存在すら想像できないと言える。彼らが我々を守ってくれるときの貢献よりも、我々に害を与えようとするときの脅威の方がずっと大きいように思われた。我々の末路がその証拠である。テネリフェ山の精の一派は数多かったにもかかわらず、危機を逃れた艦船は三分の一もなかった。件《くだん》のホーン岬を通過したとき、僚船はごく僅かしか残っておらず、戦友たちの運命をいかばかり嘆かなければならないか考えて、苦悩は極まったのである。

しかし我らが提督も、艦隊の他の乗員たちも皆、この危険な航行の間に働いた秘密の力について何も気付いていなかった。それ故提督は成功を誇り、大抵の勝利者がそうであるように、功を自らのものとした。卑しくも忌むべき手段に支えられた成功であることを彼もまた知らなかったのである。

私には、危機にある提督を助けた者たちの声がはっきり聞こえた。それは自分たちを見捨てた裏切り者への呪詛であった。もし連中が義務を果たしていれば、全艦隊が救われたはずなのである。会議の議長となった者の声も聞き分けることができた。命令を忠実に果たさなかった者たちのことを主君に報告する、きっと罰せられるであろう、と言っていた。

そのすぐ後、蒸留器の形をした精たちは以前の衣装を纏《まと》った人間の形に戻った。ただ、頭を翼の下に隠すことはしていなかった。おそらく、彼らが風に対して奮闘したのは空中であったため、その場の空気の作用が、彼らの翼に影響を与えたのだと思われた。というのも彼らの翼は見事に大きくなっており、おかげで四大の力がどのようなものであるか、四大の作用に身を曝《さら》す者すべてにどれだけ大きな権限をもっているか理解できた。

だが、真理の無尽蔵の鉱脈とも言えるこの問題について私が考察をめぐらせ始めるとすぐ、議長が仲間の精たちにむかって自分の領域に戻るよう命じた。その際に、スペイン人たちに対抗する計画を続けるべく、またやがてフランスに向けられる計画を始めるべく、準備しておくよう告げた。ただちにすべての精たちが空中に舞い上がり、鷲のような速さで飛び、大気の様々な方向を指して行った。

残ったわずかな艦隊は通常の風の法則に従い、穏やかに航行を続けた。この休息の時間を利用して、私はいま見たものについて、報告をしたためることにした。しかし私はこの仕事を秘密裏に行い、誰にも打ち明けなかった。なぜなら皆が皆何も見えていなかったようなので、私が幻視家と思われて話が信用されないことを恐れたのである。あるいは、我が同国人ミルトンについて――悪魔たちと会議をするため、地獄の統率府となるドーリア式の部屋をサタンに作らせた[1]――風刺したかっただけだろう、と非難されるのを恐れたのである。

この書き物を手に取られた方々が、ここに書かれたことすべてを私がどうやって目撃し、観察できたのか、船上の服務から注意を逸らすことはできなかっただろうし、船自体も嵐によって動揺、衝撃を被らずにいなかっただろう、と問われるならば、このような情景が目に入ってきたのはこれが初めてではなかったとお答えしたい。幼少時からこうした体験を何度かしたことがあるため、少しは慣れていたのである。また、誰でも分かるように、物質的な仕事というのは我々の思考の前に立ち現れる現象とは別物であって、そうした現象は特有の体制を担って別の領域を作り上げている。私の父は敬虔な信仰を持っていたが、自然に関する深い知識を持っており、私と同じ才能があって、地上においても、船長として勤務していた艦隊においても、秘密裏にこうした才能を発揮したことがあった。さらには、このことによって、幸いにもアン女王[2]に時々有益な意見を具申することができ、アン女王の治世を彩った栄光は父と父の秘密の知識に拠るところがあったのである。

そもそも、私はこうしたすべてを、死ぬまで誰にも伝えぬつもりである。我が生来の敵であるフランス人に知らせるのをできるだけ遅くしたいからである。のみならず、私にはロンドンの王立協会会員である従兄がいて、私のようにものを信じやすい親戚がいることを知ったら、学者としてひたすら軽蔑するに違いないからである。

署名：ルッカー

付記　私の乗船していたホープフル号は、ホーン岬を通過する際に明らかな援護を受けていたが、スペインに対抗する英国の企図を妨害していた隠れた力によって、犠牲となることを定められていた。南米の西海岸近くの岩礁で破壊されてしまったのである。難破の際、私は次のような声を聞いた。『今は我が領内にいるから、蒸留器の一派に好きなように復讐できる。ホーン岬通過の際に、連中は私が害を加えようとするのを邪魔したのだ』その後の言葉は聞こえなかった。

私は悲惨な目に遭ったが、至高の力に対する信頼も、その力に対する服従も、決して失うことはなく、幸運にも三名の仲間と共に陸に上がることができた。また幸いなことに、この報告と筆記用具も守ることができた。

三人の仲間と私は上陸してから荒涼とした土地と森とをさまよった。オリノコ川の岸までたどり着くと、そこに鰐の大群がいて、その中から次のような言葉が聞こえた。『私も我が領内にいる。そして言っておくが、ホープフル号の難破によってスペインは何ら益を得ることがない。目下はスペインに対抗する我らが熱意をいや増すばかりであり、この後はひたすらフランスを標的にするのだ。そうだ、今日のところはスペインに災いを！　行く行くはフランスに災いを！　フランスに災いを！　フランスに災いを！　とりわけ、パリに災いを！　いつの日か、パリの住民は樽詰めにされるだろう』」

1―ミルトン『失楽園』第一巻七一三行。
2―アン女王（一六六五―一七一四）。最初のグレートブリテン王国君主。

第九篇　パリの住民の不安

これがパリ中に大量にばらまかれた恐るべき報告の内容で、末尾の言葉が意味不明なので、余計不安を掻き立てた。報告書の中にあった奇妙な蒸留器の中に、誰もが呑み込まれるような思いがした。密かに交わされる噂もさらに不安を増大させた。郊外の市場で反乱が起きたという話だった。そこからもたらされる結果に誰もが注目し始めた。アビシニアとテバイド[1]の肥沃な露がナイルに恵みの水をもたらさなかったら、エジプト全体が耐え難い飢餓に襲われ、絶望と不毛に苦しむのと同様、我らが首都を囲む地方が食糧不足と不作に陥るならば、我々もいとも悲惨な結果を引き受けなければならないからである。

賢明なる市の役人たちは、あらゆる手段を通じて災禍を防ごうとしたが、食糧が大量にあっても、風評を打ち消せない状況にあった。数日前に選出され、あとどれくらいその地位を保てるか分からない財務総監が、莫大な財産を確保しようという熱望を持っていたことは誰でも知っていた。彼の凶悪な敵の中に、さる高位の、非常に貫禄のある女がいることは誰も知っていた。その女は攻撃的で大胆不敵、疲れを知らず、常に男の服を着て、姿を現すことなく財務総監にありとあらゆる失策と、想像しうる限りの邪悪な業を行わせた。[2] そのような業は金銭欲さえ満たしてくれれば、総監にはすべて完璧なものと思えるのだった。哀れな民の運命など、一顧だにされなかった。

感覚が酩酊したこの偉大なる総監は、

我々を殺すために、命の糧の商人となった。

件の〈貫禄のある女〉の方は、総監と市の役人たちに対して秘密裏に民を蜂起させた。反乱の先頭に立とうとする者すべてを陰で支え、通常の手段が成功しない場合は、内密にもっと大きな術策を用意していたのである。

1―アビシニアはエチオピアの古称。テバイドは古代エジプトの一地方。
2―当時、男装の女性であるという噂で政界に暗躍した人物としてはシュヴァリエ・デオン(一七二八―一八〇一)が思い起こされる。

第一〇篇　ラシェルとロゾンの出会い

最初の日、混乱は人が少し寄り集まった程度で終わった。ただ、プラトリエール通りの近くで集まった群集は、他所よりも数が多く、興奮しているように思えた。その中心で、リーダーのように見えた背の高い美丈夫が、肘をそっとひっぱられたような気がすると、誰かの声が聞こえた。「ロゾンではありませんか」彼は振り返って答えた。「ああ、そうだが。ラシェル！　誰に連れられてここへ？　何をしているんだい。――諸君、失礼。また明日」群集は解散しかけていて、彼はそのもとを離れ、声をかけてきたユダヤ人の娘とともにモンマルトル通りまで進んだ。

「ラシェル、どうして君がパリに？　父上のエレアザールも一緒かい？　いつから？　どうしてマドリッドを離れたんだ。昔受けた恩は決して忘れないよ。お宅にいたときは楽しかった。君のことを全部話してくれ。最後に会ってから少なくとも十年になるな」

「私たちが経験したことについては簡単に話しましょう。あなたが悪さをして学校を放校になったとき、あなたを助けて、逃がすためにいくらかお金をさし上げましたね。そのことがマドリッドで人に知られ、監視されるようになりました。その後、父に不幸な出来事があって、ユダヤ人であることを認めさせられたのです。お友達が国を離れた方がいいと、賢明にも勧めて下さいました。

　私たちはパリを目指し、それ以来ここに住んでいるのです。父はごく慎ましく、いつものように、研究に精を出し、穏やかに暮らしています。私は夫を亡くし、子供もいませんから、父の世話をし、家事をしながら一緒に暮らしています。時間のあるときには、父は私に学問を授けてくれることがあります。ホーン岬の恐ろしい予言が伝えられて以来特に、父の話はいくら聞いても飽きることがありません。

　私たちはこの近くのクレリー通りに住んでいます。このあたりに買い物に来て、人が集まっているのが見えたので、近づいてみるとあなたがいました。それで話しかけたというわけです。手短に言えば、私たちについての話はこの通りです。でもあなたは私たちと別れてからどうしていたのですか。何をしているのです。落ち着いて生活しているのですか。幸せですか。可哀想なロゾン。父はあなたのことをいつも気に入っていました。あなたが家に遊びにきていた頃のことを楽しそうに話しています。でもあなたは痼瘤持ちだ、ともよく言っています」

第一一篇　ロゾンの物語

「痼瘤持ち、だって。そんなことはないと、父上も今に分かるよ。俺は今、大金と、重要な地位に手が届きそうなのだと言ってやってくれ。痼瘤持ちではそんなところにたどり着けないさ。それに君が怖い、怖いと言うホーン岬の報告も俺にはそれほど不吉だとは思えないな。十年前、あんたたちのおかげでスペインを脱出してから、ポルトガルに逃げた。そこで四年間騎兵隊に勤めたが、上官はなかなかいい男だった。でも、喧嘩をして殺してしまったんだ。俺はリスボンのヒエロニムス会修道院に逃げ込み、何週間か助修道士をやった。そこも立ち去らなければならなかったのは、喉が渇いたときに飲み物をくれなかった給仕を殴り殺してやったからさ。

運が良いことにオランダの船が港に停泊中で、翌日バタヴィアに向けて出航するという話を聞いた。そこで船員になりたいと申し出て、受け入れてもらい、出港した。四ヶ月の航海の後、嵐で船はペルシア湾に打ち上げられた。船を修理するにはそこに百年も留まらなければならなかった。ヨーロッパに戻りたいという気持ちを抑えきれず、ダマスカスに向けて出発する隊商の仲間に入った。ただ、追っ手が来るといけないので、用心のために船を出る前に爆薬を仕掛け、三十分後に爆発させてやった。

それからもまた別の冒険があった。アラビアの盗賊たちが隊商の財産をすべて奪い、仲間の何人かが殺され、残りは奴隷にされて、何人かずつに分けて各地の市場で売られたのだ。俺の入れられた組はディムヤート[1]まで連れて行かれ、俺はそこで、土地の領主に買われたのだ。そいつはのっぽの痩せ男[2]、空っぽの夢を持った男で、ある貴婦人の命を受けた一人の金持ちがパリからこの男を迎えに来ていた。彼らは俺がその地に着いて数日後にはフランスに向けて出発した。俺はフランス語を話すので、一緒に連れて行かれたというわけだ。その道中、俺は二度にわたって主人の命を助けてやった。一度目は主人が水に落ちたので救い上げ、もう一度は十人の盗賊から守ってやった。

その褒美に、パリに着くと俺は自由の身になり、いくらかの金も貰った。でも一旗揚げるには足らなかったので、戯《たわむ》れに夜分通行人の金を奪ってやった。先月になって、ある党派の頭目にならないかという素晴らしい申し出があった。この言葉に俺の心は燃え立ち、承諾した。さっき俺の周りにいたのは俺の手下さ。手はずはすべて整った。明日には俺の噂を耳にするよ。じゃあまた、ラシェル。これ以上長く一緒にいるのはまずい。見張られているし、話も聞かれている。もう時間も遅い。父上に、時間ができたらすぐに伺うと伝えてくれ。父上を大事にな。じゃあまた」そうしてロゾンはソーモン路地を通って行ってしまった。ラシェルは今聞いた話に呆然として、取るものもとりあえず、エレアザールに報告に戻った。

1―エジプト北部の地中海に面した港町。
2―後に「エジプトからやって来た」(八二頁)と述べられるこの男は、カリョストロことジュゼッペ・バルサモ(一七四三―一七九五)をモデルにしているのかもしれない。実際のカリョストロは「のっぽの痩せ男」ではないが、フリーメーソンのエジプト起源を唱えて分派「エジプト儀礼」を作り上げた。

第一二篇　義勇兵ウルデックの出会い

ラシェルは道々つぶやいた。「困った人。先が思いやられる、とお父様が言っておられたとおり。可哀相なロゾン。やっぱりホーン岬の恐ろしい報告が言ったとおりになるのだわ。恐ろしい鰐たちのたくらみが始まろうとしている」

この最後の言葉を発したとき、二人の男が話をしながら急ぎ足で彼女の脇を通り過ぎた。その内の一人はウルデックといい、彼女の穏やかな様子と見目麗しさに打たれて、彼女を一瞬見つめ、こう言った。「失礼。あなたのような良き魂の持ち主がいる国には、鰐もホーン岬の報告も恐ろしいものではありませんよ」

ラシェルは「ご親切にどうも」と挨拶してから、それ以上は気にも留めず、急いで家に戻った。ウルデックの方は、時々振り返っては興味深そうに彼女を眺めた。

「あの女性はきっと心の美しい人だ」と彼は連れの者に言い、少し間をおいてから言った。

「超自然の隠された原因というような考え方をこれほど多くの人が持っているのは奇妙なことだ。ぼくが経巡った国々ではそうしたことばかりを見てきた。中国、チベット、韃靼《だったん》、そしてアジアの至る所だ。北方のとある大国の大使に、秘書として随行したときのことだがね。マルコ・ポーロやジャン・マンドヴィル[1]などが旅行記に巨人だの、魔法使いだの、怪物だの の話をたくさん載せているが、それを全部でっち上げたわけでないことは確かだ。

ヨーロッパの北の国々でもこのような見方は溢れている。かの地のさまざまな民族が浸りきっていない迷信はないくらいだ。さらに不幸なことに、こうした迷信の名の下に犯されない犯罪もない。ぼくは職務を終え、フランスに居を定めたとき、とりわけ良識あると評判のパリの住民の間では、このような軽信がはびこっていまいと期待していた。ホーン岬の報告にしても、鰐についての種々の噂にしても、これほど多くの人々を動転させようとは思っていなかった。

結局、ここでもぼくが観察した他のすべての地と同じことになるのだ。いつもいつも予言ばかりで、その結末は混乱と悪人による略奪と決まっているのだ。

こうした与太話を一掃するには、悪人たちのもくろみに断固として、弛《たゆ》まず対抗するほかないとぼくは確信している。そのことに取り組む決意もできている。思想信条からだけでなく、市民としての義務だ。なにしろぼくはフランスに帰化したのだからね。こうした危機のときにあたって、新たな祖国に奉仕するための若さと力はあるつもりだ。やがて正義が勝つという期待をぼくは大いに持っている。善のみを求める、正しい心の持ち主を前にすれば、そうした危険は逃げていくと思う」この言葉と同時に、現状の詳細な情報を得るために、彼は仲間と一緒に集団の中に紛れ込んで行った。

噂によると、パリのいろいろな地区で多様な集団が形成され、全体に不安が広がっているとのことだった。住民は皆、最高の学識を備えた者も含めて、世の終わりに近づいていると信じていた。何ものも滅びることはなく、世界の解体と残骸から絶えず新しい世界が形成されるのだ、それはあたかも物体の解体と残骸から新たな物体が生じるのと同じだ、という学説があっても、そのような気休めの説を公言する学者たち自身が、新たな世界の再構成というような説をどうやら本気で信じていないらしく、より安心できる説、この世を断念しなくて済む方が望ましいと考えているようだった。こうして不安があらゆる人の心を捉えていた。

めくるめく恐怖が葬送の松明《たいまつ》をあおり立て、
パリにある数えきれぬ墓を照らし出す。
無知なるも博学なるも、貧しきも富裕なるも、
やがて紙の如く痩せさらばえ、
行く末の脅威に怯え、身を震わせて、
残る希望は死のほかにない。

1―ジャン・ド・マンドヴィル（?―一三七二）。リエージュ生まれの探検家。エジプト、アジア、中国まで旅をする。

第一三篇　警察長官の警戒　ウルデックとジョフ夫人の出会い

民衆を守ろうとする警察長官の監視は、人々の心には大して強い印象を与えていなかった。

パリの保安を任されたこの実直にして誠実な官吏セディールが、配下の全部隊に命令を与えても、人々はほとんど注意を向けなかった。彼の監視のおかげで騒動が未然に防がれたり、収まったりしていることを人々は忘れていた。また、彼は性質穏和で純朴であったため、今とは異なる役目に就く方がふさわしく、間諜などと付き合うべきではなかったのだが、ひたすら首都パリのためにこの位置に留まり、尊厳と正義をもって職務を履行していたため、誰からも尊敬されていたのである。

一方ウルデックは、このように全体が意気消沈している中でも、心が折れなかった。言葉の力で、パリ市民を数多く勇気づけた。ありとあらゆる人々を動転させている不思議な噂や迷信から目を覚まさせようと努力した。悪意にくじけず、町の安全を見張る軍隊に義勇兵として参加し、祖国を救うためにためらわず体を張るべきだと説いて回った。それこそが魔術や妖術使いを払いのける最も確実な方法であり、そうした連中の拡大をくい止めて滅ぼすには、その生まれた瞬間を襲うべきである、根元から断つべきである、そうして初めて悪の進展を防ぎ止めることができるのだと、請け負ったのである。

遅滞なく彼は、勇猛心を駆り立てられた者たちと共に、危険の在りそうな場所へと赴いた。そうして目覚ましい働きをしたことは認めねばならない。だがしかし、巷《ちまた》に広まっていた予言は不幸にも過《あやま》たず、既に影響が出始めていた。彼は常に毅然として対抗したが、隠れた力が彼の攻撃を押し返しているように見えた。自分の敗北の真の原因にはまだ思い至っていなかったけれども、暴徒の群れを守っている不可解な力の存在を信じないわけにはいかなくなっていた。自分と配下の者たちの働きぶりから、本来なら劣勢に立つはずがないと確信していたからである。

こうして深く思いを巡らせながら戻る途中、目に涙を溜めた女性がウルデックの前に立ち、こう言った。「あなたを見ているとつらくなります。私の涙はあなたのせいでもあります」

「私が、ですか。どうしてそのようなことが。あなたにはお目にかかったことがありません」

「あなたが私のことを知らないということは承知しています。それが悲しいのです。私の名前はジョフ、立派な腕前を持った宝石細工師の妻です。あなたのことはとても気にかけています。あなたが生まれたときから知っているのですよ。あなたへの愛情のしるしに、少し申し上げたいことがあってやってきました。あなたは多くの国をめぐり、多くの知識を手に入れ、多くの言葉を身につけました。勇気もあり、正義を愛しています。でもあなたは自分の腕の力、心根の良さに頼りすぎています。それが今、思うような結果を得られない原因なのです。兵士たちを指揮するのに、なぜ知恵と賢明さをもってしないのですか。敵たちもあなたに対抗するに際して、彼らなりの知恵をもっています。暴徒たちは真理に反した方向にきっと自分の力を集中させています。あなたは人間としての徳の力を集中させずに、どうして彼らに勝てるでしょうか。あなたが戦う相手はあらゆる悪の原理なのですから、すべての徳の原理にまで自分を高めることです。すべての知恵の原理が与えてくれる力を知れば、もろもろの死の業の大元を絶ってはじめて、真の生ける活動が素早く展開することが分かるでしょう。肉体の力は何が善で何が悪かを知りません。いくつかの隠れた力が対抗し合って、肉体を代わる代わる動かすことがなければ、良い目的のために行動することも、悪い目的のために行動することもないのです。そうです、今、パリであなたの目の前に起きていることにはすべて、あなたのまだ知らない特別の原動力があることを示しています。今はまだ私の言葉の意味が理解できないかもしれません。でもいつか理解することになります。あなたはたくさん旅をしましたが、新たな、予想もしない旅をして初めて、それが分かることでしょう」

第一四篇　ジョフ夫人の物語

ジョフ夫人と名乗ったこの人間の女性らしき存在は、この言葉を言い終わると煙のようにかき消えてしまった。その消え方があまりに突然で、不思議だったため、それを目撃した義勇兵ウルデックが呆然としてしまったことは読者も容易に想像できるであろう。だが、ジョフ夫人というのがいったいどんな存在なのかはそれほど容易に想像できないであろうから、知る人の少ない伝承が彼女について語るところを紹介しておく必要がある。

この女性は一七四三年[1]の真冬に、ノルウェーの首都、北緯六〇度の地点に生まれた。大変な難産の末に生まれたが、その誕生を告げる異常な出来事がいくつも起きた。彼女がこの世に生を受けてから一週間、太陽は毎日、夏至のときと同様に長く地平線上に留まった。氷河はすべて溶け、河は流れ出し、草原は緑の草木で、庭は花で、木々は果実で覆われた。だが注目すべきは、あざみや茨、毒のある有害な草が生えなかったことである。

有名なメールストロームの大渦潮が閉じてしまい、船舶がその傍を安全に航行できたと言われている。さらに、北方に数多くいる邪悪な魔術師たちが、作業に支障を来して断念せざるを得なくなった。通常の悪人たちも、良心に苦しめられ、周囲二十マイルで犯罪の噂を聞かなくなった。

このとき、父親の友人がたまたまこの家に滞在していた。彼はペテルスブルクのアカデミー会員で、ありとあらゆる知識に通じた歴史家であったが、突如予言の才に与った。揺りかごに近づき、赤子をじっと見つめた後、こう語った。「この子は大いなる知識と美徳を備えるだろうが、世の人々に知られることはない。しかし、地上の至る所に広がる会、これまで知られたどのような会ともまったく似ていない、〈独立者の会〉のリーダーになるだろう」

もう一度娘をじっと見つめた後、感にたえぬようにして彼はもう一つの予言をした。それを知った人は当時ほとんどいなかったが、今日でも、ごく少数の人にしか知られていまい。それはこの子が人間に、一四七三歳まで生きる術を教えるだろう、というものだった。その後すぐ、彼は友の家を辞し、国に戻ったが、彼の地で目撃した不思議の数々を聞いた人々はいたく驚いた。

娘はごく幼い頃から、自らについて予言された不思議な運命を証していった。普通の子どもが足で立つようになるずっと前に、手引き紐なしに一人で歩いた。世の中の軽佻浮薄ぶりが既にわずらわしいかのように、周りから一人離れていることも多かった。思念の最初のひらめきが兆《きざ》した時から、年齢にそぐわぬことを口にし始め、それを聞いた人々は非常に驚愕した。

教養ある人が彼女に対して、いとも深遠な知識や諸学問に関する事柄を論じてやると、彼女はそのすべてを理解したことを示すばかりでなく、人は望みさえすれば、もっと多くのことを知り、語ることができると言い出すのであった。彼らに向かって時々このように言った。「学問の世界にこそ、源に引き戻す力が働いています。あなたが自分に向かって帰って行けば、どれだけの驚異を見出し、どれだけの知識を相手に与えられるかが分かるでしょう。フルート奏者が楽器の音色で私たちの耳を魅惑してくれるとき、あらかじめ、そして絶えず、空気を吸い込むことを心がけていなければなりません」

彼女は七歳になったとき、父親の家から夜明け頃に立ち去り、それ以来、どの道をたどっていったのか、どこに住んだのかについて、確実なことは分からない。ただ噂によると、いろいろな名を名乗り、いろいろな地位に就いたという。また、さまざまな国において、互いに何の関係もない、遠く離れた人々の前に、姿を現すという不思議な力も持っていたという。この力によって彼女はどこにでも住むことができ、かつどこに住んでいたかも知り得なかった。そうして、本物の、厳密な意味でのコスモポリタン――この言葉は「放浪者」を想像させる使い方がされているので、しばしば誤解されている――と見なされたのである。

彼女はどこにでも住んでいたので、至る所に〈独立者の会〉を持っていた。しかしそれは、実際にはむしろ〈孤立者の会〉と呼ぶべきであったろう。各人がおのがじし心の中にこの会を持っていたからである。ジョフ夫人は、パリに脅威を与えている不吉な状況を見て、折に触れて自分の会を集合させ、これから起きる大事件の真の原因を教え、会員たちが手にしている有効な手段はすべて利用するよう促した。

この会はこれまで知られていたどのような会ともまったく異なっており、会ですらなかったので、「集合させる」という語を通常理解されている意味で捉えてはならない。したがって、いまジョフ夫人は会のメンバーを集合させたと言ったが、彼らは集合しなかったというのも同様に真実である。この会議なるものはそれぞれの会員がどこにいようと別々に、土地、儀式、あるいは建物に縛られることなく開かれた。すべての会員はどこにいようと他の全会員を同時に見、また全会員から見られる力を持っていた。さらに、当然のことながら、皆が皆ジョフ夫人の臨席も仰ぐことができた。彼らがどこに住んで、どれだけ互いに離れていようとも、ジョフ夫人は望みさえすれば全会員のために顔を見せる力を持っていたからである。

こうした特権のおかげで、独立者の会の会員はパリが陥っている混乱状態の中で互いに連絡を取り、ジョフ夫人もしばしば彼らと共にあった。以下は、ジョフ夫人が会員たちに向かって、このさまざまな会議――いま言ったように会議ではない会議――において語った内容の概要である。

1―サン＝マルタン自身の生年である。一月一八日、フランスのアンボワーズ生まれ。

第一五篇　独立者の会におけるジョフ夫人の演説

「皆さん、巷にはいま、不思議な噂が広まっていますが、ある者たちはそこに実体のない原因を与え、ある者たちは方々に恐怖をまき散らしています。皆さんがこうした俗説にまったく与《くみ》する者でないことは疑っておりません。真理が万人に向かって絶えず行っている有益で健全な働きかけに、皆さんは自ら進んで賛同し、取り入れています。そうやって皆さんは真理の友となったのですから、このような甚だしい誤謬に陥ることはあり得ないのです。こうした噂には確固たる原因があって、それは皆さんよくご存知でしょうから、あえて説明はいたしません。けれども、この原因が今日発動する力を持った真の理由について、注目するよう促したいと思います。

パリは今、生活に必需の品を奪われ、食糧難と飢饉の罰を受けていますが、それは別種の、さらに必須の糧に対する飢えに十分応えて来なかったためにほかなりません。

私は常に、自分の教えによる糧をパリにもたらしたいと思ってきました。身体の健康にとって農作物がなくてはならないように、その糧は精神の健康のために不可欠のものです。

しかし全体に人々の頭は、そして特にパリの住民の頭は、超自然の出来事で埋めつくされています。この街はありとあらゆる種類の学者、博士で溢れていますが、真の知識に探求を向けようとする者たち、ひいては正しい心でこうした真の知識に向かって歩んでいる者たちが極めて少ないのです。

彼らの多くは自然の表面を分析して、そこにある微細粒子の大きさと重さと数を測り、愚かにも宇宙の構成要素すべてを確実に征服しようと試みています。彼らのやり方でそれが可能だと信じているのです。

かくも名高く、かくもかまびすしい学者たちは、宇宙、もしくは時間が、分割不能で普遍的な永遠性の縮図であることすら知りません。永遠性の驚異的諸性質は日々顕現して、この世界を原理の表象としているのですが、それらを眺めるだけで、永遠性を凝視し、賛美することが可能なのです。ところが彼らは世界の存在の秘密を把握することができません。というのも、ある存在の秘密もしくは鍵は、その存在が存在しなくなったときにしか顕れないからです。つまり宇宙の基礎の展開と、部分的宇宙を普遍的永遠性に結びつけている絆とは、宇宙の大いなる死をもって初めて知らされます。したがって、宇宙が無くなってから宇宙を知ることができるようになるのです。

宇宙が消滅することはないと彼らが信じているのは、宇宙が常に変質した段階、もしくは宇宙を構成する諸性質が孤立したり分離したりすることによって、絶えざる衰退状態にある段階を見ているからです。墓場の死体たちは自分の死に関する概念を持っていません。自分は死ぬことがない、と言うだけの根拠を持っています。彼らは既に死んでおり、自己の構成要素が破壊され、解体する法則に従っているのですから。ある領域を支配する法則を知り、そこに待ち受けている運命について判断するには、その領域より下に留まっていては不可能で、上に立つ必要があります。死体について判断を下せるのは生きた肉体だけです。上に立っているか下に立っているかによって、当然判断は異なってきます。

そうしてみると、普遍原理の存在そのものの秘密を捉えようとするのはさらに常軌を逸しているということが彼らには分かっていないのです。ある存在の秘密はそれが存在しなくなって初めて明らかになるとすれば、至高の原理の秘密はその原理が終止したときにのみ知られることになります。ところが原理が終止してしまえば、もはや至高の原理ではなくなります。至高の原理に取って代えようとするどんな原理についても同じことを言わねばなりません。

この至高原理の不在を主張する無神論者たち自身、誇らしげに名乗る無神論者という呼称を間違って用いています。無神論者とは本来、自分のための神がいない、あえて言えば神のない存在です。彼らが神から十分離れ、本当に神がない、神が無のようになって、彼らにとって存在しないかのようになっていることに、反論はしません。しかし彼らが神を持たないからといって、神が存在しないという証明にはならないのです。盲人は太陽を持っていませんが、他の人々に対して太陽がないことを証明していないのと同様です。

間接的な道を通って深遠な知識に至った人々もいますが、彼らはその知識が自分をどこへ導いていくのか、それを手に入れるためにどのような犠牲を払わねばならないのかが分かっていません。無謀にもその知識の中に飛び込んで、うぬぼれと、さらに罪深い強欲さを募らせ、極めて重大な結果をもたらさずにいないのです。

その最たるものは、未来を見通したいと願う欲求です。本来、放埒な要求によって邪魔しない限り、真理はそのための道を自ら開いてくれるはずです。恥ずべき好奇心に駆られて、彼らは神の行為をあらかじめ知ろうと願いますが、神の行為とはおのずから創り出されるものので、彼らはひたすらそれを待つべきなのです。

人間を普段取り囲んでいる底知れぬ闇と均衡を取れるのは宏大な光のみですが、この光が目に飛び込んでくるためには、人間はこの光と自然な同質性を回復していなければなりません。大気は有害な空気に満ちていて、人間は一生これを吸い続けていますから、おのれの身を蝕《むしば》み、働きを妨害する有毒な物質からできるかぎり身を守り、遠ざけることによってしか、この高い段階に到達することはできません。彼らはこのことが分かっていないのです。

皆さんもご存知のように、この世で一つの真理に対して千の誤謬があり、本当に輝かしい火花のいくつかに対して溢れるほどの迷信がはびこっているのは、このように有益な注意を怠っているからなのです。こうした無分別な者たちに向かって、知恵は『彼らの錯覚をあえて利用する』[1]と言いました。それは人間が被る最大の罰とは、おのれの間違った企図が完遂されてしまうことだということを知らせるためでした。

それゆえにまた、真理を友とする多くの著述家たちは真理を提示することに震えおののき、象徴や寓意の下に隠して行いました。真理を汚し、悪意ある者たちの冒瀆にさらすことをそれほど恐れたのです。そのためもあって、しばしば書の風変わりな構成に気を取られ、彼らが言いたいこと――それは堕落した人間の不幸な状態についての主張に他ならないのですが――の根源を探ろうとしなければ、そうした書を正しく判断できません。作者たちはこうして筆を抑制し、沈黙せざるを得ないことを大いに嘆いているのです。

これら二種類の人々よりもさらに同情に値するのは、先に述べた輝かしくも清らかな光を維持し、保ち、その展開を促す任を立場的に与えられた三種類目の人々です。彼らは自分の務めを立派に果たすことなく、その光を消してしまい、人々を導く明かりの名残すら見えなくしてしまっています。

そのような人々のことを考えるたびに、私の胸はきりきりと痛みます。彼らの怠慢の結果は、彼ら自身にとっても、また彼らに支えられ、病を癒してもらいたいと願っている人々にとっても、それほど恐ろしいものに思えるのです。

皆さんも知らないはずはないでしょう。真理がこの地上で権利を回復しようとする時がやってきたことを。そうです、似非《えせ》賢者や似非学者たちが人々を欺いてきた、虚偽の哲学の仮面を真理がやがて剝ぎ取ります。扉を開けるための唯一の鍵を持っていないのに、未来を見通そうという空しい好奇心によって導かれた邪悪な祭壇を打ち倒します。そうして、人間の本来の領域たる思考と知性の内部にやがて嵐が起こります。今日、人間が物質の面で被っている混乱や欠乏による嵐は表徴に過ぎず、人間の知力と省察に対して与えられたしるしです。厚く有害な靄《もや》を晴らしてのち、真理は輝きをもって立ち現れることができるのです。

現在起きている大事件の中で隠れた原因が働くのを真理が許しているのは以上の理由からです。この隠れた原因によって、人々の間で風評や警戒が広まるようになったのもそのためです。諸国民に関わる重要な大災害が起こるときは、彼らが正しい途に戻って、慎重に行動することで、その影響を食い止める時間を与えるため、真理は必ず予告を行います。それ故、真理は隠れた原因を働かせて業を準備しています。それはホーン岬沖の報告が今日私たちに向かって確証してくれています。この地上で与えられた使命を果たすために私が親の元を離れてから、今ほど重大な時代を私は知りません。

ですから、このような深遠な秘密を知った皆さんは、善き人々に救いの手を差し伸べるべく、さらに情熱と努力を注いで下さい。彼らはパリを舞台としたこの大いなる出来事の中で果たすべき、明らかな役目を担うでしょう。知っての通り、他に華々しい役割を与えられた人々もいますが、それは目に見える形で教えられる必要のある一般人たちが、知恵の立てた計画を見失わないためです。

いま起きようとしていることの結果がどうなるかについても、皆さんは前もって知っているでしょう。皆さんの中にある真の光のおかげで、一七四三年から一四七三年までに[2]起こるべきことすべてても知っていましょう。それは人間の誕生の時代であるとともに、人間の権利の回復の時代でもあります。既に動き出している善き力と悪しき力は必要なときにはさらに発動することがお分かりでしょう。あなたたちはその力をはっきりと見ることができます。それこそ皆さんに与えられた特権なのですから。もっと低い位置にある人たちは、そうした事柄を象徴によってしか見ることができません。しかし、彼らが目覚めているときや眠っているときに象徴として見るものすべてを動かしているのは、常にあなたたち自身のまなざしです。他の人々の通常の夢想を形作り、生み出すのは真理を忠実に愛する者たちの眼なのです」

以上がジョフ夫人の物語、独立者の会内部の事情、その会員たちが固く信じる深遠な教説の概要である。

1―出典不明。
2―原文のまま。ここにはサン＝マルタン特有の数秘学的な暗示がある。第六九篇も参照。

第一六篇　独立者の会の持つ力　雄弁術教授の物語

しかし、真理の友たちのまなざしが、他の人間たちの通常の夢想を形作り、生み出すという驚くべき法則によって、独立者の会員が集合したり、あるいは強力な機能を働かせたりすれば、人々はそれに気づき、夢想にせよ他の形にせよ、影響を感知しないわけにはいかない。それ故、いま概略を述べた彼らの会議なるものは、開始されるとすぐに幾人かの人々に影響を及ぼし、彼らが友人知人に物語るという結果をもたらしたのである。

中でも一人の雄弁術教授は次のような物語をした。彼は空の上のどこかで、年齢、物腰から見て人品卑しからぬ人々が会議をしている場面を夢想したという。

「彼らの目と口から、細い光線が何本も発し、地球のあらゆる地点まで伸びて行って、人々の頭の中に、動き、活動し、音を出す絵のようなものを作り上げた。それによって、普段なら予感したり、見たり、知ったりすることのできない事柄を予感し、見、知ることが可能となった。

これらの光線が私の頭に作り上げた場面は、パリにとって不吉な予兆を示していたので、私はいまでも取り乱し、思い出すだに身震いせずにいられない。これらの予兆は、我々の陥っている混乱と欠乏という状態によって、既に実現したかのように思われる。

その予兆の中で、これほど不安をもたらすというわけではないが、それでも大いに驚かされたものが一つある。だが、その意味と説明を見出す手伝いをしてくれる人が周りにいない。

一人の人物から発した光線が、私の頭の中に、諸々の図書館にとって不吉な情景を作り上げた。それは図書館に脅威を与え、学者たちにとっては名誉とならない、深刻な災いのように見えた。しかしまばゆい光線は消えることがなく、輝きを増すようにすら思えた。諸々の学問は野蛮な状態に帰ってしまうのか、それとももっと輝かしい性質を取り戻すのか。私の夢想はそれについて何も教えてくれなかった。ただ言えるのは、しばらく前から私を悩ませている夢想ほど奇妙なものはないということである」

第一七篇　竜騎兵隊長の物語

あるいはまた一人の竜騎兵隊長がいて、息せき切って家に戻ってくると、これからパリに絶え間なくふりかかる不幸を数え上げながら、抗いがたい恐怖を語り出した。
「普請中の友人の家を、建築家と一緒に見学していた時のことだ。友人は、私が忠告しても魔術師たちを信じてやまず、ずっと前から足繁く通うような男だった。突然、地下室から鈍い音が聞こえた。ドンドンと、太鼓を叩くような音が聞こえたかと思うと、恐ろしい爆発音がして、丸天井が破壊され、地下室の床まで崩れ落ちてしまった。この轟音の中からおぞましい、口に拡声器をつけた顔が顕れ、空中に浮かんで、いろいろな形に歪んだその面相は見たこともないものだった。

この顔は順繰りに東西南北それぞれの方向に向かって、拡声器を用い、耳障りな声で悲惨なことを口にした。『我らが支配は終わろうとしている。だが、その時が来るのを座して待つことなく、我々は前もって復讐し、パリに欠乏と無知を広めることで、肉体と精神の災いをまき散らしてやろう。生活物資に混乱をもたらすだけでは十分でない。人間の頭、特に世界に光をもたらすとされる学者たちの頭に混乱を生じさせなければならない。だが、これほど容易なことはないのだ。学者たち自身が、我々のために途を用意してくれているのだから』

このおぞましい顔が東西南北に向かって威嚇の言葉を発するのに合わせて、口についた拡声器から、濃い煙が流れ出て空中遠くまで届き、四方に満ちてしまったので、太陽の光がその煙を貫いて視野を晴らしてくれなければ、危うく闇に囲まれて何も見えなくなるところだった。おまえたちにこの驚きを伝えに来たが、おまえたちは私を馬鹿にするかもしれない。だが、私が何もかも安易に信じるような質《たち》でなく、そんな状態に陥っている訳でもないことは分かっているだろう」

家人たちは答えた。「馬鹿にするなんてとんでもありません。驚きはごもっともです。何か突拍子もない、不幸な出来事が起こることを信じないわけにはいきません。不吉な予言は一部達成されています」実際、パリでは背の高い者も低い者も、皆が頭部を失ったという噂が流れていた。また、おぞましい顔から吐き出された濃い煙が、幾人かの学者たち、大部分の人々、とりわけ物資管理官の頭の中に入っていくのを見たという者たちまでいた。生活物資が極めて品薄になり、質が悪くなったのはこのためであることが分かった。

第一八篇　幾人かの住民たちの希望　アカデミー会員の物語

こうしたまがまがしい報告の中に、いくらか希望を持たせるようなものがあったことも事実である。善意ある人々の頭の中には、自分たちの知らぬ独立者の会員たちを媒介に、慰めとなる情報が入ってきていたが、彼らは集まってそれらを互いに語り合った。

国に仇《あだ》なす者たちに対して、勇者たちが華々しい勝利を収め、翩翻とはためくまばゆい軍旗が勝利を告げている様子を見たという者たちがいた。

燦々と輝く太陽が天空を離れ、パリの上に留まって遍く光を広げている様を見たという者たちもいた。

あるいはまた、大きな鰐が、名も知らぬ小さな動物に打ち倒され、豊かな恵みがパリに戻って、飢饉が跡形もなく終結するのを見たという者もいた。パリの住民たちは皆災いを脱することができ、悲惨な状況を終わらせ、恵みをもたらしてくれた力強い至高の手に、荘厳な感謝の祈りを捧げるのを見たと、彼らは声を揃えて述べた。数学と自然学の分野で博識をもって知られる一人の学者がいて、超自然的な事柄はまったく信じない人だったが、思いもかけぬときに、独立者の会の驚くべき会議に連れて行かれた形になった。そうして、いかなる試練にも遭わず、いかなる儀式、いかなる祈禱も行わずに、パリに脅威をもたらしていた災厄の場面と、その後に慰めをもたらす出来事の場面とを、しばらくの間目にすることができた。

この世に生きる人間に隠された深遠な途、諸学問と自然が帰るべき新たな次元、真の自然学の確かな基礎を彼は見て、それまで親しんできた学問体系の不十分さと幼稚さを思い知ることになった。

その衝撃はあまりに大きく、短い至福の時間が過ぎた後、もはや自分が今までとはまったく変わった人間になったことに気づいた。眼には涙が滂沱と流れ、焼け付くような後悔が胸を引き裂き、自分の感じたことを熱い祈りのかたちで表現した。それまでの無知を恥じ、手に入れた確信に有頂天になって、万人に対して、そして特に仲間の学者たちに対して、自分の新しい立場を共有してもらいたいと思った。

しかし、最初のいくつかの試みにおいて、砂漠で説教をしているような気になった彼は、自らの胸に秘密をとどめることとした。周りから知られず、沈黙を守り、真理を手にした人々にだけ、神を認め神に祈る学者の興味深い目撃談を開陳した。

しかしながら、幾人かの人々に伝えられた秘密と驚嘆すべき事柄、独立者の会のいと高き力、尋常ならざるジョフ夫人、こうしたことはすべて、感覚の欲求しか持たず、感覚に捉えられるものだけを相手にしている一般人には無きに等しかった。それ故、パリの街を震撼させている敵の力は、人々の周囲に害悪と危険を見せつけ、恐怖と騒擾をもたらそうという破壊的な企図を巧みに完遂できたのである。

だが一方、警戒怠りない勇敢なセディール、美徳に関わるすべてを手に入れられる希代の人、先祖から能力を受け継いだかのごとく、軍事にも行政にも長《た》け、至高の宗教的真理にも強く惹かれているこの人は、大義が既に被ったささいな敗北に気付くや、すぐにこれを償うべく、持てる力を惜しむことなく発揮した。部隊を増員すると共に、自分の存在が力になると思われるところには、危険を顧みずにどこにでも赴いた。そうして反乱の扇動者を発見し、掌握するために、至る所に密使を派遣した。

第一九篇　密使スティレとユダヤ系スペイン人エレアザールとの会見

それら密使の中にスティレという名の男がいて、ロゾンと別れた直後のラシェルを見かけていた。彼女が嘆息と共に両手を空に向けて挙げ、「先が思いやられる。可哀想なロゾン」とつぶやくのを聞いたのである。その後、スティレはラシェルをぴったりと尾行し、住居まで突き止めた。

ロゾンの方はいくら探しても見つからなかったので、その日は明け方からラシェルに会いに行くことに決め、ロゾンのことを気にかけている振りをした。彼女に近づいてこう言った。

「つかぬことを伺いますが、ロゾンさんはどこに行けば見つかるでしょうか。彼の友人から重要な伝言を預かっていて、彼の命がかかっているのです。彼は官憲に追われています。党派の首領だと言われているのです。逃げて身の安全を図る方法を教えに来ました。あなたは間違いなく彼をご存知で、心配なさっているとお聞きしました。もしそうなら、何とか私に彼を救わせて下さい」

「確かに、私はロゾンとマドリッドで知り合い、彼の幸運を祈っています。でも、父と私はユダヤ人で、スペインを十年前に離れたため、彼とは会わなくなりました。それ以来初めて昨日会ったのです。別れてからの事情は大まかに話してくれました。とても急いでいる様子で、何とか一旗揚げようとしていました。居所も教えてくれませんでしたので、どこに行けば見つかるか、教えて差し上げられません。でもどうかお入りください。可哀想なロゾンのことを気にかけておられる方とお会いできれば、父も喜ぶと思います。私たちはあの人が子どもの頃から知っています。マドリッドで近所に住んでいて、ほとんど一日中我が家にいましたから」

スティレは中に入り、エレアザールに挨拶すると、訪問の趣を伝えた。エレアザールは話を聞いて涙を抑えることができなかった。善意のこもった言葉に感激したのである。「党派の首領となり、パリを騒がすごろつきたちの仲間に入る、何という困った奴だ。あの男の母親には我らがソロモン王の箴言を用いて何度言ったことだろう。『あなたの息子をしっかり育てなさい。そうすればあの子はあなたの慰めとなり、無上の喜びを与えてくれるだろう。懲らしめの杖は知恵を与える。放任されていた子は母を困らせ果てるだろう』[1]と。

　しかし母親は聞く耳を持たず、息子を甘やかした。自分の蒔いた種の結果がこれだ。だが箴言はこのようにも言っている。『堕落した人間たちが街を破壊しても、賢者たちがその猛威を収めてくれる』[2]」これは深遠な言葉で　エレアザールもその意味をすべて説明することはできなかった。

「あなたは我々の友のためを思っておられるし、現下の混乱をすべてご存知のようだから、いま何が起きているか、教えて下さいませんか。あなたのご親切に何か手助けができましょう」

　思いやり溢れる言葉がユダヤ人の口から発せられて、スティレは少々驚き、相手がどのような性格なのか、見極め切れずにいた。しかし、彼が答えようと思った瞬間、表で恐ろしい音がした。人々が叫び声を上げ、必死に逃げていた。エレアザールとラシェルとスティレは用心して窓の方に向かった。エレアザールは言った。「反乱だ。もうすぐ家の前を通りかかる。残念ながらあなたの気遣いは無駄となってしまいました。ロゾンが武器を持って、間違いなく暴徒たちの先頭に立っているでしょう。もはやあの男は救われまい」

　事実、彼がこの言葉を発するとすぐ、隊列が飛び出してきて、まるで狭い水路から一気に奔流が泡立ちながら次から次へと溢れ出すような有様となった。ロゾンは剣を手にして先頭に立っており、軍神マルスか、もしくはアキレスの鎧をかけて争うペリボイアの息子[3]のような、恐ろしげな様子であった。

「おお、ロゾン、ロゾン、何ということをしているのだ」とエレアザールは言い、手を伸ばして彼の企てを止めようとした。しかし努力は無駄で、喧噪のために声は届かず、興奮したロゾンには何も見えなかった。エレアザールは腰を下ろし、涙を流しながら、時々ポケットから卵の形をした金の容れ物を引き出した。

1―『箴言』二九章一五、一七節。
2―『箴言』二九章八節。
3―ギリシア神話に登場する大アイアースのこと。トロイア戦争中のエピソード。

第二〇篇　スティレとラシェルが暴徒の行進を見る

ラシェルも同様に悲嘆にくれていたが、好奇心が父より少しあったので、窓の所に留まってスティレに言った。「後から後からやってくる人々、あれはどんな人たちなのか、せめて教えてくださいませんか」

「通りに人がいなくなって、私が退散できるようになるまでの間、あなたの疑問にお答えしましょう」とスティレは言い、暴徒が家の前を通過するのに合わせて、それぞれの集団を形作っている人々の地位や職業を彼女に教えた。それは歩兵、屑屋、鋳掛け屋、舗装人夫、飲食店主、詩人、ダンス教師、錠前屋、理髪師、馬車の御者、煙突掃除夫、等々だと指摘したのである。それぞれの集団の先頭に立っているリーダーの名前も教えた。

この光景を見て、ラシェルはため息をつきながらさまざまな感想を口にした。もしも、暴徒のあちらこちらに敵たちが隠れていて、集団には無数の小さな鰐たちが付き従い、暴徒を後押ししているように見えると、スティレが説明していたなら、どうであったろうか。しかし、この恐るべき現象を見ることは彼自身できなかったのである。

それはあたかも観閲式のようであったが、それが終わると、スティレはラシェルに言った。「通りが歩けるようになったので、おいとまします。急いで職務の報告に行きます。それほど急ぎの用でなければ、今後の成り行きが分かるまで、ここに留まるのですが」

「どうかロゾンをお救い下さい。できることなら、ロゾンを救って下さい。私たちはまだあの人のことを気にかけていますから、危ないことをしているのが不安でたまりません。暴徒はあんなにたくさんいましたが、外に出て行って大丈夫なのですか」

エレアザールが答えた。「娘よ、行かせてやりなさい。この人はロゾンの心配をしているわけではなく、警察の密偵だ。どんな職業にも就く。詐欺師にもなる。ここに来たのも悪意あってのことだ。いまそのことを秘密の手段で知った。この人には分からないが、おまえも知っての通り、私の使い慣れた手段だ」

スティレは雷に打たれたかのように、エレアザールを一瞬見つめ、一言も発せずにドアを開けて逃げ出していった。ただちに事の次第、特にエレアザールとの間に起こった奇妙な出来事をセディールに報告に行った。

第二二篇　反乱に対してセディールが取った予防策

セディールはこのユダヤ人とどうしても会ってみたいという意向を示し、即座に迎えに行くよう命じた。他の密使たちから聞いた話や、パリを脅かす新たな危機のおかげで、大義に鼓舞されたセディールの情熱は、新たな熱を帯びていた。

そこで彼は補佐役の者たちに向かって言った。「私は本気で嵐に立ち向かうことに専念せねばならない。嵐は私が当初思っていたよりも大きいようだ。ホーン岬の報告は人々の頭を混乱させ、パリの住民は皆、鰐に追い回されているような気がしている。鰐の旺盛な食欲と、我々を苦しめる苛酷な飢饉とを迷信的に結びつける学者たちもいるという。それほど信じ易くなくとも、悪意をもった者たちがこの恐怖を利用して、ありとあらゆる混乱を引き起こしていることも知っている。暴徒たちの頭目はロゾンで、アジトがグランチュルルール通りにあるということも分かっている。同業組合の大半が武装している。市場が主戦場になるに違いない。とある〈貫禄のある女〉がこの反乱を吹き込み、頭目を雇っている。あの女を追い詰めれば、もっと非道なことをする恐れがある。さらには、最近やって来た外国人、〈のっぽの痩せ男〉を大いに頼りにしているとも言われている。

だが、連中の企みを今から押し留め、暴力によって実現しようとする計画を打ち砕くことは可能だ。ロゾンの罪深い企ては成功しないだろう。多くの援軍を送ったので、穀物市場にはロゾンより早く着いているに違いない。指揮官は素晴らしい士官だ。配下には極めて評判の良い義勇兵が何人かいて、彼らの知恵と勇気には大いに期待している。事の成り行きを見るために私は現場に赴き、なるべく一滴の血も流れないように近くから見張るつもりだ」

第二三篇　エレアザール、セディールのもとに赴く　二重パンジーの粉

この言葉を言い終えるとすぐ、エレアザールの来訪が告げられた。これにはセディールは仰天してしまった。というのも、エレアザールを迎えに行くよう命令を出してから、使いの者がせいぜい表に出たかどうかくらいの時間しか経っていなかったからである。

エレアザールは娘のラシェルを伴っていた。ラシェルはこの混乱のさなか、父の身を案じて傍を離れたがらなかったのである。エレアザールは、暴徒の頭目である大胆不敵なロゾンとの関係が既に知られていたので、普通なら警察長官の前に出頭しようなどとは思わなかっただろう。しかし彼は自分の無実を確信していたし、身の安全について別の根拠を持っていた。彼は若い頃から、アラビア人学者と親密に交際していたが、この学者はアッバース朝の簒奪[1]以来スペインに亡命したウマイヤ家の末裔だった。彼の五代か六代前の先祖がラス・カサス[2]と知り合い、非常に役立つ秘密を手に入れた。それが人の手から手に渡り、エレアザールの所有するところとなったのである。

その秘密の中心は一般に「二重《ふたえ》パンジー[3]」と呼ばれている花から抽出した塩、もしくは粉末である。この花の根、茎、葉を混ぜ合わせ、不純な水分を蒸発させるために外気に当てて

乾燥させてから、特製の乳鉢ですりつぶす。

そこから生じた塩分を含む粉末を、卵形の小さな金の容れ物に入れ、エレアザールは常にポケットに入れて持ち歩いている。何か知りたいときは、この粉末を七回嗅ぐだけでよい。それから少しの間瞑想すると、粉の精気が頭の中に入って、何をなすべきか、周りの人の性格はいかなるものか、さらには目の前にいる人、あるいは少しでも関係のある人の隠された意図が、すぐに分かるのである。

この粉には別の性質もあり、望む用途によって、さまざまな使い方がある。エレアザールは常日頃からこの賜物を注意深く育ててきた。人間が育てるどのような種とも同じく、彼はこれを最高の成熟段階にまで到らせた。それに対して、なおざりにされた種は変質し、しなびてしまって、そんなものが存在したことすら信じられなくなるのだ。

鰐のことが語られているホーン岬の報告と、すべての世間の噂から、彼はやはりこの術を用いて、パリがどれだけ鰐から苦しめられることになるかを知っていた。さらに、このパンジーの粉にエジプトマングースを燃やした灰を加えていたのは、状況と場所に応じて、攻撃力と防御力の両方を用いるためである。彼は独立者の会に属してはいなかったが、連絡員の一人であり、それ故この世で人のために役立ち、尊敬を得るための知識、才能のすべてを備えていた。

だから、密偵スティレがロゾンに怪しげな救いの手を差し伸べようと彼の家に来たときも、この秘密の手段を用いて身を守ったのである。また同じ手段を用いて、警察長官が迎えを送り出す前に、自分に会いたがっていることも知って、すぐにここに向かったのであった。誠実で有徳のセディールが自分に対して悪しき意図をもっていないことも十分承知の上であった。

1―イスラム帝国のウマイヤ朝が西暦七五〇年に倒され、アブー＝アル＝アッバースを初代カリフとしてアッバース朝が成立したことを指す。
2―第三篇注2（二六頁）参照。
3―パンジーの原語 pensée は「思考」の意味でもあるので二重パンジー pensée double は「二重の思考」の意味でもある。

第二三篇　エレアザールとセディールの会見　エレアザールの教説

エレアザールは中に入る前に、ラシェルに向かって隣の部屋で待つように言い、セディールに駆け寄って行った。「これほど早く私が来るとは思っておられなかったのでしょう。あなたを必要としている場所が他にきっとありましょうが、しばらくここに留まられるのもよろしかろう。後で悔やまれることはありますまい」

セディールは少しの間彼の顔を黙って見つめてから、言った。「あなたはロゾン氏をよくご存知だと伺いました。あの男について、ご説明頂きたいと思い、お会いしたかったのです。また、なかなか不思議な事柄もあなたについては伺っておりますので、今のような状況下、お話してみたいと思っていました」さらに、部屋の中にいる者たちに向かって言った。「みな外に出るように。そうして私自身が行けるようになるまで、要所要所の偵察に行ってもらいたい」次いで、エレアザールに対して言った。「さあ、おかけ下さい。他に誰もおりませんから、気兼ねなくお話し頂けます」エレアザールは答えた。「私どもの箴言に、『悪を蒔く者は災いを刈り入れ、己の怒りの鞭で打たれる』[1]とあります。哀れなロゾンが悲惨な末路に遭わぬようにしてやりたかったのですが、彼とは親しくしていただけで、力ずくで強制することはできませんでした。付き合っていたのはスペインにいたときで、幼い頃に私の家で子どもたちと遊んでいました。その頃から、高慢で命知らずの性格が後にどのような結果をもたらすか、容易に想像できました。私は嘆き悲しみましたが、打つ手はなかったのです。『無分別な者をすり鉢ですりつぶしても、無分別を取り除くことはできない』[2]とソロモンは言っています。

十五歳の時、あれは軽率な行いをして国を去らねばならなくなり、逃げるときには手助けしてやるべきだと思いました。それ以来現在に至るまで、彼の人生は犯罪と放蕩の連続で、とうとう今度は悪党になってしまったのです。あれには法の裁きを受けさせます。彼について言うべきことはもうありません。娘があなたの遣いの方に話したことについてはもう報告を受けておられるでしょう。偽りは申していないと、信じて頂いて結構です。

あなたがもっと良く知りたいと思っておられる私についてですが、まずはスペインの地を去ってパリに住むようになったいきさつをお教えしましょう。それは財を得ようとしてのことではありません。理性の最初の微光が頭の中に萌《きざ》して以来、私は財産というものが五感をいっさい欠いた彫像のようなものに思えました。それは我らが預言者バルクが見事に描いた、石か木か金属でできた偶像[3]にあらゆる点で似ています。それは人々が捧げる生け贄《いにえ》を見ることもなく、焚いた香を嗅ぐこともなく、歌う賛歌を聴くこともありません。さらに人は軽蔑や侮辱を投げかけるのも自由ですが、像はそれを感じることも、身を守ることもできないのです。その像のために何もしなかった者たちと、逆に時間のすべてを捧げ尽くした者たちと、どちらを寵愛することもできるこの不具の女神に、賛辞を捧げるべきではないと、私は思いました。そこで私は理性を涵養することのみに専念しました。それだけが末永い幸福を確かにしてくれる仕事だと思えたのです。

この研究が必要とする義務の中で、人々のために役立つことが常に何よりも肝要でした。この義務のために痛ましい事件に巻き込まれ、そのことがスペインでは命取りになってパリに避難したのです。

当時マドリッドでラス・カサス家に属するキリスト教徒の友人がおり、間接的にではありますが、私はこの家にただならぬ恩義を受けておりました。彼の商売はそれなりに繁盛していたのですが、突然詐欺破産の被害にあって、文字通り一文無しになってしまいました。私はすぐに彼の家に駆けつけて痛みを分かち合い、自分のささやかな財産が許す限り、わずかな金子を用立てました。しかしそのような金額では彼の事業に釣り合うはずもなく、彼に対する友情に負け、ある特別の方法を用いてしまったのです。そのおかげですぐに彼を騙した連中のペテンを見抜くことができ、奪われた財産の隠し場所まで分かったのでした。

同じ方法を用いて、彼には財産をすべて取り戻して持ち帰る手立てを与えましたが、彼からその財産を奪い取った連中が、今度はいったい誰に持ち去られたのかまったく分からないようにしておきました。

この手段をそうした目的に用いたのは確かに間違いでした。それはこの世の富に関わる事柄に用いてはならなかったのです。そのために私は罰を受けました。その友人は小心翼々とした信仰を植え付けられており、私が彼のためにしてやったことに妖術の疑いをかけました。そして敬神の情熱が私への感謝の念に勝ったのです。ちょうど私の親切心の情熱が義務に打ち勝ったように。彼は私を妖術使いかつユダヤ人として、教会に告発しました。即座に、異端審問官の知るところとなって、逮捕される前に火刑の断罪が下されたのです。しかし、逮捕の手はずが開始されると同時に、私は同じ特別の手段を用いて、自分を脅かす運命を知ったのでした。そしてただちに私はあなたの国に避難しました」

「なんという卑劣の極みでしょう」と、セディールは声を荒げた。「平和と愛の宗教を奉じる人々が、このような忘恩や、残酷で早まった判決によって神に奉仕すると信じているとは。事実を調査し、あなたの仰る特別な途とやらをじっくりと検討してみる必要があったでしょうに。正直申し上げて、その途のことをどうしても知りたくなりました」

「あの人々のことはまったく恨んでおりません。私は自分自身の弱さから、人の弱さを許すことを学びました。まして彼らが奉じる宗教に恨みはありません。その宗教は人間の知識や弱い力を超越したものと信じられていますから、人間の無知や逸脱とはなおさら隔絶していると私は思います。もちろん、狂信や悪意によって導き入れられたすべてのもの、宗教の名を借りて怪物的存在が行った卑劣さの数々を脇に措いて、その宗教を永遠の源の明澄さと純粋さにおいて眺めた場合ですが。

こうした発言を私がするとあなたは驚かれるに違いありません。ですが、あなた自身がこの話題を持ち出されたのですし、私が自ら感慨を語り始めたのですから、最後まで告白を続けましょう。私には恥じるところがありませんし、あなたに打ち明けるのが最も良いと思っています。それはあなたが好奇心を持たれるのも無理ない例の特別の途、秘密の心の動きから促されているとも感じていますから」

「どうか安心してお話し下さい。そうして惹き起こされた私の関心を満たして下さい」

「実のところ、あなたにお話しすべきことは、あなた以外の人であれば、意味と精神を味わって頂くために十回は繰り返さねばなりますまい。だがお相手があなたですし、時間もありませんので、そのような慎重な配慮は行えないでしょう。あなたがご自分の思索で補って頂きたい。

ですから簡単に一度だけ言います。私は人間の研究から糧を得て、久しい前から人間の中に鮮やかでまばゆい光明を見て取るに至りました。それは、自然全体と、その中に含まれるすべての驚異に関する光明で、人間が生命と共に受け取った鍵を見失わなければ、その扉が開かれ得るものです。

実際、感覚可能な対象は、万物の系列の中で、対象が存在を始める段階と、形となって現れ得る段階との間に隠された不可視の特性や性質を縮小して目に見えるように集めたものです。対象はその点においてのみ、我々の心を占め、引きつけるのです。そうです、これらの対象は、対象に先行する何らかの性質を感覚できる形にしたものにほかならないのです。あたかも花が、根から花まで目に見えぬ形で存在する諸性質の可視的集合であるようなものです。万物は各々の大きさと種類に応じてこの階梯の一部を内に含んでいます。そして同じ法則によって自然全体は、万物の諸性質の階梯の、より大きな一部分以外のなにものでもありません。

ですから、我々を惹きつけ、我々の探求の真の目的となるのは、感覚可能な対象の中の、目に見えるものではなく目に見えないものなのです。ですから雄弁この上ない自然学者たちが、対象における可視的なもの、触知可能なものを優雅に描写して我々を魅了したとしても、それは自然から然るべき用途を引き出していないことになります。余人を措いて自然学者たちに対して自然自らが語ったと思われることについて何も語らず、一般的にも個別的にも明白な指標である隠れた漸進性についても語っていません。こうした感覚可能な対象の中で、目に見えるものよりも目に見えないものに向かう我々の抗いがたい強烈な欲求を満足させることなく、期待を裏切っています。

彼らは自分自身の期待も、またしばしば他の人と同じように突き動かされる自分の欲求も、満足させていません。いくら彩り豊かに完璧な絵を描いて自らを慰め、我々を驚かせたところで、彼らの精神は周囲の万物から、もっと実のある教えを得たいと内々に思い、満たされたいと思っていることに変わりはないのです。

けれども、何故この欲求が我々の内に感じられるのでしょうか。それは感覚可能な対象すべて、そして自然そのものが持たぬ特権として、人間は万物の全系列の最高点と人間の間にある全ての先行性質を内に持っているからです。それこそ我々が生命と共に受け取った自然の鍵なのです。これによって我々は系列の全段階を見渡し、その諸段階において感覚可能な形で現れるすべてについて問いかけることができます。それに対して可感的な対象すべて、そして自然そのものは、この大いなる階梯の一部しか含んでいません。

それ故に、真理を攻撃するにせよ、弁護するにせよ、人間を分析する前に自然に依拠する人々は、無謀な歩みによって、聴く者たちの足を踏み外させることになるのです。扉を開く鍵を持たずして、宮殿の内部の善し悪しをどうして語れましょうか。そうです、この鍵こそ、こうした議論すべてにおいて優先権を持たねばなりません。それは可感的対象にも、従来の書物にも属さず、したがってそれ独自の歩みを行い、補助的な証人は問いかけるのがふさわしい時まで沈黙させておくのです。この鍵こそ人間存在の至高の尊厳であり、森羅万象を眼下に眺めるよう促すものです。

けれども、我々に備わった諸性質が内部で発達していなければ、どうやって自分の優位を働かせることができましょうか。しかるにその諸性質とは、全系列の頂点と本質的に結びつき、その頂点を知覚して我々にその存在を証明してくれるものであり、その頂点を必須の源、唯一の根源として活動を受け取っているものなのですが、その諸性質を仮にこの頂点と引き離してしまったら、我々の内で発達できるでしょうか。

そのため、我々がこの至高の源との間に持っている原初の関係に、新たな生命を与えて蘇らせることにより、己の存在、知識、幸福を拡大するよう努めることが、我々にとっての義務であり同時に権利であると私には思えました。この至高の源との関係は、我々がやはり知ることができ、否定することが不可能な諸原因のために、我々の内部に埋もれ、押し隠されているのです。

さらに、我々が手に入れられる中で最も驚くべき知識は、源が己の創造物に対して寄せる、汲めども尽きぬ愛についての知識だと思いました。その愛は深淵に陥っている我々に、日々送り届けられます。かたちを変えて我々の傷の至る所に入り込みます。それは気遣いを常に子どもの傷に向け、子どもが被った痛みを精神の力で消してしまう母親の思いやりのようです。あるいは我々の傷や日々の病において、通常の薬が行う作用にも似ています。

このように重要で根本的な事実は、書物の中に存在する以前にあらゆる人間の中に存在しているので、自ら観察するだけで確信することができました。それ故この事実は込み入った伝承の中に探るより、自分自身によって、自分自身の中で研究せねばならないと思いました。伝承によってしか歩むことを知らない粗忽者や詐欺師たちによって、この地上に、そして人間の頭の中にまき散らされた害悪は数えきれません。それ故、純粋に伝承だけを利用する学者たちが信用を失う時が遠からず訪れると、私は予感して心慰められます。学者たちの無知と不手際を鏡にすることで、その無能力さを知った哲学者は傲慢になります。学者たちだけを神と見る単純な人が、無分別で情けない軽信に陥ります。非難すべき学者たちの誤謬の正反対の極に身を投じることで、諸宗派が自らを有能で、我こそ真理を所有するものだと考えて沸き立ちます。かくも多くの面を持った鏡が無くなれば、哲学者は障害に遭って歩みを止めずに済むようになり、単純な人は介在物に気を散らされずに真理の玉座まで視線を至らせることができ、諸宗派は自らに欠けているものに気付く時間ができます。ムハンマド自身、敵対者がいなくなれば己のありのままの姿を知るでしょう。なぜなら、『彼らは皆、神によって教えられる』[4]と書かれています。これが摂理の定めたもうた計画です。それに対抗する者たち、そのもくろみが成就するのを遅らせる者たちに災いあらんことを。

このように、書物より以前に人間の中にある根本的真理を確信してから、この真理の一部と、我らが父祖が聖書に対して寄せる信仰とが完全に一致することを知って、筆舌に尽くせぬ喜びを覚えました。それ以来、聖書は私にとって、およそ真の伝承のあるべき姿そのものとなったのです。すなわち、己自身の本件によって存在が証明された事実、たとえ聖なる書物が何も語っていなくともまったく疑いを差し挟めぬ事実の、証人であるということです。

それ故、ソロモンが万事を知っているかのように見えても驚きませんでした。地球全体の地理、四大の力、時間の始原と中間と終末、天体の運行、星の配置、動物の性質、風の力、植物の多様性、根の性質、人間の思考、そしてすべての隠された事柄です。自然は絶えず自らの扉を我々に向かって開こうと待ち構えていますし、その扉の鍵は上位の主たる源から渡されるのですから、自然と源とから遠ざからなければ、すべての人間はソロモンと同じように、こうした深遠な事柄を知ることができると私は確信しているのです。

さらに、この真理の他の部分と、キリスト教徒の伝承との間にある顕著な関係も発見しました。そのために、我が民の固陋な信仰に大きな疑いを持つようになり、それが深い闇に陥っているように思えました。しかし面と向かって異を唱えることはしませんでしたし、まだ期待するほどの光も与えられていませんでしたから、自分の信仰は胸に秘め、公にする機会が来るのを待っています」

セディールは答えた。「あなたが話をされている相手は、あなたほどの光を間違いなく与えられていません。しかし、あなたがその段階に到達されたことを祝福するだけの確信はあります。あなたと私の話を聞いているお方が、あなたに関わるご意志を達成されんことを祈ります。ですが、これほど私を信用して話されるよう、あなたを促す特別の声とはどんなものなのか、簡単にお教え頂けませんか」

「それは宗教裁判所の攻撃を逃れるために用いたのと同じ声です。善意のふりをして我が家に来た密偵の正体を見抜かせてくれた声と同じです。あなたが私に会いたがっていること、あなたを訪れても心配は無いこと、あなたが私に会いたい理由に悪意は無いことを知らせた声も同じです。そして同じ声が今、あなたがいつの日か、お国に対してこれまでよりも大きな貢献をされることを教えてくれています。

同じ声が、我が民の信仰について告白をさせる気持ちにさせたのであり、別の手段を講じる時がいつかも、きっと教えてくれるでしょう。

これは若い頃アラビア人の学者から特別に贈られたもののおかげですが、『集会の書』を読んでいて、その全き価値を知りました。『正しい良心をそなえた堅い心よりも良い助言者はない。こうした心を持った人は、高い所からすべてを見張る七人の歩哨よりも真理を良く知ることがある』[5]私はまた、この贈り物にいくらか付け加えるべきものがあるとも思いました。それはかのアラビア人が、自分が置かれた状況と知識の増大に応じて行うよう勧めてくれたのです」彼はこうしてセディールに、例の容器と中身を示して、秘密の一部を伝えた。ただ、この中身がどのような植物、どのような動物から抽出されたものかは言わなかった。それを明かす時はまだ来ていなかったのである。それから次のように付け加えた。

「私はアラビア人の教えに忠実に従い、『集会の書』に書いてあることを信じましたが、そこから私が引き出したことを言い表すことはできません。そうです、もし万人が望むなら、人間の住むところは現在のような混乱と闇ではなく、平和と光の地となることでしょう」
セディールは言った。「私もあなたと同しく、人間は崇高な知性を持つ故に、自然とも崇高な関係を築くよう促されていると考えました。それは人間が諸学問の領域で日々行っている研究と、時々成し遂げる発見によっても、そう判断されるところです。また、人間はその起源が勝れたものであるため、誕生の源である原理そのものを導き手とするまで、長い道のりを上昇して行くことができると思いました。そしてその指標と証拠は、あなたたちの聖書と私たちの聖書に見出されると思います。しかし、人間の本性についての基本的原理についても、この原理と伝承の示す証拠との関係についても不案内ですので、こうした観念からあなたと同じ恵みを引き出すことはとうていできませんでした。しかしこの点について、運命はあなたを特別に優遇すべきだと思ったのですから、苦しんでいるこの街のためにあなたの才能を用い、脅威を加えている強力な敵たちの動向について、私に教えてもらえないでしょうか。偉大な民衆の心を安らかにすることは、善良な魂の熱意を掻き立てるに値する、奇特な業にほかなりません」

1―『箴言』二二章八節。
2―『箴言』二七章二二節。
3―『エレミヤ書』三章九節など。バルクはエレミヤの書記とされる人物。
4―『ヨハネによる福音書』六章四五節。
5―『シラ書（集会の書）』三七章一三〜一四節。

第二四篇　エレアザールがセディールに向かって国家の敵を明らかにする

エレアザールは決められた二つの手順の後、一瞬瞑目してからセディールに言った。「最近、エジプトからやって来た〈のっぽの痩せ男〉の話はお聞きになったことでしょう。目に見える敵の中では彼が最も恐ろしい。彼を遣わした女は嫉妬と復讐と利害に燃える、卑しい情念に支配されています。しかし、彼の方も一人で十人分の悪徳を備えています。彼が恐ろしいのは、本人よりも千倍恐ろしい、隠れた敵たちの手先だからです。ホーン岬の報告は信じやすい大衆の頭に恐怖を植え付けるばかりで何も情報を与えなかったのですが、その報告の中に満ち満ちていた不思議な事柄や、その報告が現れる以前にパリに流れていた鰐についての空想は、残念ながら確たる真実を含んでいます。そこから生じる害を我々に及ぼすためなら、かの危険な男はどんなことでもやりかねません。

あの報告の中にスペインとフランスに対する呪詛が多く含まれていたのも根拠のないことではありません。そこで語られた見えざる敵たちは、スペインに対して私という存在を生んだことを、そしてフランスに対して私に避難場所を提供したことを、復讐したいと思っているのです。私と同じような途に身を捧げた人間はすべて、敵たちの不安と悪意を掻き立てるのです。のっぽの痩せ男はその敵たちの配下の一人です。

あの男がなぜ恐ろしいかと言えば、いくつかの贋の知識と、さらに危険な力を用いて、弟子たちの目を眩《くら》ませ、真の光明に至る途を閉ざしているからです。彼の企みのすべてはまだ詳細には分かりません。私の直感は事態が展開するにつれて徐々に得られるようにできているのです。しかし現時点での企てはよく分かりますし、その結果が恐ろしいものになることは確言できます。

彼は手持ちの手段で能う限り反乱を支えています。暴徒たちに錯乱した精神を吹き込み、当局側の部隊によって敗北を喫しそうになると、いつでも応援できる態勢を整えているのです。しかし、国の運命について私は絶望しておりませんし、正義が彼に打ち破られるとはまったく思っておりません。大義の公然たる敵がしばらく優勢になったとしても——そう言うだけの理由もあるのですが——不安を覚えてはなりません。それは束の間のことで、どの企ても成就することはないのです。なぜなら、彼は自然の扉と自らとの照応を知っておらず、実はどこにでも見つかる鍵を用いて開けようとしても、必ず逆に回してしまうからです。

以上、鰐が大きな役割を果たす、彼の恐るべき陰謀を形作り、導いているものについて、これまで私が知り得た概略を簡単にお示ししましたので、彼に強硬に対抗するものについてもざっとした概略をお示しすべきでしょう」

(親愛なる読者よ。ここで言われた概略をありのままに描けないことが遺憾でならない。しかし皆さんが正当な判断をされるなら、私に許しを与えなかった詩神《ミューズ》の方に批判の矛先を向けて頂きたい。)

セディールはエレアザールが語ってくれた詳しい話に心打たれ、この立派なユダヤ人が国のためにいかに役立ち得るかを納得して、ひしと抱きついて言った。「私たちはもう離れられません。この街の安泰のためにあなたはどうしても必要なお方となられました。パリの救世主とお呼びしても過言ではありません。ずっと私の元に留まって頂きたい。もうお宅に帰られるのもお控え下さい。表を出歩かれるのもいけません。街はあまりに危険で混乱しています。あなたのご家族と、身の回りのものすべてを、護衛付きでお迎えに上がらせます。ここではご自宅と同じようにお過ごし下さい。ご宗旨のしきたりに従ってお暮らし頂けます。まったくご自由です」

「ご親切は本当に痛み入ります。しかしながら、あなたが私を働かせようとしている目的のためにも、ご遠慮申し上げるのが賢明かと思われます。あなたが私を同じ屋根の下に住まわせ、私のような出自の人間と深い関係を持つことは、私たちの主たる関心事に人の注目を集めさせることになりましょう。その事柄は、状況が許す限り、目立つ行動は避けるべきだと求めています。ですから、私は自宅に残らせてもらいます。私の手助けを必要とされるときは、いつでもあなたの命に従います。私たちの関係を広く公にできる時がいずれ来るでしょう。

私が表で危険に遭うと恐れておられることについては、ご安心下さい。神のご加護で、こちらに参るときに何事もなかったように、私の身には何も起きないと思います。少しでも不安を感じていたら、娘のラシェルがついてくることを許さなかったでしょう。あれは私の生きる慰めで、あなたと同様、常に全関心を真理に寄せています。そうです、人は幸いにも神を恐れ、神のみを恐れるとき、あらゆる危険から守られるのです」

この言葉を言い終わると、彼の周りには光を放つ雲のようなものが形成された。これはエレアザールが思いのままに操れるもので、群集の中にいても自分だけを他から隔てることすら可能であった。この現象はセディールに不思議の感を与え、エレアザールをさらに貴重な人物と思わせることになった。

（親愛なる読者よ。興味津々のセディールが受けた驚きと、エレアザールを取り囲む見事な覆いを表現するために、ここで叙事詩の中でよく用いられる美しい比喩を持ち出すべきかもしれない。しかしそれを神話伝説の中から借り、メドゥーサの顔によって人が石に変わったことや、イクシオン[1]を見事に欺いた美しい雲のことを語ったりすれば、我が主題をおとしめることになるだろう。他所から比喩を借りてくれば、諸君は信じたくなくなるであろう。それ故ここは割愛するに如くはない。）

セディールは驚嘆し、エレアザールを傍に留め置きたいとさらに強く懇願したが無駄であった。エレアザールは待機していた娘ラシェルの元に出て行った。セディールがラシェルに会ってみたいと言ったからであり、彼は何とも言い難い関心と敬意を示しながら挨拶した。ラシェルはその心遣いに丁寧に答えたが、父がセディールと会うことを心配していただけに、まったく平静な父親に再会できた喜びの方が大きかった。

しばらく丁寧な言葉を交わした後、二人は誠実有徳なセディールの元を辞し、何事もなく家に戻った。この家でラシェルは通常の家事とは別に、エレアザールが大義のために続けている企てのすべて——目に見えるものも目に見えないものも——を、力の及ぶ限り手助けしているのであった。

1—ギリシア神話に登場するラピテス族の王。ゼウスが雲で作った女神の似姿と交わり、そこからケンタウロスが生まれる。

第二五篇　セディールが密偵たちから悪しき報せを受け取る

セディールが兵士たちの置かれた状況を自ら視察すべく、赴こうとしていたそのとき、二人の部下が息せき切って彼の部屋に飛び込んできた。彼らは、万事休すの事態であるとして、次のことを知らせた。流血の事態を避けるようにとのセディールの命令を忠実に守ったため、暴徒の軍は大胆になって味方の正規軍を蹴散らしてしまったこと。司令官自身が、ロゾンによって武装解除されたこと。義勇軍も抵抗かなわず、パリ全体の運命に関わる小麦市場という最重要拠点を放棄せざるを得なかったこと。ロゾンが市場を占拠し、配下に略奪を認めたこと。もはや撤退するか、パリの廃墟の下に呑み込まれるか、残された途は他にないこと。
勇猛果敢なセディールはエレアザールの口から聞いたばかりの言葉がまだ頭に残っており、すっかり落ち着き払って答えた。「状況がさらに悪化しようとも、諸君の提案する策は決して取らない。遅かれ早かれ大義は勝つ、ということについて、私は決して希望を捨てていない。危険が増大しているのであれば、抵抗の力を増すまでのことで、戦列歩兵部隊の招集を一時でもためらってはならない。そもそも我らを決して見捨てぬ忠実な援護があり、私はそこに篤い信頼を置いているのだ」

それ以上の説明はせず、彼は即座にパリ総督と、ドゥナン、グアスタッラ、フォントノワ[1]で勇猛をとどろかせた尖鋭部隊の指揮官のもとに駆けつけた。既に噂で彼らも承知していた現状を短い言葉で伝えた。それでもなお、同胞市民の生命に配慮するよう促し、次のような短い演説を行った。

貴き武勲を約束された輩《ともがら》よ、
命令一下、幾たびも死地に赴きし兵士等よ、
武勇に支えられし泰然自若の力を
フランスに向かって示す時が来た。
戦のさなかにまき散らすべきは、
敵の血ではなく怖気であると知れ。
無謀な民たちは暴徒となっても、
変わらずに同胞であることを忘るなと、
国の栄光が命じている。

兵たちはセディールの願うところをすべて誓った。すぐに非常招集がかけられ、戦列歩兵部隊が集合した。士官たちが先頭に立ち、主戦場へと突撃歩で進んでいった。途中で敗北に

打ちひしがれた多くの義勇兵と出会ったが、彼らは歩兵部隊の到着に勇気を得て、放棄せざるを得なかった拠点を敵から奪い取ろうと決意した。セディールは単なる一兵卒ではなく、立場上一ヶ所に留まることはできなかったが、さもなければ戦列に加わっていたことだろう。しかしどこにいても、彼は美徳にほかならぬ平静さを保ち続けていた。エレアザールによって目を開かれ、当然のごとく自らの心と頭で仕えるようになった好ましい影響力も幾分かは身に纏っていたのであろう。

1—いずれも一八世紀において、フランス軍が勝利した戦で有名な地。

第二六篇　ロゾンの大胆不敵さ　その武具　その逃走

ロゾンは危険が迫っていることを知らされると、才知と勇気を奮い起こし、即座に指揮官たちを呼び集めて、防御の態勢に入るよう、素早く簡潔な命令を与えた。彼の勇ましい姿は隊を元気づけた。これまでの勝利を思い出させ、隊員たちの剛胆さを奮い立たせたのである。自軍を鼓舞するために、コンデ公[1]のように指揮棒を敵の軍隊の中へ投げ込む必要はなかった。しかし、ロゾンの熱情と武勇をいっそう高めたものは、まさに正規軍が現れたときにかの〈貫禄のある女〉が彼に送り届けた剣であった。貫禄のある女は味方の軍が危ういと見るや、エジプトから来た〈のっぽの痩せ男〉に救いを求め、自分のために力を発揮してくれるよう頼んだ。痩せ男はとりあえずの策として、魔法の剣を女に渡し、女がすぐにロゾンのもとに届けさせたのであった。

　この剣は鍔《つば》が何より素晴らしく、かのテティス[2]の楯にも勝るものがあった。というのも、それは敵の攻撃を防ぐだけでなく、生き生きと動く彫刻が彫ってあって、それを見た者は急にめまいを覚え、倒れてしまうのであった。たとえ倒れないだけの強さを持った者があっても、この魔法の彫刻を見つめると、その不思議な力にぐいぐいと引き寄せられ、我知らずその恐るべき剣先に飛び込んでしまうのであった。

　この比類無き武器を手にしたロゾンは、サハラ砂漠のライオンたちよりもさらに猛々しく、正規軍に相対した。剣の抗いがたい力によって、敵の第一列は一瞬のもとに打ち倒された。しかし、後列の兵士たちが同じように崩れようとしたその時、信じられない奇跡が起こって、この恐るべき剣が勝手にロゾンの手を離れ、地面に落ちてしまった。

　雄々しきウルデックよ、ここで我が詩神《ミューズ》は君の殊勲に報いねばならぬ。そうなのだ、この奇跡は君の手柄だと詩神《ミューズ》は認めている。ジョフ夫人の教えをしっかりと理解したことで、君はロゾンの剣にめまいを覚えることなく、魔法の彫刻を見つめても剣先に飛び込むことが無かった。ジョフ夫人の助言を信じることによって、その正しさを証明することができたのだ。その褒美に、君の頭は、これまで知らなかった事柄に対して抗わなくなったと詩神《ミューズ》は語っている。

　突然、倒れていた兵士たちが怒りに震えながら立ち上がった。打ち負かされたことを恥じていきり立ち、復讐心に駆られて忌まわしい剣を奪い取った。しかし敵の血は流すなという部隊長からの命令があったので、ロゾンに向かって剣を振るうことはなかった。剣を粉々に砕くだけに留め、全軍は暴徒たちに対する包囲を狭めるべく進軍した。

武器を奪われたロゾンは、傍らにいた兵士のサーベルを取り上げたが、こちらは失った剣の力をまったく持っていなかった。それでも、生来の勇敢さに、今身にふりかかったことへの怒りと恥辱が加わって、テルモピュライでのレオニダス[3]もかくやと思われる防衛戦を行い、周囲をなぎ倒していった。何かは知らぬ守護の力が働いて、誰一人殺されることは無かったが、その剣さばきに敵うものはなかった。

だがついに、数の力に負け、疲労困憊したあげく、これまで守り通した拠点を捨てざるを得なくなった。彼はサン＝トノレ通りの方へ、次いで街外れのほうに逃れた。その逃走の際にも、目覚ましい知勇のほどを示したので、同種の例を探すとすればさらに古代に遡《さかのぼ》り、ギリシア兵一万人の退却とクセノフォン[4]の功績を思い起こすしかないだろう。

1―大コンデとも呼ばれるルイ二世（一六二一―一六八六）のこと。指揮棒云々は三十年戦争中のエピソード。
2―ギリシア神話に登場する海の精霊。アキレウスの母。
3―レオニダス一世（?―前四八〇）。スパルタの王。テルモピュライでペルシアを相手に奮闘するも戦死。
4―クセノフォン（前四二六頃―前三五五頃）。古代ギリシアの軍人。クナクサの会戦（前四〇一）において、ペルシア軍のギリシア人傭兵一万の頭目に選ばれ、厳冬のアルメニア山中の退却行軍を指揮した。

第二七篇　暴徒はサブロンの野に向かう　正規軍の猛攻撃に遭う

暴徒たちは皆頭目のロゾンと共に逃走した。それは正規軍の正に望むところであった。正規軍は暴徒のすぐ後から追走し、息つく暇も与えずにパリの外に追い出した。

それゆえ敵は隊列を組み、いくつもの通りからまるで奔流のように溢れ出て、ようやく見つけた広い空間に向かって大挙して繰り出してきた。鋳掛け屋、ダンス教師、コック、煙突掃除夫、御者、詩人がこの恐るべき混乱の中で入り交じっていた。こうして彼らはサブロンの野にたどり着き、勇敢なセディールもまた部下たちと共に歩を進めた。この場所は名前に意味があり[1]、運命が自らの計画を遂行するために選んだものに違いない。

ここに至って暴徒たちはまた志気を取り戻した。ロゾンは立ち止まり、部下たちが示した情熱に意気軒昂となった。即座に隊列を整えさせると、鷲のように素早く、正規軍に立ち向かわせた。正規軍は反乱軍の豪胆な攻撃に遭って、命じられた限度を超えぬようにするのに苦労したが、生来の闘志を奮い起こして立ち向かった。彼らは相手を剣の柄と腹で打ち、銃尾で殴った。そうして敵に休む間をまったく与えず、追い詰めて次から次へなぎ倒し、隊全体を打ち倒したのである。

すぐに野原は倒れた暴徒たちで埋め尽くされた。間違いなく彼ら一派は全滅し、戦も止むかと思われた。しかし痩せ男は、貫禄のある女は、まだ無事であり、この恐るべき配下たちを生み出した運命はパリに懲罰と不幸をもたらそうとしていたのである。それゆえ、栄光の勝利によって正規軍の奮闘がやがて報われるかと思われたとき、戦場はここからすっかり様相を変え、事態の流動性と不安定を示す、いとも顕著で、かつ思いもかけぬしるしが現れた。

1―含意は不明。

第二八篇　思いがけぬ奇跡　アカデミー会員たちがこの奇跡を調査する

詩神《ミューズ》よ、今こそお前の力を取り戻し、持てる才のすべてを発揮すべき時だ。もはや暴動や戦闘や、一敗地にまみれた部隊を描くのではない。後世の人の目に、かくも不思議な事実を映し出さねばならぬ。お前の助けがなければ、人知ではとうてい思い描けないような事実を。軍勢の受けた衝撃が最も甚だしく、死が、いや少なくとも打ち負かされた恥辱が、隊全体を覆っていたとき、見知らぬ力が突然戦場を、その上にいた戦士たちもろとも、空中に舞い上がらせてしまったのである。しばらくは彼らの恐怖と驚愕の叫びが聞こえていたが、やがてそれも聞こえなくなった。戦士たちはすべて恐ろしさのあまり死んでしまったか、もしくは幾人かの者が推察したように、どこかの穴に落ちていってしまったのかもしれない。

地面からはとてつもなく太い、灰色がかった柱のようなものが立ち現れ、それは地震で揺さぶられたかのようにぐらぐらしてはいたが、かけらのひとつも落ちぬ堅牢さを示していた。柱の太さも想像しがたかったが、高さも目が届かぬほどであった。

この不思議な穴からは蒸気が大音響と共に立ち上って、その音、振動、噴出は、一つ一つは恐怖を引き起こすものであっても、すべて合体すれば、見る者は皆ただただ呆然とするばかりであった。

セディールはその場面に遭遇するのに間に合ったが、あまりに奇妙な光景に驚き呆れ、何も理解できなかった。しばらくこの柱を観察した後、彼はパリに急ぎ戻った。もしこれが新たな敵の登場であれば別の防御手段を準備しなければならなかったからであり、同時にエレアザールに助言を求めるためでもあった。この驚くべき謎を説明して貰うために問いかけるべき人物は他に無かったので、ただちにエレアザールを呼びにやった。
この現象に人々は皆一様に恐れおののいていたが、残念ながらセディールと同じ手段を持っていない人は好奇心に駆られ、この不思議を解明して貰うには学者に問いかけるに如くはないと信じた。幾人かの人々はすっかり物思いにふけって戻り、アカデミーへと出かけた。その内の一人は演説するよう促され、次のように言った。

フランスの誉《ほま》れ、高名なるアカデミーよ、
アポロンの姉妹たちのうち、姉にして友たるそなた[1]は、
ユピテルの傍らにても楚々とした振る舞いで、
ユピテルとて咳をする前にはあなたに断らずにいない。
恐るべき奇跡を解き明かしたまえ。
さもなくば、我ら皆、これをしも悪魔の仕業と思うであろう。

「悪魔だって？」と議長は答えた。「もしそうならば我々の能力を超えた事態だ。だが安心したまえ。我々は委員を選任するから、諸君に不安を与えているものについて、何を頼りにすべきかがすぐ分かるだろう」
実際、その直後にアカデミー会員の一団が、ありとあらゆる六分儀、八分儀、天体観測器、

天体望遠鏡等々を持って出ていくのが見られた。彼らはサブロンの野の入り口に着いたが、地面はがたがたと音を立てる未知の力によって動揺していたので、少し離れたところに位置して、一斉に器具を向けた。その観測結果は以下の通りである。

柱の高さ――六〇〇〇トワズ、[2]もしくは八五〇〇トワズ、もしくは三二五〇トワズ三ピエもしくは二万五〇〇〇トワズ五ピエ半。

柱の色――灰色もしくは緑、もしくは石英花崗岩色、もしくは硝子瓶の底色、もしくはパリの泥色。

柱の材質――水銀、もしくは粘板岩、もしくは石英花崗岩、もしくは我が国で最も博識な自然学者の説によると、地球内部で未だに液状を保つ溶解ガラスの一部。

1―知恵と学芸の女神アテナ（ミネルヴァ）。
2―長さの旧計量単位。一トワズは一・九四九メートル、一ピエは三二・四八センチ、一プースは二七・〇七ミリ、一リーニュは二・二五六ミリ。

第二九篇　アカデミーの委員たちの決定　彼らの驚き

委員たちはそれぞれが勝手な結果を得たが、アカデミーには統一した報告を行いたいと思った。そこで投票を行わざるを得なかった。多数決で決まったのは、柱の高さが四万五九五二トワズ三プース二リーニュ、直径が三三三二トワズ、成分は未だ赤熱した溶岩ということだった。
彼らがアカデミーに報告を行うべく戻ろうとしたとき、柱から大笑いに混じって声が聞こえた。「学者どもよ、ああ、学者どもよ」
委員たちは仰天して振り返った。声はまだ続いた。「学者どもよ、ああ、学者どもよ」そして静かになった。「こだまですな」と委員の一人が言った。「群集の中のふざけた男が言ったのでしょう。それを柱が同語反復の法則に従って繰り返したのです」そうして歩き続けようとしたが、また声が聞こえたので、彼らはまるで石になったように固まって動けなくなってしまった。

否、否、我が声をこだまと思ってはならぬ。
御身等の広闊な学問が御身等を導いて
人違いをしたのはこれが初めてではない。
まずは我と近づきになるべきであった。
身を慎め。御身等の頭の中に
新たな奇跡の入る余地を作るが良い。
我が青ざめた色から判断してはならぬ。
我は望めば両刀論法《ジレンマ》よりもさらに鋭利となるのだから。

野次馬、アカデミー会員、その他の者たちの心と顔に表れた驚き、恐怖、恥辱、不安をどう描けば良いだろうか。皆が皆顔を伏せて地面に倒れ、声はなお続いた。

我は火山でも溶岩でも化石でもない。
我は生きている、すなわち我は鰐《クロコディル》である。
メンフィスの平野に永遠に住み、
かの地を離れることなく、パリまでやって来られたのだ。
パリがこの神秘をいかに受け取るか見たかった。
戦の中で立ち働いてみるのも愉快であった。
御身等の戦闘に参加し、
御身等の軍隊と共に参戦したかった。
両軍を一息で呑み込んでしまったが、
心を痛める必要はない。
彼らの運命は時が至れば知られるであろう。

（ここでパリの住民は、報告の最後で、自分たちが「樽詰めにされる」と脅かされていたのを思い出した。思いがけなく人々が呑み込まれる事態が起きなければ、この言葉の意味は理解できなかったであろう。）

ここで御身等のため、しばらくの間

学問の講義を行って進ぜよう。

我は宇宙に関し、哲学の鍵を持っているのである。

クロコディルという言葉、また驚くべき旅をしてきた、というくだりで頭を少し上げていた野次馬たちは、学問の講義という言葉ですっかり立ち上がった。そうして皆が耳を傾ける中、声が続けて発せられた。

第三〇篇　クロコディルの学術講義　万物の起源

「諸君等がいま目にしている宇宙が未だ存在していないときのこと、大きな美しい鰐がいた。それが我輩であるが、現在の我輩はそのかすかな似姿に過ぎない。鰐は自由に宇宙を動き回り、何ものにも邪魔されなかった。鰐の歩みを止めるものは何もなかった。

（親愛なる読者よ。ここで以下のことを前もって言っておかざるを得ない。クロコディルが語っているのは虚偽か、もしくは大いなる神秘（ただし象徴的な言説と仮定して）かのどちらかである。この講義の残りの部分で描いている創造の力はどう考えても疑わしい。この創造の力は彼の知らない源から発している。彼はここで人に教えを垂れるというよりも、こうした大問題に関する古代現代の学説のもじりを行おうとしていると思われる。彼が悪だくみを実行する方法はそれほど厳密ではないが、諸君も彼の説についてうるさく言うべきではない。真理に関する深遠な学びと、学校で教えられる空しい学問について通じておられるなら、この講義で語られていないことを埋め合わせ、誤った事柄は修正し、本当の狙いは何なのかが容易に感じられよう。）

鰐はこの存在に満足しなかった。この宇宙に含まれる成分を高等な化学によって理解したいと願い、立ち止まって分析しようとした。しかし、分析するつもりだった成分には手が届かず、まったく別の種類の、思ってもいない材料を手に入れることになった。というのも、運動を止めたその瞬間から、鰐の体は伸び伸びとした自由な形ではなくなったのである。鰐の進行方向にかかる風圧によって体の両端が丸まり、自然にくっついてしまったのである。

やがて、丸くなった鰐の体から円の内側に出て行った発散物が集まり、凝縮し、熱を帯び、蒸気となった。鰐の体から出た発散物が密度を増すにつれて、鰐の体も重量を増した。というのも、この発散物は有毒で、これまでは鰐の体が空中を軽々と漂う助けをしていたからである。こうして現在ある自然は目に見えるものとなった。それがまた〈時間の鋳型〉の第一原理であり、この鋳型はいつの日か破壊される恐れがあるが、我輩はこれを何としても保っておきたい理由があるのである。

こうやって蒸気が集まり、多様な密度と固さの段階ができることで、宇宙を構成する万物が形成された。

密度が最も低く、本来の微細さに最も近い発散物から、恒星と天空が生じた。次の段階にある発散物から惑星が形成された。彗星を作った漠たる発散物もあった。鰐の体そのものは、発散物が流出したおかげで残りが固体となり、地球の塊を形成した。しかし大地にもなれず、清澄な気体となることもできなかった渋い体液が残っており、これが海となった。雲となって立ち上ったものもあり、これが雨を形成した。体表に汗の形で留まったものは雪と山の氷河とである。

高温の気体がこの円の中心に捉えられたことで空間ができ、その部分を埋められる物質はなかった。そのため哲学者たちが、霊感を受けたように、地球の核は空虚で高温であると主張することになったのである。

万物はすべてガラスの状態から始まったと彼らが言ったのも、恐らく当てずっぽうだったのだろうが、原理に則《のっと》っていたことになる。というのも、彼らは恐らく破壊の残留物に過ぎないものを原初状態と考えたようだが、我輩が諸君等に示した第一段階と第二段階を図らずも説明しているのだ。

実際、化学は次のように教えていないだろうか、諸君。ガラスを作るにはまずガラス化する材料を集め、そこにアルカリ物質を加えねばならない。このアルカリ物質は他の固体を溶解して取り出すのだから天然物質ではないのではないか。こうしたすべての材料がガラスを作るために必要である以上、高名なる哲学者の説に従うと、世界の形成以前に物質が存在したことになるのがよく分かるであろう。それ故、我輩もこの先行素材の存在について、彼らとまったく意見が一致しておるのだ。もっとも、その素材の性質については完全に意見が異なっておるが。

諸君等の高名なるビュフォン君[1]の説も我輩とほぼ一致しておる。惑星の衛星は、惑星を形作っていた元の物質によってできた、惑星と同種の塊であって、惑星そのものも太陽の物質から形成されているらしいと彼は考えている。彼の説は我輩の説を言い換えたものにほかならない。すなわち、自然全体は原初の鰐の体から出た発散物から形成されているということだ。ただ、彼の説には修正を加えておこう。宇宙を構成する万物は、このように互いに物質を融通し合っているのではなく、それぞれが、それぞれに固有で特殊な発散物から生み出されているということだ。

我輩自身が剽窃の批判を被るといけないので、付け加えておくが、彼の学説は新しくも何ともない。望むなら他の哲学者たちから汲み出すことができたのだ。というのも、我輩が修正を加えたこの説は一六八二年にアムステルダムで、ドイツ語で発表されておる。[2] このようなことを公表するのは我輩の誠実さを示すものだ。なにしろ当時この発見を公にした男は、我輩の悪口をさんざん述べているのだから」

1―ビュフォン伯ジョルジュ＝ルイ・ルクレール（一七〇七―一七八八）。『自然の諸時期』（一七七八）等で太陽系の起源について論じた。

2―ヤコブ・ベーメ（一五七五―一六二四）の『アウロラ』のこと。サン＝マルタンは一八〇〇年に同書の仏訳を出版している。

第三二篇　クロコディルの学術講義（続き）　宇宙の展開

「いま説明したような形で形成された世界は、安定した法則に従い、自らの大きさを保っていた。軽い発散物はもはや失うべき固体部分がなくなって上昇を止め、塊となった部分は微細成分の発散も止まって、地球はこれ以上落下しなかった。しかし、この大きな鰐（我輩のことだ）の体は丸くなっていたので、中に含んでいたものをすべて圧縮し、中心にあった空気はこの圧縮に抵抗した。その結果、この体がぐるぐると回りながら落下することになった。それはニュートンとケプラーが引力と斥力の法則によって描いたとおりである。

当然の結果として、この運動は、鰐の体から出て行ったさまざまな段階の発散物にも伝わった。だからこそ、天体はすべて回転するのである。これが万有の回転原理である。（ここで講演者は一瞬沈黙した。それから、忌々しそうに話を続けた。）何だか知らない声が言えというから言うが、この宇宙の回転運動のおかげで、自然全体は眠り込んでいるというか、夢遊状態にあり、己のしていることが分からないのだ。諸君は時々戯れに鶏の頭を羽の間に押し込み、ぐるぐる回転させて目を回させたあげく、好き放題のことをするが、自然を構成する有形的存在はすべてこの鶏のようなものだ」

（講演の始まりから、聴衆たちは皆馬鹿馬鹿しく思ったし、何より恐怖に駆られて逃げ出そうと思った。しかし、彼らの意志に反して地面の下から来る力に引き留められた。ポンプが空気を吸い込むように足が地面に張り付くのを感じていた。この宇宙に関する奇妙な説明を聞いたときは、集団の中に大きなざわめきが聞こえた。とりわけ、昔から違う見方をしていたアカデミー会員から声が挙がった。しかし足を留めさせた力は彼らを沈黙させることもできたのである。件の吸気ポンプは、彼らの動脈と神経を通じて、作用を口にまで及ぼし、内側から空気を吸引したので、唇がぴったり閉じてしまい、彼らは口を開くことも、言葉を発することもできなかった。あたかも学校で教授が教壇から課業を講じる際に受講生が沈黙を強いられるような状態だった。それ故演説者は自由気ままに話を続けた。）

第三二篇　クロコディルの学術講義（続き）　個々の存在の形成　ピラミッド

「これら自然の基礎とは別に、大いなる鰐の体から出た個別の発散物によって造り出された存在がある。これらは性格がさまざまなので、形態も多様である。あるものは、ひとかけらの生命、すなわち微細な空気の小球を持っていたので、この空気によってどちらの方向にも動かされ、地をさまようこととなった。これが動物界を構成する存在である。

大鰐の肉の表面に留まった発散物もあり、これが樹木と植物全体を構成する。内部に引き込まれるか、皮と肉の間に留められたものは鉱物となった。

諸君等の学者たちはこの微細な空気の流れがどのような働きをするか分かっていない。これは鉄には含まれ得ないものだ。鉄という金属は硫黄に対して溶けやすいのは諸君等も知っての通りだろう。そのためこの空気は常に北に向かい、火と同じく上昇する主要な発散物は、空気の作用によって極を立ち上げることになった。その結果として北半球に南半球より多くの陸地ができたのだ。同じ理由で、磁針が北を向く真の原因も空気である。空気と鉄は非常に類縁性が高いからだ。だが、学者たちにこの秘密を明かすのは我輩の役目ではない。

これら個々の有形存在、また自然の基礎を作り上げた存在は、それぞれが大鰐（我輩のことだ）の感覚器官となった。それまで我輩は感覚など必要なく、媒介なしに直接万物に近づき、これを知覚していた。それ故よく覚えているが、我輩は感覚が形成されるにつれて、代わりに観念をそれだけ失うことになった。これは諸君等の学者たちが今日主張していることの正反対のように思える。彼らによれば、人間から観念を奪うには感覚を奪えばいいというのだから。我輩によれば、それは言葉の解釈の違いに過ぎない。我輩が言いたいのはただ、我輩の周りに形成されたそれらの創造物は、我輩がそれ以前に実在物として知覚し、知り得たものの、有形の似像にほかならないということだ。人間は今日、有形の似像の中に残された僅かな実在を汲み出すために感覚器官を必要としている、と諸君等の学者たちが主張するのも同じことである。すべては昔の調和、原初の循環が、できる限り今も維持されるためだ、ということである。

この新たな秩序が打ち立てられると、我輩は我が小帝国の君主のような存在になった。しかし、程なくして我輩は別の役割を演じたくなった。その役割については諸君等が日々自分で繰り返しているから、話す必要はあるまい。ところが、我輩が享受できなくなったこの観念の領域に帰属するらしい強力な精霊がいて、我輩の意図を見抜いた。そうして原初の調和に我輩が引き起こした混乱がさらに拡大するのを恐れ、我輩が形状を変化させてから取った丸い形、そこからすべての力を引き出した円をまず断ち切ってしまった。そうして、良く聴くがいい、我輩の発散物からできた花崗岩のかけらを用いて、エジプトの地にわざわざ自分で一番高いピラミッドを作り、その下に我輩の尻尾を置いて、ねじで留めてしまったのだ。

我輩の尻尾を止めたねじからは四本の枝が伸びていて、それぞれがピラミッドの四辺に届き、基礎を固めている。ピラミッドの下を発掘してみれば、なぜこれまで、また今でも毎日振動を被っているのに、正確に東西南北を向いているのかが分かるだろう。

我輩の丸い形を壊し、尻尾をねじで留めた精霊は、我輩が体の残りの部分で、世界中、あらゆる方向に歩き回る自由は残してくれた。ただ、全人類、またすべての善良な精霊たちが、こぞって我輩の企てと闘い、我輩が何を試みても全力で邪魔をする、という厳格な条件を付けた。

この代価を支払って、我輩は地球の内部を突き抜けたり、地球の端まで、さらにはその向こう側まで体を伸ばしたり、十五ピエか二十ピエの、通常の鰐と同じ大きさに縮まる力を手にしたのである。さらに、尻尾は常にピラミッドの下に敷かれていても、投石紐のように回転することができ、あちこちを経巡って、宇宙のあらゆる場所と領域を目にすることができる。それ故、自分に残された権利を十分に利用し、あれこれ条件は課されていたけれども、手を太陽まで伸ばすこともできた。我輩が鍵を授けなければ、諸君は太陽黒点を決して説明できないだろう。また、所有している手段を駆使して、エジプトだけでなく、地上のいろいろな場所で我輩の名を高めることもできた。

我輩を大ピラミッドにねじでとめた力があっても、動き回る力は保持したのと、善良な精霊から我輩が闘いを挑まれているせいで、ヘロドトスの時代でもストラボンの時代でもマイエ[1]の時代でも、この巨大な塊の大きさは、我輩が常に動かそうとしているため、正確に測れなくなったのだ。さきほど我輩を調査しようとしたアカデミー会員の結論があれほどばらばらだったのも同じ原因から来ている」

1―ヘロドトス（前四八五頃―前四二〇頃）。古代ギリシアの歴史家。ストラボン（前六三―後二三頃）は古代ローマ時代の地理学者・歴史家・哲学者。ブノワ・ド・マイエ（一六五六―一七三八）は死後出版された『テリアメッド』の中で地球の歴史について書いている。

第三三篇　クロコディルの学術講義（続き）　諸々の学問の代表

「彼らが学問研究において突き当たるべき困難はこれだけではない。我輩は手の届くすべての対象に、そして諸々の学問に対して我が権利を行使したのである。それ故、我が支配を打ち立てるに当たり、我が帝国で才能を行使したいと望むすべての学問の代表を招いた。我輩は喜んで許可を与えたが、我が栄光と権力を支えるために必要と思われる絶対条件を課したのである。

そこで数学に対しては、我が君主権の及ぶところどこででも、数を数え、重さを量り、長さを測っても良いと言った。ただし、数と重さと長さの基準器は我が記録庫に永遠に収め、基準は自分で勝手に作れ、という条件を課した。

自然学に対してはこう言った。万物の形態について論じ、万物の存在と働きの様態を取り扱ってもよい。ただし万物の存在の〈何故〉は我輩の記録庫に収めるという条件付きで、だ。なぜならその知識が広まれば我輩の失う所はあまりに大きいからである。こうして自然学はまったく我輩の言いなりとなった。何といっても万物の存在理由を知らずに万物の様態を完全に知ることはできないからである。〈何故〉は〈如何に〉の鍵であるが、〈如何に〉は〈何故〉の鍵ではないのだ。

化学に対してはこう言った。いま自然学に向かって我輩が言ったことを聞いたであろう。万物の〈何故〉を知らずに〈如何に〉を知ることは不可能なのだから、どんな化学物質でも自由に操作しても構わない。我輩は〈何故〉の鍵を保持しているのだから、〈如何に〉の鍵を我輩に委ねることになり、何を分解するにせよ再構成するにせよ、それは表面上の操作に留まるのだ。

天文学にはこう言った。すべての天体の暦を作り、運動の外面的法則を書き記して楽しむのも結構だ。だが、天体が回転する中心の軸と、天体に対して我輩が持つ力については語ってはならず、その秘密は我が記録庫に留め置くのだ。

植物学にはこう言った。植物をその形、性、果実、萼《がく》、葉、属によって分類する体系について議論するのは構わない。だが、構成要素による真の分類は禁じ、その鍵は我が記録庫に収めてもらいたい。

医学にはこう言った。人間の健康の世話は任せた。だが、病人を清浄にするために用いる医学物質自体の清浄法という秘密は、我が記録庫に残しておき、その埋め合わせはできる限り自分でやるように、と。

音楽にはこう言った。描きたいものは何でも描いてよいという最大限の自由を与える。ただし、二つの条件がある。一つ目は、音高基準は我輩の記録庫に留めること。二つ目は声と楽器の音の範囲は諸国民に知られている惑星音階に限るということ。ただし、この第二の条件は一時的なもので、ハーシェルが新惑星を発見して[1]、それが新しい音階の低音となり、新しいオクターヴの第一音となるまでのことである。

　文法学にはこう言った。与えるべき許可も、限るべき範囲も、どちらもない。なぜなら文法に関わる真の秘密は我輩の記録庫に預けることはできず、別の君主のものだからである。この君主の記録庫は常に開かれていて、その結果文法学は世界中で尊重されていないものの、遍く実践されているのである。

　絵画にはこう言った。物理的なものにせよ精神的なものにせよ、絵筆の対象となるものは何を描くも自由だ。だが、生きた色に関する秘密、したがって、人の目に真の光を提示する、生きた絵を描く秘密は我が記録庫に納めておかねばならない。

　詩にはこう言った。崇高極まりないものは何でも表現する権利を与える。だが、観念と想像の描写を行うに留めておき、モデルは我が記録庫に残しておかねばならない。ただ、運良く文法の記録庫にそれを汲み出しに行くことができれば別であるが。

　最後に歴史学にこう言った。人間の諸々の行動を集めることは宜しい。だが、普遍的社会契約の秘密の条項と、国と国の間で起こる全事象を動かす、隠れた動因に関する知識は渡さない。そのおかげで我輩は諸民族を手の中に納め、歴史学者たちはこの操り人形たちの表面的動きのみを描いて、彼らを繋いで動かしている糸については何も語れないのだ。

　それからすべての学問全体が守るべき義務を課した。それぞれの学問の領域で何か発見をした場合、その知識を我輩に伝えなければならないということだ。それから、学問の徒たる者、すべからく我輩の栄光、我輩への奉仕に全身全霊をかけなければならないということである。

以上の言葉を聞いて、すべての学問の代表者は困惑し、自分たちに課せられた制限を低い声で嘆きながら出て行った。連中は我が帝国でなるべく好き勝手に振る舞おうと努めたが、我輩が監視を緩めなかったので、望んでいた目標にはとうてい達せず、連中に課した税は我輩に期待以上のものをもたらしてくれた。

たしかに、この代表団の中に入っていない特別の学問がいくつかあって、我輩に何も要求すべきでないと思っておったから、我輩も何も命じることがなかった。だが、我輩なしでも立ち行くと考えていたということから、我輩が警戒すべき理由がそれだけあった。彼らはしばしば我が目論見に逆らおうとした。幸いにも我が監視によってこれまでのところ我が権利は守られており、将来も維持されることであろう」

(聴衆はポンプの力で相変わらずじっと沈黙したままであった。この時においても野次馬たちが加わって聴衆の数は増えていた。彼らは何が起きているのか、アカデミーの委員会はどうなったのか、知りたくてたまらず、ここにやって来たのであった。だが、この物見高い人々がポンプに近づくと、他と同じように捕らえられ、その場で何も言わずに留まることを強いられた。)

(親愛なる読者よ。ここで図らずも示された大いなる真理を解明すべく努められたい。その苦労はきっと報われるであろう。)

その間も声は止まらず、講義は続いた。

1―フレデリック・ウィリアム・ハーシェル(一七三八―一八二二)による天王星の発見は一七八一年。

第三四篇　クロコディルの学術講義(続き)　人類の置かれた状態

「さて人類史の話である。我が支配が自然や学問の領域に留まらず、人類史の領域も含んでいることはもはや了解したであろう。だが、正直なところ、人間の起源については我輩も少々当惑していて、どこから人間がやって来たのか、まだ見抜けずにいる。ともあれ、我輩は人間たちを意のままに動かす権利は手放さなかったからそれで良しとせねばならぬ。

彼らが我が帝国に足を踏み入れてすぐ、我輩が最初に力を行使しようとしたのは、彼らの頭を羽の下に入れさせるということであった。その姿の意味するところは諸君も了解できるであろう。だが、頭は羽の下に入れさせても、足と手と舌を用いる自由は残した。頭を用いる自由は我輩が保持したので、人間は我が意思に反して話したり行動したり動いたりする場合には相当抜け目なくなければならない。それ故、我が計画の行使に当たって、我輩は彼らを日々用い、彼らを真の夢遊状態[1]に留め置いている。この手段を用いて我輩は宇宙の法則を自由にすると共に、諸々の国を昔から支配しているのである。

しかしながら、このような事態になったのは人間のせいだと言わざるを得ない。というのも、人間には我が主権に異議申し立てをする手段が十分あるらしいのだ。だがそのようなことを我輩が知らせる訳にはいかない。慎重を期して、人類史は洪水から後のことだけを語るに留めよう」

1―夢遊状態 somnambulisme は一八世紀当時フランツ・アントン・メスマー（一七三四―一八一五）の動物磁気治療によって人工的に引き起こされた恍惚状態を示唆しているが、これは一九世紀以降、「催眠状態 hypnotisme」と呼ばれるようになる。

第三五篇　クロコディルの学術講義（続き）　人類史

「我輩は世界一周を始める前に、人間たちが少し目を開き、自分たちの置かれた状態を脱しようとしているのに気づいた。そこで我輩はナイル川の泥を乾かし、四本の足と口を用いて運べるだけ運んで行った。この泥は本物のナトロン[1]であり、エジプトの土地全体を作っているものだ。性質的には水に溶けて拡散するので、少量を大気中に撒くだけで広範囲の大気を霞ませることができる。肉体の目をかすませることにより、人間の精神や想像力にも同じ効果を与えられるのである。また出発する前に、まずエジプト人たちに動物を――我輩もその中に入るから――敬うよう教えたので、その後で起こった飢饉の際、住民たちは聖なる動物を食べるよりは自分たちで共食いをすることを選んだ。それはディオドロス[2]が語っている通りである。その後はアフリカ全土でも他の土地においても、ありとあらゆる種類の物神——生きたものでも死んだものでも——の崇拝を打ち立てることが容易にできた。諸君も見てのとおり、我輩はどこででも、何に対しても、語りかけることができるのである。

我輩の最初の遠征先は中国であった。強大な精霊がこの地の住民に素晴らしい知識を伝えたことは知っていた。でき得ることなら、我が帝国を地上にさらに広げるため、その知識の幾分かを獲得しに行こうと思ったのである。その途次、我輩はあるときは地下、あるときは地表を渡り、アラビア、ペルシア、契丹、韃靼、チベットを通過した。常に体を好きなだけ伸ばしてのことだが、ピラミッドの重しを外すことはできなかった。このようなうねうねとした動きのおかげで、地表には谷、山脈、河床が形成されたのだ。それ故また、地球にはおよそ直線というものが見られないのである。

中国人たちは多くの知識、そして特に一つの輝かしい真理を享受していた。ピタゴラスが二千年の後、百頭の牛を神に供えた、あの真理だ。[3] 中国人たちはもっとずっと高い段階にまで真理を至らせていたので、

いっそ十万頭を捧げることもできたであろう。
だが我がエジプトの地は驚異に満ち、
民の頭を混乱させたゆえ、
今日では子牛一頭捧げるのがやっとのことだ。

我輩が相手にしたのは有名なブッダの信奉者一派の男だった。少しく働きかけた後、もし彼の秘密のいくつかを我輩に委ね、我輩の秘密のいくつかを彼の国に広めてくれるなら、彼の名と栄光を、世界全体に及ぶ諸々の大事件と世の末まで結びつけてやると約束した。ちらつかせてやった期待に惑わされ、我輩が示した約束の証拠に驚き打たれ、交渉が成立した。こうしてそれまで持っていなかった重要な知識を手にし、これに少々混ぜ物を加えて、もはや我が目論見の成功を疑わず、すぐに旅立った。我が貯えを利用し、地上で人間たちが代わりに売ってくれるものを買いに行ったのである。人間たちはそれを時間が許す限り互いに売り買いするであろう。

我輩はまず、一本の足を日本にまで伸ばした。我が貯えの一部をダイリ[4]に渡すと、彼は我輩がエジプトから持ってきた土のおかげで、それまで摂っていたブッダの糧よりもこれを良質だと思った。彼がいくつかの小さな秘密をくれたのと引き替えに、我輩は彼を太陽の帝《みかど》にしてやった。それ以来、彼の後継者たちは月が出ているときは尊厳が損なわれるのを恐れて宮殿から外に出ないのである。

北方に短い遠征をしたときは、オーディン[5]は国で最高の占者となる代わりに、片目を我輩に差し出すことに同意した。その後、地球をぐるりと回ったが、最初は全体を取り囲むために、大陸の外側の境に沿って進んだ。こうして前衛に位置する頭目たちをすべて味方に引き入れるよう心がけた。しかし、自然の中にはいとも恐ろしい岬があるものだ。カモンイス[6]の名を高からしめた嵐の岬などは、我輩がいくつか経験したものに比べれば何ほどのこともない。この詩人の虚構は壮大なものと思われているようだが、我輩のように本当の事実を知ったらどうなることだろうか。
大陸の外側を回る行程が終わると、今度はアジアの内陸に近づいた。そこでかのセミラミス女王[7]と条約を結んだ。それは我輩の助手何名かをベルス王の神殿で雇ってくれれば、女王の治世を彩る栄光を享受させるというものであった。カナンの一族には書物を発明させ、それがほどなくして隣国に広まった。バラモンと僧侶たちには反論と論争の趣味を植え付けた。韃靼人においてはダライ・ラマを最高位に付けてやった。ムガル帝国皇帝には、黄金が将来豊富に採れることを約束し、インド人たちには即座に華々しい称号を授けてやった。これすべて、我輩がその国々で近づけぬようにしていたブッダの教えと引き替えに行った。

こうしてほぼアジア全体を混乱させると、我輩はエジプトに戻った。例の土を取りに行くためであり、とりわけかのセンウセルト王[8]を進軍させるためであった。それも中国で結んだ秘密の約定に含まれる重要な一項であった。我輩は王に明確なしるしを与えた。それ故、彼の剣に我輩が委ねたすべての民族を、血に飢えて屠《ほふ》り続けたのである。彼の武勲は我輩がいささか手を貸したため尋常ならざるものとなり、学者たちはセンウセルト王自身を空想上の人物と思うようになった。学者たちより事情をよく知っている我輩は言っておくが、王が征服の様々な場面で発揮した猛勇ぶりには、我輩がブッダの教えから受けた宇宙全体を動揺させる力が加わっていたのだ。

実際、我輩はやがてギリシアに赴き、ヘレネ[9]が催した王宮の宴《うたげ》の際に、勇士パリスの血の一滴を彼女の杯《さかずき》の中に落としたが、その中にはセンウセルト王を駆り立てた二重の力が加わっていたのだ。これがトロイア戦争の発端である。美しきヘレネが不幸なポリュクセネ王女と同じく悲劇的最期を迎えたのも驚くべきことではない。彼女らのこともセンウセルト王との約定に含まれていたのである。

我輩が結んだ契約に従って、我輩はアッシリアに戻り、サルダナパロス[10]の王国を転覆させることで、人類史に重要な一時代を画した。息つく間もなく我輩は一本の足をローマまで伸ばし、好戦的な国を作った。我輩が結んだ契約と人間を扇動したいという欲求のおかげで、この国はやがてギリシアとアジアの一部を侵略することとなる。アルンス王[11]は二匹の犬しか親衛隊としていなかったが、そのような簡素さからネロやドミティアヌス帝の豪華さにローマ人を導くために、我輩は少々画策した。しかしナイル川の泥のおかげで、我輩はこの国の民に多くの革命を経験させ、その性格を従順にして、頭を羽の下に入れさせ、我輩の望む通りに仕立て上げた。

しかし共和国の始まりの頃、精霊と人間の一族が我輩に少しく打撃を与えた。ギリシアでも手加減してもらえず、我輩にとって極めて恐るべき才能がピタゴラスの中に宿ることとなった。だが我輩は彼の中から出てくるものを少し歪めるように予防策をとった。それ故、ピタゴラスは頭と心に賢明さを宿していたが、その弟子のソクラテスは頭よりもずっと心に賢明さを持ち、さらに物事はすべて衰退して行くものなので、その弟子のプラトンは心よりも頭に賢明さを持った。プラトンの弟子のアリストテレスは心や頭よりもむしろ記憶力に賢明さがあり、その弟子のアレクサンドロス大王は胃袋と剣の先にしか賢明さを担わなかった。このときとばかり、我輩は王をアッシリアに送り、キュロス[12]の豊かな遺産を少しく散逸せしめたのだ。

こうした準備作業は間接的ながら十分な結果をもたらした。この間に我輩はエジプトに短い旅をし、そこで砂漠に迷ったカンビュヤス[13]の軍隊をもてなしてやった。ちょうど諸君らの両軍をもてなしてやったように。それ故、カンビュセスの軍隊がどうなったのか、歴史家たちは決して知り得なかったのである。

その途中で我輩はエウボイア半島[14]の地下を通ったのだが、かなり激しい地震を引き起こしたのでアタランテの街が呑み込まれてしまった。しかしそれは別の時代に我輩が企てた地震の縮小版で、とりわけ今世紀に陝西の地方で起こした地震[15]に比べればずっと小さい。陝西では我輩が山を用いて玉遊びをしたものだから、多くの街を打ち壊してしまった。ことほどさように我輩の運動は人の耳目を惹くものである。

我輩は急いでローマに戻り、カルタゴ、スペイン、ギリシア、小アジア、ユダヤとの争いをけしかけた。その歴史については諸君も良く知っているから、物語るまでもあるまい。その上首尾のほどには我輩も満足すべきだろう。タルクィニウス、アッピウス、マリウス、スラ、キンナ、ポンペイウス、カエサル、ティベリウス、カリグラ[16]らのおかげで、我輩はこの国の内外を揺り動かし、他国に対して与えた被害の代償を少し払わせてやった。これらの行程の際に、ナポリのそばの地下を通ったのだが、あまり速く通過したものだから発火物質が点火し、その爆発によってヴェスヴィオ山が噴火し、ポンペイ、ヘルクラネウム、スタビアエ[17]の街々が呑み込まれてしまった。

ローマでは血気盛んな連中しか煽ることができなかった。この都市は我が術策のすべてを用いるだけの才覚を欠いていたのだ。

そこでローマにはうんざりして我輩は北方の領域に向かった。我輩がこの世の王のようにしてやったローマ人に対抗して、北方全体を反乱へと向かわせるのに、隻眼のオーディンが大いに役立ってくれた。ゴート族、ヴァンダル族、スキタイ族、フン族、ランゴバルド族、ヘルール族たちは好戦的衝動よりもオーディンと我輩の衝動に従ったのだ。攻めて来ては常に何らかの略奪をしていったローマという大国から、彼らを時々離反させた。さもなければ、彼らはこの高圧的な国から独立を保てなかったことだろう。けれども、我輩がその後彼ら同士をけしかけることになるのは、諸君らが歴史で見てきた通りだ。オーディンは片目しかなかったので、彼の家来を自称する者たちは、我勝ちに目をかけてもらおうと争い合ったのである。

こうやって西洋を引っかき回している間に、東洋は平和をもたらした精霊たちの力でおとなしくなりすぎており、惰眠から目覚めさせるべく駆けつけねばならなかった。我輩はすぐにアラビアに赴いた。そこで、あの（ここで間があって）連中の不注意のおかげで、我輩はムハンマドの中に、我輩の感覚に合い、企てに類似した男を見いだした。そこで、（再び間合い）に対抗させ、したがって（三度目の間合い）に対抗させる計画があったので、刀を用いて説教するよう彼に勧めた。実はムハンマドには三つの目があった。彼を決心させるためにオーディンが手放した目を我輩が与えていたからである。

そのおかげで彼と彼の後継者たちは、アジアとヨーロッパを急速に広く征服して行き、我輩によってローマと対抗させられていた北方の国々をすべて従える勢いであった。マルテル[18]がこれと戦う剣をどこで研《と》いだのかは知らぬが、それがなければヨーロッパ人は皆ターバンを巻いたことだろう。

その仕返しは十字軍に対して行った。十字軍というものが現れて我輩は満足だったが、これは我輩にも考え出せなかった代物だ。これを利用して西洋を苦しめてやった。エレオノール・ダキテーヌ[19]がサラディンに懸想をしたおかげで、ヨーロッパ人三千人の命が奪われたのだ。

その間にチンギス・カンもこれに劣らずアジアで我輩に生け贄を捧げた。ムハンマドに与えた魔力、西洋ではあまりよい結果を生まなかった魔力を彼の方に付け替えていたおかげである。この魔力の一部を利用して、ナポリとハンガリー、次いでナポリとアラゴンの間に不和の種を蒔いたのも我輩である。この紛争ではシチリア島に住むすべてのフランス人虐殺を準備したことで我が配下プロシーダ[20]が目立った働きをしてくれた。

我輩はやがてチェッコ・ダスコリ[21]と契約を結び、我が旅の際に集めたさまざまな秘密の大半を明かす代わりに、天体に関して我輩が与えた力を念入りかつ熱心に行使することを約束させた。彼は火炙《ひあぶ》りになってしまったが、契約はしっかり果たした。

その影響で、再び東洋人たちが我輩に仕え、ビザンツ、ロドス島を略奪し、ウィーンにまで来て、カエサルの最後の残像に脅威を与え、とうとう最初のローマ帝国を滅ぼしてしまった。またこの影響で同じ世紀に、我輩はポルトガル人に喜望峰を回る航路を発見せしめた。コロンブスにはアメリカに行かせ、スペインの力を大いに広げた。ヨーロッパ人に印刷術を与えて喜ばせたが、これは例の中国人との契約でずっと昔に我輩が学んだもので、この時代までは使わないと約束していたのだった。これは前世紀に人間たちに贈った大砲の火薬よりも多くのものを我輩に報いてくれた。なぜなら人はこの手段を用いて、我も我もと自分の知識をひけらかし、持てるすべての秘密を明らかにしようとするからである。我輩は、本来持っていた秘密を失ってから、人間たちの持つ秘密を好んで学んでいるのだ。

世界にこのように貴重な品々を届けるのに一五世紀を選んだのは故なきことではない。我輩がこのようにセーヌの河岸に自ら現れて見せるにあたり、ルイ一五世の治世を選んだのもまた、故のないことではない。それはすべて、〈時間の鋳型〉を守りたいからなのだ。だが、いつの世に授け物をするにせよ、我輩はこうしたものを貸し与えるにあたって利子を付けることを忘れなかった。それ故アラブ人はナーディル・シャー[22]の攻撃を逃れられなかった。ポルトガル人は己の血潮を駆り立てる香辛料を探しに行った。スペイン人たちはアメリカに行ってそこの住民の血の中に黄金を探しに行った後、悦楽の中で死んでしまった。彼らの国には宗教裁判所を授けてやったが、これは我輩のなす業すべてを縮めて精製したようなものである。最後にムハンマド自身は、目が三つあるにもかかわらず、視力を失う寸前である。

我輩が恵みを垂れてやった連中から最終的に引き出す利益について、これ以上説明することは我輩の得にならない。印刷術から我輩が何を引き出したかを明かして諸君にはもう十分語った。大砲の火薬と、人間たちが用いている破壊のための発明については、少なくとも我輩にとって有益な目的を持っているが、この地上では知り得ない。殺人や戦は、我輩を苛《さいな》む強烈な渇きのせいであり、自由に手に入る液体が他にないので、血によってのみ癒すことができるのだと言った連中がいるが、それでは問題の鍵を完全に捉えていない。ここ二、三世紀、これらの強力で恐るべき手段によって、どれだけのものを我輩が得たか知るだけで十分なのだ。三十年戦争、諸々の異端者たちの火刑、旧教同盟、フロンドの乱、二つの継承戦争は、我輩にとって、その明々白々たる証拠なのである。

フランス国王のいとも長い治世において、我輩は赫々たる成功を収めたが、その際に幅広い支援を得た。おかげでヨーロッパは長い間、戦場では大砲によって、書斎や学校では博士たちの会議――我輩がその中で常に重要な位置を占めておったが――その会議における高尚な戯言《たわごと》によって燃えさかった。西インドとアメリカの発見によって我輩が得た利点は、地球全体を燃え上がらせるのにマッチ一本あれば足りるようになったということだ。かくして全世界の政治は我輩の介入により、いつ果てるともなきチェスのごときものになったのだ。盤上の列強は互いに駒の取り合いを行うが、キングである我輩を取るわけにはいかず、決して詰むことがないのである。それ故我が敵である精霊たちは今日まったく当惑しきっている。

現状では大砲は前よりも用途が少なくなっている。しかし書物は並外れた働きをしてくれている。何しろ、素材が枯渇しかかると、ブッダの新しい教説と、チェッコ・ダスコリの影響で、埋め合わせる手段を我輩が持っているからである。そのおかげで我輩はかくも多くの協会結社を生み出した。

それらを構成する会員すべてをひとしなみに詐欺師扱いするのは間違っている。大半は己の活動を己で掌握していないのだ。我輩が時たま吹き込む強力な煙が、彼らの尋常ならざる行為の源になっている。そもそも、我輩に敵する精霊の支配下に作られ、我輩には間接的にしか属していない会もある。我輩が今なお率いている会もあるが、敵方の精霊たちが日々我が支配を抜け出させようと脅かしておる。それらの精霊と我輩が共同で支配しているもののもあるが、いずれにおいても、我輩に絶えず楯突く力を貶め、我輩の権威を人間の頭の中で高めるために、何事もおろそかにはしない。その業に使うべき、従順な人間というものは常に見つかるのだ。

我が帝国において成立するに任せた骨抜きの学問がいろいろあるが、我輩に寄せる信頼と従順さに報いるべく、彼らを学問の力に委ねた。そのため今世紀の哲学者たちに、次のようなことを人々に教える教説を開陳せしめたのである。すなわち、肉体が思考するのであって、思惟が思考するのではないこと。人間を説明するのに道徳感覚のごときものを持ち出す必要はなく、ただ観念を形成することを教えさえすれば良いこと。これらの説は我輩を大いに益するものなので、その矛盾については知らせずにおいた。というのも、人間の観念の動因および働きに道徳的なものがないとすると、観念を作り、観念をより完全なものとするよう努めるのは無駄だということになる。人間の肉体的本性が、感覚すべてを完成させる務めを負っているように、その仕事もついでに行ってくれるからである。同時にまた、人間は道徳的な点にせよ、それ以外の点にせよ、起源以来まったく変化していないということ、したがっていかなる形の回復も必要ないことを彼らに信じさせた。その言葉だけで、彼らの論理の程度が示されており、最も恐ろしい敵に対して、我輩をはるかに優位においてくれるのである。

彼らの中にもっと頼もしい援軍を見出したときのために、我輩は新たな褒美も用意してある。我輩は、彼らが与えてくれるものによってのみ活動できるのだから。そこで、我輩は動物磁気と夢遊状態[23]によって、驚くべき秘密を彼らに発見させてやるつもりだ。そのおかげで、いずれは彼らが我輩の代わりを務め、我輩は別の仕事に気楽に従事できるであろう。我輩によって目を眩ませられた彼らは、自分たちの操作で手に入れた物体の粒子を持ってきて、これを自然全体の標本のように扱う。実際は自然の残骸と破片の標本でしかないのだが。諸君らの有名な喜劇役者が、石を一つかかえて来て、売りに出している家の見本だと愚かにも示したのは、彼らに対する教訓だった。このことは、我輩が言わなくとも、諸君らが知っていよう。

いつの日か我輩は彼らに、水は基本元素ではないと言わせるだろう。水は水蒸気に還元できるからであり、それは、氷のかけらが水に還元できるので触知可能な固体ではないのと同じであるという訳だ。純粋元素の性質を云々できるためにはその元素を手にしたことがなければならないはずなのだが。

その逆に、硫黄は単純な実体であると彼らに言わせよう。彼らは何が硫黄を構成しているか理解できないからである。そこには我輩が彼らに仕掛けた最も巧妙な企てがある。というのも、硫黄が［複合的ではない］単純な実体だと信じさせるには、彼らが我輩をも単純であると信じる必要があるからである。硫黄と我輩はどちらも単純なのである。

人類の生殖に関して新たな秘密も発見させよう。残念ながら女性たちは、自分たちに負担ばかりが来るので、それに満足はしないであろう。

人間の頭を十分変化させて、何事も信じないくせに、妖術師やカード占い師には相談に行く人間を作り出そう。

偉大な船乗りに、ハワイ原住民の儀式の秘儀にあずかろうという考えを植え付けよう。その結果彼は人食い人種に食われてしまうだろう。我輩は儀式を用いて人間たちに取り返しのつかぬことをさせられるのだ。

幾何学者たちには、昔から信じている説をさらに堅固にさせよう。それは累乗を分割したものが根《こん》だという説である。それは本来、根《ね》とは力を凝縮したものであるのに、あたかも自然の力が分割可能で、凝縮とは別の法則に従っているとするようなものである。[24]

我輩はある人間どもの頭の中に、フランス全土に立派な学問所を設立し、我輩の目論見に大いに寄与すべき普通教育制度を広めるという考えを生み出させようと思っておる。だがゴリアテの額に石を投げつける手には注意しないといけない。[25]また特に財政難に注意しないと学校を廃校させることになりかねない。まったく、こうした障害さえ無ければこの活発なる百科全書主義からどんな成果でも引き出すことができるのだが。そうなれば百科全書主義は止むことなく繁殖して、我が支配を地上に遍く広げるであろう。

だが、我輩の苦労が大いに報われる時がやって来よう。理性が生まれ、やがて花開くのである。それは我輩のおかげなのだ。哲学の中から我輩に由来せぬ成分をすべて取り除き、哲学を復活させるのは我輩である。諸々の国民はこの畏れ多き恩恵に対し、我輩のために祭壇を立てて、声高らかに叫ぶであろう。クロコディル万歳！　クロコディルに栄誉あれ！

と」

1―ソーダ石とも呼ばれる。古代エジプトでは石鹸や洗剤に用いられ、ミイラ作りにも利用された。
2―紀元前一世紀、古代ギリシアの歴史家。『歴史叢書』を残す。
3―ピタゴラスの定理のこと。

4―内裏。天皇を指す。
5―北欧神話の主神。知恵の泉の水を飲むために、巨人ミーミルに片目を差し出した。
6―ルイス・ヴァス・デ・カモンイス（一五二四頃― 五八〇）。大航海時代の航海者たちをうたったポルトガルの詩人。
7―アッシリア帝国の伝説上の女王。ベルスはセミラミスの夫ニヌス王の父とされる。
8―センウセルト一世（前一九六二―前一九二八）。エジプト第一二王朝時代の王。
9―ギリシア神話に登場する女性。トロイアの王子パリスにさらわれ、トロイア戦争の原因となる。ポリュクセネはトロイアの王女。
10―古代アッシリアの王。アッシュールバニパルとも。
11―Roi Arunce. 不明。ローマの第五代王タルクィニウス・プリスクス（在位前六一六―前五七九）の子にArrunsの名が見られる。
12―キュロス二世（前六〇〇―前五二九頃）。アケメネス朝ペルシアの創始者。
13―カンビュセス二世（?―前五二二）。キュロスの子。エジプト遠征の際、五万人の軍隊と共に砂嵐に埋もれたという エピソードをヘロドトスが伝えている。
14―エウボイア（英語名ユービア）島はかつてギリシア本土とつながる半島だったが、地震によって島となった。トゥキディデスやストラボンは「アタランテ島」を襲った地震と津波のことを書き残している。
15―陝西の大地震としては一五五六年のものが有名だが、一八世紀に限れば一七一八年にも大地震の記録がヨーロッパの歴史書に残されている。
16―いずれも共和制ローマ時代の政治家、皇帝の名。
17―いずれも紀元後七九年のヴェスヴィオ火山噴火により埋没した都市。
18―カール・マルテル（六八六―七四一）。メロヴィング朝フランク王国の宮宰。トゥール・ポワティエ間の戦いでウマイヤ朝の進撃を食い止めた。
19―エレオノール（アリエノール）・ダキテーヌ（一一二二―一二〇四）。夫ルイ七世と共に第二回十字軍に参加。
20―ジョヴァンニ・ダ・プロシーダ（一二一〇―一二九八）。一二八二年にシチリアで起きた住民暴動と虐殺事件に関与したとされるイタリアの外交官。

21—チェッコ・ダスコリ（一二六九—一三二七）。イタリアの占星術師。
22—ナーディル・シャー（一六八八—一七四七）。アフシャール朝ペルシアの初代シャー。
23—第三四篇注1（一一〇頁）参照。
24—フランス語でracineは数学用語の「根《こん》」と植物の「根《ね》」の両方を意味し、puissanceは「累乗」と「力・力能」の両方を意味する。数学と植物の世界の双方を掛け合わせた比喩はサン＝マルタンがしばしば用いた。
25—一七九五年に開設され、サン＝マルタン自身が受講生として参加して教授ガラに公開論争を挑んだ師範学校（エコール・ノルマル）のことを暗示している。巨人ゴリアテに石を投げて倒したダビデに自分自身をなぞらえているのである（『サムエル記上』一七章）。

第三六篇　クロコディルの大胆な計画が打ち倒される

聴衆の中に支持者がいたのか、それともクロコディルの弁舌の魔力が自然に働いたのか、野次馬の中から本当に次の声が聞こえた。「クロコディル万歳！　クロコディルに栄誉あれ」と。何人かの聴衆は崇めるように頭を下げた。すると巨大な祭壇が突然クロコディルの前に立ち上がった。同時に、クロコディルの最上部、聴衆の見つめるこの動く柱の上、いとも奇妙な演説が発せられたこの柱の上に、これまた巨大な顔が現れた。その顔は見たところ美しく、外見上均整がとれており、額には「普遍学」と書かれていた。しかしそれは幻想に過ぎなかった。というのも、クロコディルが諸学問の生命は自分の記録庫に保存したと断言したからか、この生命原理がどこか他に委ねられたからか、この諸学問に活性精気が欠けていることは明らかで、人間たちが至るところでそれを補うために絶えず配慮し、苦労し続けているのである。
　けれどもクロコディルが最も名誉とする賞賛を得たいと思っていたのはこの普遍学の幻想によってであった。しかしこの顔がクロコディルの上に置かれるとすぐ、顔からは美しさと均整が失われた。そしてクロコディル自身、希望が完全に潰えたことがわかった。というのも、クロコディルの真正面の空中に、七歳くらいの少女がすぐ現れたからである。後にこれは姿を変えたジョフ夫人その人だという者たちがいた。いずれにせよ、この少女の口には金の吹管が付いていて、件の顔に向かって少女は七回息を吹きかけた。その度ごとに、顔は小さくなるように見えた。また同時に、巨大な柱が低くなっていって、七度目に息がかかったときには顔はまったく残っておらず、祭壇も地面すれすれまで小さくなって、もはや見えなくなってしまった。

七度目の息で、クロコディルは突如
動く柱を己の鞘に収め、
開けられた穴はぴたりと閉じて、
特別の目をもってしなければ、もはや何も見えなくなった。
聴衆は皆魔力から醒め、
自由な身になるや、
パリに急ぎ戻り、物語をした。
弁者がした驚くべき物語を。

第三七篇　パリ住民の驚愕　アカデミーの決定

かくも不思議な物語を聞いたパリ住民の驚愕をどう描けばいいのだろうか。恐怖が勇気を奮い立たせ、飢えが胃袋を刺激し続けなければ、彼らはむしろ、ひたすら賛美したかもしれなかった。

だが、アカデミーの委員たちにとっては、学問上の功績を打ち立てたいという熱意の方が打ち勝ち、急いで報告をしに戻った。会員たちはこれまで教えられてきたこととまったく異なる学説を聞いて飛び上がった。頭には困惑と混乱が渦巻いて十五分間沈黙した後、投票に移った。そうして意見を集約した議長が全体を代表してこう語った。

初めには意外と見えた事柄を
自然に解き明かすことを目指すべく、
ゾロアスター、チュートン、ギリシアの伝承を
諸々の書庫にて漁《あさ》るよう命じられ、
これほどの知識を持てる我々にとって、
このような事実を前に尻込みするは恥となる。
我らの名を救うべく、
何としても正解を出さねばならぬ。

第三八篇　書物の災い

各々がその場を離れ、急いで図書館と個人の書庫を調査するために立ち去った。これほど熱い学究心に駆り立てられたことはなかった。これほど緊急の事態が生じたことはかつてなかったからである。

おお奇《くす》しき不思議、おお稀なる奇跡、
人の目はくらみ、
真理がこれほど真実に見えることはない。
かつてエジプトの地にモーセが
声を発して巧みに広げた災いに、
一一番目の災い[1]を加えねばならぬことを知れ。

事実、災いがすべての書物に対して急に降りかかった。しかし何という災いであったことか。鼠に嚙られたわけではない。天から火が下って焼き尽くしたわけではない。闇が覆って見えなくなったのではない。紅海の水に浸ったのではない。素材を脆弱にする溶剤の一種が降り注ぎ、紙、羊皮紙、厚紙、表紙など書物を形作るすべてが、灰色がかった練り粉のようなものに変わってしまったのだ。いくつかの図書館では、数日前に星雲のごときものが現れて予告されていた現象であった。

このような変化を見れば、
人は固く信じざるを得まい。
悪戯好きの精霊が、手慰みに
鼠のための粥をつくったと。

さらにその確信を増したのは、次の現象であった。件の学者たちがいる場所ではどこでも、下女と乳母に似た女たちが突然現れたのである。彼女らは皆、どこからやって来、どうやって入り込んだのか知れぬまま、匙を手にしており、突如その匙でこの灰色の粥をすくって学者たちの口に運んだ。

学者たちは同じ魔力に打たれたのであろう、その場に来た目的を忘れてしまった。学究心に食欲が取って代わり、乳母が差し出す灰色の粥を見ると、猛烈な食欲で飛びかかった。そうして腹一杯になって、乳母が立ち去るまで、がつがつと食べ続けた。

1—『出エジプト記』七〜一二章ではエジプトに降りかかる十の災いが語られている。

第三九篇　書物の災いの結果

この時に至って、書物に対してかくも甚大な災いをもたらした精霊の企てが明らかになった。書物が解体することによって生じた混合は、これを摂取した学者たちの観念の中でも生じ、彼らの思考と言語は大混乱となって、これに比べればバベルの塔など日の光のごとく明晰だと言えた。全員が一斉に声を上げ、全員が同時にあらゆる学問の話をしたのだ。

惨めな思索家たちよ、哀れな人間たちよ、
御身らの手が生み出す業は何処に至るのか。

この災禍がパリにのみ限られていればまだしも、辺り一帯に広がっていた。否、フランス全土に広がっていたのだが、ただ一つの書斎だけは——それについては然るべき時と場所で明らかになろう——例外であった。この災禍は既に存在する書物のみならず、まだ存在していない書物にも及んでいた。というのも、人間の思考を後世に伝えるために用い得る、すべての材料に働きかけていたからである。学者たちは、執筆予定を書くための紙一枚すら、手に入らなくなった。

第四〇篇　我が詩神《ミューズ》への祈り

詩神《ミューズ》よ、博識なる詩神《ミューズ》よ、そなたがここで筆を振るえば、いかなる場面も描けよう。我らに描いて見せるのは、フランス全体の動揺、すべての家系図の取り返しのつかぬ消失、すべての政治条約と、すべての民事契約と、恋人同士が愛を誓う証文と、我らが父祖の年代記と、宗教的真理の蓄積と、無知と虚偽によるその代替物との消滅、さらには恐るべき闇と、虚無よりも過酷な不確実性に委ねられた人々——これらすべて、紙が消えたために生じたことである。

だが語るべきことはあまりに多く、暇に任せて描き続ける画家のように、これらの場面を悠々と描き続けることはできまい。

せめてそなたの目を最も惹いた事実を一つ描くべく、一番鮮やかな色を少しく筆につけるがいい。

するとアカデミーから送られた委員の一人が慌ててやって来るのが見える。仲間たちより神経の伝達が迅速なのか、それとも書物が変化した灰色の粥をより多く食べたからなのか、言葉と引用と解釈の情熱に捉えられ、会員たちの前に出て演説を始めた。

(親愛なる読者よ。この混乱の中で、アカデミー会員の口からは通常出て来ないような、有益なひらめき、深遠で尊重すべき真理が時折開陳されることをあらかじめ言っておかねばならない。これらのひらめきや真理が口から漏れるときは、秘密裏に脅迫のようなものを感じ、あたかも何らかの高き力に急き立てられて、我知らず光に対して賛辞を捧げたということも私は確かな筋から教えられた。虚偽ばかりがこの世の人間を支配している訳ではないことを確信し、有徳の人エレアザールの力と独立者の会の監視がどこまで及んでいるか思い返せば、この力の強さは驚くにあたるまい。この点について承知された上で、我らが弁者の演説をお聴き頂きたい。）

第四一篇　アカデミーにおける学術委員会の報告

「皆さん、コンモドゥス帝[1]のかつらは、ランプリディウス[2]が残した記述によれば、この世で最も不思議なものであります。それ故、詩人オシアン[3]はスコットランド美女の金髪を歌う際にいつもこれを思い起こしておりました。なぜなら弧のタンジェントの微分はコサインの二乗で割った弧の微分に等しいからです。というのも、人々が間違いなく奇跡と呼ぶ現象について情報を得るため、皆さんが我々をサブロンの野に送ったとしても、プロスラムバノメノスの添加音がヒュパテ゠ヒュパトン[4]の下に付けられたことに変わりはなく、それは『小アルベルトゥス[5]』が我々に教えるとおりであります」

議長――「発言者、気を確かにお持ちなさい」

「そうです、無知な大衆が、自分の理解できないものに奇跡の名を与えるに任せましょう。連中は我々のように学問というものに慣れていないのです。我々のように、揺りかごにいる時から書物という離乳食を与えられていません。『神は、知恵と共に住む者だけを愛される』[6]とソロモンは言いました。俗人たちは聖堂からあまりに遠すぎて、真理に近づく手段がないのです。我々は真理のそば近くに仕えていますから、説明に困惑するような事象はありません。

ムラトーリ師[7]やモンフォーコン神父[8]の膨大な蔵書に頼らずとも、我々にはチュートン騎士団[9]やレストー[10]の文法という証人があるではありませんか。さらには、マイナス一の対数は、一以外に実数値が存在し得ないので、無限の虚数値を持つということを我々は知っているではありませんか。

それ故、数学は我々の根源的・全体的本質にまで入り込む学問ではありません。我々の内部で数学を学び、数学を知っている存在というのは我々よりも小さく、我々とは別の存在なのです。そうとしか考えられないのは、二の平方根を知らないと、その後に来る数字の根すべてについて確信できないからです。それらの根は二を通過せねばならず、それがどこから来てどこを通ってどこに至るのか分かりません。この点において我々が近似値しか持っていないのは、データと仮定に依拠するほかはなく、その値はこれらを提示する者にすら知られていないからです。このような虚構に時を費やしたのはピルペ[11]だけではありません。

しかしながら、現下の状況において、事実を否定する必要はありません。ここだけの話、うまく切り抜けられないことは時々起こりますから。そうです、二つの軍隊が呑み込まれてしまったことは認めましょう。巨大な柱が現れ、戦士たちを呑み込んだことを認めましょう。不思議な声が聞こえたことも認めましょう。必要とあらば、その動物が本物の鰐であることまで認めましょう。人間はこの地上において、一瞬たりとも預言することなしに、自らの役目を果たしていると信じられるでしょうか。

そこから、我らの栄光、我らの知識に対抗して、何が生じるでありましょうか。我々は自然という書物の表紙についてばかり語り、内容については語らなかったとよく言われます。植物や動物の色、大きさ、形を念入りに描き、天体の運動を極めて正確に計算しますが、これらの存在の使命については何一つ知らず、あたかも人間の服装を描写して、その人の精神的・肉体的肖像を描いたと主張するかのようです。これにより、トリマルキオ[12]はトゥールのそばのモン＝ルイで生まれた有名な印刷業者クリストフ・プランタン[13]をマンダネ[14]の宮廷に紹介して、ギリシアの七賢人を大いに驚かせました。しかるに、ライプニッツが空気の重さを最初に発見してガリレオに迫害されたとしても、皇帝ネロがペトロニウス師を恨んだことはそれほど間違いではありませんでした」

議長――「発言者よ、時代錯誤をされておられますぞ、落ち着きなさい」

「こうしたすべての事柄がどうなっているのかを人間に教えるために、我々はコルネリウス・アグリッパ[15]の隠秘哲学を持ち出さずに済みました。そんなものがなくとも、自然界のあらゆる現象の説明をして見せることができ、学問を極めて単純化したので、

日の光ですら、私の心の底ほど澄んではいない[16]。

しかし、皆さん、人間に万物の様態を知らせても、こうして広めた知識に新たなものを付け加えることは禁じられていません。我々が考えた形とは別の存在様態があり得ると認めても、なんら支障はないのです。

我らが同僚フレレ[17]はいみじくもこう言いました。神や信仰に関わる観念はことごとく我々の空想から生じている、と。それは彼が木を上と横からのみ眺め、常に吹き来る風に揺らぐ葉しか見出せないからです。もし彼が木の下と内部を眺めていれば、我々が何を言おうと、

唯一の樹液、唯一の株、唯一の萌芽と唯一の根を見出したでしょう。そこに風は届かず、それらがなければ木は葉も果実も持ち得ません。さらに、何かを知っていると信じる人は、いかにして知るべきかすら知らないのです。しかし、メレテー・ト・パン[18]、インドゥストリアエ・ニール・インポッシビレ[19]。それ故、ペルシアの王位を転覆させたアフガン人たちは、カティリナ[20]の天分に火を付けたので、チャリング・クロスのそばにナルセ王[21]の像があるのを見て、ポリュアイノス[22]の兵法について深く考察し、アルクイン修道士[23]に対して、ピブラック[24]とシャルルマーニュを和解させるよう勧めたのです。

かくして、精密科学において、立方を構成する三段階の累乗を知った後に、その次の累乗を想像しますが、それは実際には前の段階の倍数に過ぎません。それでも思考に対して別の存在様態を、知性に対して別の鉱脈を提示してくれるのです。そもそも、一つの結果を、いくつかの原因に帰することができるというのは確実な真理ではないでしょうか。

というよりも、我々はいかにして一つの真理を信じるのでしょうか。我々は人間の魂の存在を信じていません。しかるに人間の魂はこの世において、真理の唯一の鏡です。それ故、サンコニアトン[25]の断片にも、『エズールヴェーダム[26]』にも遡る必要はなく、我々の魂が全体を包含することを観察しさえすれば十分なのです。かくして、魂が滅びるということがあるためには、最大が最小の中に位置を占めるということがあり得なければなりません。しかし物事の現実的・自然的秩序において、最大の中に位置を占められるのは最小だけです。それ故、我らの魂ほど厳かなものはないとまで言うところでした。もしも、ヴォルテールやクレビヨン[27]やラシーヌや彼らの仲間たちが、その資格のない対象に「厳かな」という形容詞を用いて、この形容詞の権利を濫用しているのを見ていなければ、ですが。それらはこの名「アウグストゥス」を負った皇帝の治世、栄光よりも、またこの称号を占い師につけた詩人エンニウス[28]よりも前の時代にあったのです。

例えば、地震の原因について、我々はある時は地中の圧縮空気に求め、ある時は水の力、あるいは大気中の電気の力に求めてきましたが、地中の隙間に滑り込んだ外部の物体――生物か否かに関わらず――のせいでもあるとすることを禁じられていません。我々はまだすべての生物を知っている訳ではないのです。蝶や蛾の種類が最も多いのは何故かさえ知らず、我々自身のことも知りません。なぜなら、人間の魂は、不滅でなくなることはできなくとも、蛾となってしまったからです。そうして、魂を日々苛む不安は、哲学者たちがそれを否定してあやふやな説明をしようとも、人間の堕落を証明しています。それ故、両インドにチョウセンアサガオやエゾミズタマソウが自生しており、我らの風土にも馴化《じゅんか》してしまったことを知るのはつらいことです。悪しき天使や悪魔の無節操ぶりについては、ボルドーの議員であったランクル[29]氏の著書をご覧頂きたい」

議長――「本題に戻りなさい。発言者は本題に戻りなさい」

「我々に語りかけた声にあった、エジプトからパリまで体を伸ばせるという性質についてですが、確実に反論はできないでしょう。今の素晴らしい延性については観察されるところではありませんか。植物界には、ゴムのように、この種の驚くべき性質を持ったものがあるではありませんか。有名なメタスタージオ[30]において、ドン・キホーテがダチョウと檻に入ったライオンを見たとき、こう言ったことを知っているではありませんか。

今日はまだあの子を抱きしめていない。[31]

本題に戻ります。アルファベット入門、BとAでバ、BとEでベ、BとIでビ、BとOでボ、BとUでビュ。バ、ベ、ビ、ボ、ビュ。弾性のゴムが知られるまでは、そのような性質の物があると言う人たちがいれば、間違いなく嘲笑されたでしょう。生物界において、同じ性質が我々に計り知れない力を及ぼし得ることを否定するのも、同様に恥ずべきではないでしょうか。

やがては化学において、ギ酸塩、シアン化塩、青酸塩が酸の数に応じた三十五種類の化合塩の中に入れられることになるでしょう。しかし、塩の粒子や結晶の粒子とこうした物体を化合させるのは少々性急に過ぎるのであります。こうした物質もしくはこうした集合体は残留物に過ぎません。自然が求めているのは流動体だけで、結晶や塩は物質の本体ではないのです。それは絶対に物質の骸骨でしかありません。

それ故、生ける自然の諸領域は互いに結びついていることを我々は知っています。自然の界と界同士だけでなく、それぞれの界の中の部分すべてが接し合っており、その違いはごくわずかな対数です。しかし『エプタメロン』[32]や有名なフランシシ・ベーコンよりも賢明さの足りないコンディヤックやクロード・ボネ[33]が万物をあまりにも結びつけて混同したあげく、違いがないのだから、もはや識別の必要がないとまで考えるに至りました。そしてクレマンス・イゾール[34]をチェサピーク湾[35]にまで至らしめたアプレイウス[36]の『黄金のロバ』において、植物の実験で確信できるように、植物質はしばしば鉱物界の性質を提示するので、動物界は植物界の性質を帯びることがわかります。古、リンネ[37]、トゥールヌフォール、ジュシュー、マニョル、ソーヴァージュよ、諸君は植物の真の体系を開く鍵を持っていない。

　エジプトのヒエログリフを解く[38]鍵も、ヘロドトスの中に求めてはいけません。我らが最も博識な自然学者たちも、花弁がなぜ緑色でないのか知らないのです。緑は勝利の色ではなく、期待の色なのです。それ故、我々は清らかな水の源を捨て、水を湛えていない貯水池をいくつも掘ってしまったと、賢明なる真理の代弁者たちと共に認めねばなりません。私の知り合いが申していましたが、学問の途を進むためには、多くの人がやるように頭を悩ますのではなく、心を悩ませなければならないのです。この人は、皆が皆書物を書くのはすこぶる結構だが、同時に誰も書物を読むべきではないと言いました[39]。皆さん、書物とは書物の切り屑に過ぎないとシェイクスピアが言った[40]のは正しかったではありませんか。

　したがって、我々が目撃したクロコディルが、エジプトからパリまで体を伸ばせたということを否定する根拠を自然学には見出せません。我々はそれを計算によって証明できるかも知れないのです。最近私はある収集家の家で、二プースから三プースの大きさのゴム製の馬を見せてもらいました。この馬の首を引っ張ると、一ピエの長さまで伸ばしてもちぎれないのです。しかるにこの三プースの体長の馬に比べると、クロコディルの長さは計り知れないものがあります。イスト・エス・ニヒト・ツー・ベツァイフェルン・ダス・ウンザー・ヴェルク・ヒードゥルヒ・アイネン・ホーエルン・グラート・デア・フォルコメンハイト・エアハルテン・ハット[41]、とポンペイウス[42]はサラミスの海戦[43]の際に言いました。というのもクロプシュトック[44]とデルブロ[45]の東洋学叢書はドーフィネ地方の七不思議の中に位置を占めておりますから」

議長――「発言者！　発言者！」

「さてこのクロコディルが、ゴム製の馬を伸ばした長さに比べて計り知れぬ長さまで、その弾性特質を引き伸ばし得るということを否定できないとすると、すぐに我々は比例式を見出します。それによると、自然の状態のゴム製の馬対自然の状態のクロコディルの比イコール特別な状態のゴム製の馬対X、すなわちエジプトからパリまでのクロコディルの本当の体長です。

とは言え、人間の学問が虚無のように無価値で空しいことに変わりはありません。預言者イザヤは、『真理は学者たちを喜ばない[46]』と言いました。それ故、我々は学問において、自分の貧しさをひたすら隠蔽している詐欺師のようなものと自らを見なすことができます。せめて、なぜ助変数が定直線であるのか、なぜ植物が、内部に発見されるカリウムを地中から取り入れるのか、我々に分かっていればいいのですが。

というのも、クロコディルが世界の形成について語ったことは、実際上いくらかの難点を含んでいるとしても、我々とてこの点については確信を持っていません。ですから大目に見ることができます。かくして、物体を溶解点まで熱するためには、少なくとも冷やすのに必要な時間の十五分の一を要するという深遠な真理で満足しておきましょう。しかしこの比率は心して用いないと、我々を大いに惑わせることになります。

気球に乗って体を雲のある場所まで至らせた人々は、精神が高められ、もはや自分を神とする方法を求める必要はないと思い、エリヤ[47]の冒険の秘密は彼が気球に乗ったことにある、と考えたことが何度あったでしょう。

実際我々は実証実験によって、空気が水の中に留まり、一滴の水の中に無数の生命が含まれるということを知っています。この観察を利用しようではありませんか。これを大局から眺め、万物の起源は凝縮にあり、自然界に生きるすべての生物は、この手段によって生命を持つに至ったという事実に驚かないようにしましょう。私はアカデミー副会長の命により、『起源の起源[48]』というタイトルの本を読みました。これらの点に鑑み、経営組合で当該陳情者の訴えに便宜をはかることとする。署名：サンソン[49]」

議長――「本題に戻りたまえ」

「正直なところ、クロコディルが我々に示した不思議議の中で、最も驚くべきはクロコディルが口をきいたということです。しかし、自然が纏うヴェールは我々にとって、まだすべて取り去られた訳ではないのかも知れません。ヴィテルボのアンニウス[50]がベロッソス[51]に言わせたように、我々は次々と繰り返し言っています。信仰体系にせよ、超自然的な出鱈目にせよ、すべて自然法則に関する無知に拠らないものはない、と。しかるに、これは二重曲率の曲線なので、ここだけの話、認めなければなりませんが、我々流の学問体系でも、自然学における断定でも、信仰の原理と超自然的次元に関する無知に拠らないものは一つとしてないのです。そこにのみ、万物を開く鍵があるはずなのですから。

我々は、寺院に入り込んだ鼠に少し似ています。ランプの油をなめて、ランプの明かりを消してしまってから、暗くてよく見えない、と言うのです。

我らが最も学識ある同僚たちによれば、言葉とは動物の声帯を構成する、ある種の鍵盤器官の演奏ということになります。ヴォーカンソン[52]のアヒルに言葉を話させるほど簡単なことはない、と主張した者たちさえいました。

言葉とは、絶えず閉じたり開いたりしている手のようなものだと言った者たちもいます。よってその活動を把握することはできます、その原動力を支配することもできませんから、言葉を描写したり、ましてや作り上げることは不可能だということになります。それでも我らが偉大なる生理学者たちにならってこう言ってみましょう。クロコディルは、オウムよりも鍵《けん》がいくつか多く自然によって与えられているために自分で話すことができるが、オウムはそれらの鍵が足りないので、自然から拒絶された部分を補うために、我々から話す言葉を教えられるのを待つしかないのです。私の知る限り、自分で作曲した歌を歌ったのはタッソ[53]のオウムだけですから。

フェルナンド[54]とイサベルがグラナダ王国からムーア人を追い出したのは、クープラン[55]に『スペインのフォリア』を演奏させるためではなかったでしょうか。この難点を解決する手段を持っていないとしても、いかにしてクロコディルが学問や歴史について語ることができたのか知るのは、さらに困難かも知れません。しかし、発声器官の中に鍵が一つ多くあるということが、この不思議を他と同じように自然なものとするのに十分ではありませんか。

ある知られざる哲学者が、言語の起源を発見しようと思ったら、人間の源の流出と、さまざまな抵抗を組み合わせて考えなければならない、と言っていました。[56]我々は真理を知ろうと願いながら、真理を映す鏡を磨くために何もしていない。それはあたかも、塵と埃まみれの汚い鏡を通して、良く見えると主張しているようなものだと言うのです。

しかし、この世に起こるすべては、そこに住んで、その証人となるすべての存在と関係があり、影響があるはずだということを皆さんもご存知でしょう。この影響関係は、様々な生物の発声器官を構成する鍵にも及び、その構造、および受けた影響と類似した結果をもたらします。

かくして、カエサレアのエウセビオス[57]が教えるように、アルゴス[58]の百の目を持たぬイマーム［イスラム教の学者］たちは、ペストに対して予防策を採りたがりませんでした。彼らは金銭欲に駆られて、冒瀆的な予定説を強固に組み立てたのです。それ故トルコの僧にとって、ペスト流行の時は、この説が年金を保証してくれる地代のようなものになりました。

皆さんもご存知のように、狩猟ホルンで音を変化させるときは、吹き入れる空気の量を増減するか、速さを加減するかのどちらかです。それに対してオルガンの音の違いは、パイプの違いに拠るのであって、吹き入れられる空気の量は常に一定です。

だからと言って、自然の全現象には等比数列しかないのに、音楽の基本原理の中に等差数列の理論を導入する必要があったでしょうか。そして、学者たちがやっているように音を計測するのではなく、音とは何かを我々に教えるべきではなかったでしょうか。音は破片によってのみ作られるので、その破片の跡を辿っても、音の宿る場所までは到達し得ないのだと教えるべきではなかったでしょうか。けれども、我々の知っている手段だけ用いても、音楽はさまざまな驚異、さまざまな結果を生み出すことができます。音楽によって、陽気さ、悲しさ、愛、恐れ、憎しみ、飛んでいるハエ、パイプを吸うオランダ人を表現できるのです。

メディシスはその首を平然として迎えた[59]、

オリュンピア大祭で栄冠を得た後、コリニー[60]の湯気をたてる首は……。

本題に戻ります。我々自身の例を取ってみても、周囲にあって我々の注意を惹く対象はすべて、我々が受け取った印象に合致する表現や言葉を我々から奪ってしまわないでしょうか。我々の内部で、それについての記憶が保持され、他人に対して、その記憶を物語によって伝える能力を我々は持っていないでしょうか。

皆さん、もう目をつぶるのはやめましょう。哲学者たちがどんなあやふやなことを言い立てても、人間の精神が変質してしまったことは否定できません。にも関わらず、さらに議論の余地のないことがあります。我々を創った源は、我々が陥っている闇の中でも我々を見失うことがなく、いかなるものからも離れることはできないということです。すべてはその源から発しているのですから。我々はどこにいようとも、その源の与える糧を希求することによってのみ存在しているのです。

ですから、クロコディルが古代のすべての出来事を目撃できるほど長生きできたこと、クロコディルの持つ可動性によって、地球上のどこにでも移動できたこと、このような難点については忘れてしまいましょう。ヒポクラテスの警句やゴービウス[61]の病理学にも関わらず、スパニッシュフライは高所の圧縮空気を含む甲虫で、膀胱に対して強い作用がある理由がそこに見出されるでしょう。

実際、クロコディルが本性上、他の動物よりも多くの数の発話鍵盤を備えていて、クロコディルが自分のそば近くで目撃した事柄すべてに、強い印象を得たとしても何ら不思議ではありません。（バレーム[62]を読めば、自分の収入から一日に何を食べればいいか分かります。）また、自然の働きによって、これらの鍵がこうした事柄に関連した音を発し、クロコディルが記憶力を用いて、周りで聴く者たちにそれを新たに伝えたとしても、何ら不思議ではありません。

この現象を説明するのに、こだまのせいにしても良かったのです。あるいは有名なラモー[63]の基礎低音でも、ポー氏[64]のアメリカインディアンに関する調査のせいでも良かったのです。政治学者たちは、人間の協同体を扱うにあたって原理の周囲をぐるぐる回っているだけですが、彼らに向かって、君らが教えているのとは違い、人間の協同体は肉体的・物質的必要から生まれたのではないと証明することもできたのです。見慣れない状況――我々の現状ですが――に陥ったことによって、人間はそこから脱出することを考えねばなりませんでした。政治学者たちはこの協同体の時代を誤って原初の時代と考えましたが、実際は第二の時代だったのです。

しかし、いつの日か、植物繊維の中で水素と炭素が結びつき、アルカリと酸とりわけ酸素の成分を含んでいれば、瀝青、油、樹脂を形成することが分かるでしょう。それ故、熱素と酸化物の影響を用いて、この大きなクロコディルの空洞のどこかに人間が隠れ、人々を欺くためにクロコディルの名を騙って話しているのだなどと想像する必要はなくなります。

結局、我々は不滅の真理がその糧を希求させる限りにおいてのみ存在しているのですから、真理の光を見出すためにどこに問いかければ良いのか分からない、などと言えた義理ではないのです。その光を見出し得ないとすれば、自分の怠惰や高慢さを責めるしかないからです。いつの日か、いつの日か我々は新しい惑星を発見するでしょう[65]。そこから、七という数字に対する執着を笑うようになるでしょうが、我々はその時代にただ到達するというだけのことで、知らないうちにずっとその体制の下に生きていたのです。率直に言えば、天体は我々にとって美しい楽器のようなもので、それを巧みに描写することはできても、演奏はできません。我々が演奏するために天体があるのかどうかすら、分からないのですから。

皆さん、もう一つ我々に不安を与え得る事柄が残っています。それはピラミッドの用途という問題です。正直なところ、ピラミッドがどうやってエジプトでクロコディルの尻尾をねじで留めるために建てられたのか、自然学は何も教えてくれません。しかし、ファブリシウス[66]の選集と、J＝B・デュボス[67]の『カンブレーの歴史』十二折版全二巻が無ければ、我々が古代について知るところは至極少なかったでありましょう。同様に、ヘシオドス[68]の『労働と日々』、ゲオルギウス・シンセルス[69]の『年代記増補版』がなければ、オスのシダが条虫《さなだむし》に対する特効薬となることも、今日ほとんど知り得ないでしょう。いつの日か有名な教授が教えるように、エジプトの王たちは、日光を避け、日傘として用いるためにピラミッドを建てたということを認めなければならないでしょうか。

これらの建造物がかつてはファラオの博物館として用いられており、飼育室から逃げ出した鰐たちが代々そこを巣にして、最後には神として崇敬されるようになったと、サービア教[70]徒たちの信仰から判断できるのですが、そんな推測も無駄になるでしょう。

かくして、我々に教えるところのない説明に気を取られることなく、こう考えた方が良さそうです。すなわち、クロコディルは自分が旅をして訪れた古代の民の趣味に従って、我々に寓意的に話しかけているのであって、これ以上の説明がない間は、寓意の意味を慌てて確定すべきではないということです。

要約します。自らの根に拠って立つ存在はすべて、その根の発酵に己の成長を期待すべきだというのは、バルタサール・グラシアン[71]の『分別の人』の言う通りです。この根が、我々の内部で光の成長作用を働かせなければ、根は自らをむさぼり、自らの破壊を行います。かくして我々は己の死と生とを担っており、そのために「自分の命を生かそうと努める者はそれを失い、それを失う者は、かえって保つのである[72]」と言われています。万有引力の発見について、ケプラーがニュートンと競おうが構いません。アイスキネス[73]が天体の速度は距離の二乗に反比例するという主張を攻撃しても構いません。私は自分が人間の使命について明らかにしたと考えるに留めます。そうして、人間に明かされた最も役立つ真理は、人間に必要なことが一つしか無いということ、その唯一必要なこととは、人間が頭から足のつま先まで新たになるということだと言いたいのです」

議長――「発言者、本題の結論を述べなさい」

「以上すべての考察を通じた私の意見はこうです。クロコディルの驚くべき特質には賛嘆を禁じ得ません。クロコディルがエジプトの地を離れ、体を少し小さくして、我々の元に住まうことができるなら、アカデミー各部門の空いている第一の席を与えないわけにはいかないでしょう。その理由は以下の通りです。

クロコディルは宇宙と自然学について新たな体系を提示しました。これをもって科学アカデミーの一員たる資格があります。エジプトのピラミッドの用途について、新たな説明を行いました。これにより碑文・文芸アカデミーに適しています。最後に、我々がこれまで聴いたことのない演説を行いました。このことだけでも、アカデミー・フランセーズに栄誉をもって迎えられるに十分ではないでしょうか。

皆さん、とりわけクロコディルが我々の間で使われなくなった、ある名[74]を一度も発さなかったことにご注目ください。彼はいわば原理原則に立っているのであります。彼の偉大な才能、偉大な知識に加えて、我々への心遣いに鑑み、会員への慣例の挨拶回りは免除してもよろしいでしょう。そのことは我々から伝えるべきでありましょう。しかし問題の名に関して、古代の哲学者や我々と異なる言語を話す哲学者たちは、皆さんにお伝えすべき一つの考えを持っていました。それは、我々はこの名自体に不快感を覚えると想像していますが、実際はその名に染みこんだ坊主臭さ――彼らの言葉使いを大目に見て頂きたい――に反発しているのだということです。したがって、もう坊主がいなくなる時が来たら、我々は何を言うべきかが分からず、互いに支え合っていくのに、ひどく困惑してしまうかも知れません。

我が魂よ、いずれ死なねばならぬのだから、
せめてシメーヌを傷つけずに死ぬこととしよう[75]」

1―コンモドゥス帝（一六一―一九二）。第一七代ローマ皇帝。金粉を振りかけたかつらを着用していたとされる。

2—四世紀頃に書かれたとされる『ローマ皇帝群像』架空の著者の一人。

3—一七六五年、ジェイムズ・マクファーソンが発見　翻訳したと称して長編叙事詩を発表したスコットランドの伝説的英雄詩人。

4—プロスラムバノメノスもヒュパテ＝ヒュパトンも古典音楽用語。音程の名前。

5—アルベルトゥス＝マグヌス（一一九三頃—一二八〇）が物したとされる魔術書。

6—『知恵の書』七章二八節。

7—ルドヴィコ・アントニオ・ムラトーリ（一六七二—一七五〇）。イタリアの歴史家。

8—ベルナール・ド・モンフォーコン（一六五五—一七四一）。フランスの歴史家。

9—一二世紀後半にパレスチナで聖地巡礼者の保護を目的として設立された騎士修道会。ドイツ騎士団。

10—ピエール・レストー（一六九六—一七六四）。フランスの文法学者。

11—西暦二〇〇年ごろのインドの説話集『パンチャタントラ』の作者とされた人物。実際の編者はヴィシュヌ・シャルマー。

12—ペトロニウス（二〇頃—六六）が書いたとされる『サテュリコン』中の人物。

13—クリストフ・プランタン（一五二〇頃—一五八九）。フランス出身の出版業者。

14—紀元前六世紀、メディアの王女。アケメネス朝のカンビュセス一世に嫁いだとされる。

15—コルネリウス・アグリッパ（一四八六—一五三五）。ドイツの魔術師、学者。『隠秘哲学』と題する著作がある。

16—ラシーヌ『フェードル』第四幕第二場。

17—ニコラ・フレレ（一六八八—一七四九）。フランスの歴史家、言語学者。

18—*Μελέτα το παν.* ギリシア語で「何事も練習がすべて」

19—Indusirae nil impossibile. ラテン語で「勤勉さがあれば何事も不可能ではない」

20—ルキウス・セルギウス・カティリナ（前一一〇頃—前六二）。共和制ローマの政治家。

21—ナルセ一世。サーサーン朝ペルシアの第七代君主（在位二九三—三〇二）。

22—紀元二世紀に生きたマケドニア出身のギリシア人。『戦術書』を物した。

23—アルクイン（七三五？—八〇四）。イングランドのヨーク出身の修道士、神学者。イタリアのパルマで彼に会ったシャルルマーニュ（カール大帝）は彼をフランスに招いた。

24―ギ・デュ・フォール・ピブラック（一五二九―一五八四）。フランスの詩人。
25―古代フェニキアの伝説的哲学者。
26―一七七八年にフランスで出版されたヴェーダ注釈書。
27―劇作家のクレビヨン・ペール（父）（一六七四―一七六二）か作家クレビヨン・フィス（子）（一七〇七―一七七七）のいずれか。
28―エンニウス（前二三九―前一六九）。共和政ローマ時代の詩人。
29―ピエール・ド・ランクル（一五五三―一六三一）。ボルドー出身の貴族。魔女狩りに関わったことで知られる。
30―ピエトロ・メタスタージオ（一六九八―一七八二）。イタリアの詩人、オペラ台本作家。
31―ラシーヌ『アンドロマック』第一幕第四場。
32―『エプタメロン』（七日物語）。マルグリット・ド・ナヴァル（一四九二―一五四九）による、ボッカチオの『デカメロン』をモデルにした物語集。
33―シャルル・ボネ（一七二〇―一七九三）（スイスの博物学者、哲学者）のことか。
34―中世南仏の伝説的女流詩人。
35―アメリカの首都ワシントンの東にある湾。
36―アプレイウス（一二三頃―?）。帝政ローマの弁論作家。『黄金のロバ』はその代表作。
37―リンネ、トールヌフォール、……いずれも一七・一八世紀の著名な植物学者。
38―シャンポリオンがヒエログリフの解読に成功するのは一九世紀に入ってからである。
39―サン゠マルタン自身の断章集 *Mon Livre vert*, No. 172 に同種の言葉がある。
40―出典不明だが、『ハムレット』第一幕第五場のハムレットの独白中にある saws of books（諸書の名句）をふまえたものか。
41―Ist es nicht zu bezweifeln dass unser werck hiedurch einen höhern grad der vollkommenheit erhalten hat. ドイツ語で「我々の業がこれによってより高度の完成に至ったことは疑い得ない」。出典不明。
42―ポンペイウス（前一〇六―前四八）。共和政ローマ期の軍人であり政治家。
43―ペルシア戦争において紀元前四八〇年にギリシアのサラミス島沖にてアケメネス朝ペルシアとギリシア連合艦隊との間で行われた海戦。

44―フリードリヒ・ゴットリープ・クロプシュトック　一七二四―一八〇三）。ドイツの詩人。

45―バルテレミ・デルブロ（一六二五―一六九五）。フランスの東洋学者。

46―聖書中にこれと完全に合致する文はないようである。

47―旧約聖書に登場する預言者。『列王記下』二章では風に乗って天に昇っていく。なお、フランスのモンゴルフィエ兄弟が熱気球による有人飛行に成功したのは一七八三年のことである。

48―不明。

49―出典不明。

50―ヴィテルボのアンニウス（一四三二―一五〇二）。イタリアのドミニコ会修道士で、学者、歴史家。

51―紀元前三世紀初めに活躍したバビロニアの著述家。

52―ジャック・ド・ヴォーカンソン（一七〇九―一七八二）。フランスの発明家。オートマタの制作で有名で、特にアヒルは最高傑作と言われている。

53―トルクァート・タッソ（一五四四―一五九五）。イタリアの叙事詩人。

54―フェルナンド五世（一四五二―一五一六）。カスティーリャ王。女王がイサベル一世。

55―フランソワ・クープラン（一六八八―一七三三）。バロック時代のフランスの作曲家。

56―「知られざる哲学者」を筆名としたサン＝マルタン自身の言と思われるが、出典不明。

57―カエサレアのエウセビオス（二六三頃―三三九）。ギリシア教父の一人で、歴史家。

58―ギリシア神話に登場する百の目を持つ巨人。

59―ヴォルテール『ラ・アンリアッド』第二篇。

60―ガスパール・ド・コリニー（一五一九―一五七二）　フランスのプロテスタント派貴族。一五七二年のサン・バルテルミの虐殺で殺害された。なお、引用二行目の出典は不明。

61―ヒエロニムス・ダヴィッド・ゴービウス（一七〇五―一七八〇）。ドイツ出身の医師、化学者。

62―フランソワ・バレーム（一六三八―一七〇三）。フランスの数学者。会計学の祖の一人。

63―ジャン＝フィリップ・ラモー（一六八三―一七六四）。フランス・バロック音楽の作曲家、音楽理論家。

64―コルネリウス・ド・ポー（一七三九―一七九九）。オランダの哲学者、地理学者。

65―ウィリアム・ハーシェルによる天王星の発見（一七八一年）は古代以来の七つの惑星（太陽、月、水星、金星、火星、木星、土星）の体系を突き崩した。第三三篇注1（一〇九頁）参照。
66―ヨハン・アルベルト・ファブリシウス（一六六八―一七三六）（ドイツの書誌学者）のことか。
67―ジャン＝バティスト・デュボス（一六七〇―一七四二）。フランスの歴史家。
68―古代ギリシアの叙事詩人。紀元前七〇〇年頃に活動したとされる。
69―紀元九世紀頃のビザンチンの年代記作者。
70―中東発祥の宗教の一つだが、実質については諸説ある。
71―バルタサール・グラシアン（一六〇一―一六五八）。スペインのイエズス会士で哲学者、神学者。
72―『ルカによる福音書』一七章三三節など。
73―アイスキネス（前三九〇頃―前三一五頃）。古代ギリシア、アテナイの弁論家にして政治家。
74―「神」の名か。
75―コルネイユ『ル・シッド』第一幕第六場。

第四二篇　アカデミーでも饗応された書物の粥

一座の会員たちは発言者が道化を演じたかったのだろうと信じ、懲らしめてやろうとしたその時、諸々の図書館に現れた下女と乳母たちがここにも登場し、書物の粥をたっぷり入れた匙を手に持ち、彼らの口に流し込み始めた。そのことで一瞬彼らの注意は逸れ、真面目な調子に戻って発言者の結論について投票を行うことに決めた。

票はまったく同数に分かれた。頭に血が上り、心は沸き立ち、人々の議論はかつて無いほど熱くなった。呑み込んだ様々な学術論考の熱が高まり、栄養摂取によって得た力が、この理性の聖域において前代未聞の大騒乱を引き起こした。

その破廉恥な光景が終わり、ようやく投票を再開しようとしたとき、議場は急に細かい埃で満たされ、出席者の視界を遮ってしまった。自分の居場所すら分からなくなった彼らは席を立ってこの真っ暗な場所から歩いて出ていこうと思った。しかし互いに鉢合わせし、転倒し合う有様で、この恐ろしい状況からどう脱すればよいか分からなかった。

第四三篇　細かい埃に悩まされるアカデミー会員たち

この現象も、彼らがたらふく食べた同じ粥から生じたものだった。彼らの口論から起きた熱によって粥の根源的水分が蒸発してしまい、胃の中で砂のような堅い粒子に変化してしまったのである。

彼らが立ち騒いだおかげでこの細かい粒子は、彼らの汗に混じって急激に外に排出されたためにさらに細かくなり、一斉に大気中に振りまかれた。それ故この粉は微細で、急に充満したために学者たちはひどい困惑に陥ってしまった。

一人は言った。何故私は持っていないのか。
スフィンクスの秘めたる才能、土竜《もぐら》の手、山猫の目を。
だが哀れにも、気のふれたものはその罠に落ちる。
また一人は言った。妖術のなせる業であろう。
へりくだるがいい。知はいくら輝いても、

精神と肉体を惨めな状態に陥れる。
第三の者は言った。逃げ道はないのか、
空気と視界を共に手に入れるための。

しかし、無用な嘆きであった。この闇が持つ力がいかなるものか、彼らはやがて知らねばならなかったのである。

第四四篇　アカデミー会員は救われる　ただし一つの条件の下に

暗闇が二十五分半続いたとき、救いの手が差し伸べられた。それは独立者の会の監視下に働く正しい手で、哀れなアカデミー会員たちの闇を払ってやることにしたのである。ただし、彼らの自尊心がそれによって満足させられることがないように心がけた。議場全体に漂っていた固い埃の粒が積み重なって、床に小さなピラミッドがいくつかできるようにしたのだが、その四辺はエジプトのピラミッドと異なり、東西南北を向いていなかった。堆積はしばらくその状態に留まったが、これは学問がどれだけ本来の方向から逸れているかを示していた。自然の深遠を自ら解明することなく、学問を自分の管理下に置こうとした人々の軽率さのなせる業であった。

これに対し、その同じ恵みの手は、先ほどの発言者と会員たちの口に入った書物の粥から、真理の成分だけは微細な流体として漂わせていた。この成分こそ、いつの日か不滅の学問が、敵の隷属下に置かれている状態から脱する助けとなるものであった。それは人間に文法の真の要素を教え、世界のあらゆる場所で真の姿と活動を顕わにする学問である。

するといると明るさが会議室に戻ってきた。しかし、摂取した粥によって身体内の学知に携わる器官が受けた刺激は解消せず、学者たちはある種のしゃべりたがり症状を感じていた。たっぷり取り込まれた大量の言葉を排出しない限りその症状は改善せず、自分が証人となり、かつ当事者ともなった不思議の数々を誰彼かまわず語って聞かせたくなっていた。

書物と紙に降された災いが、その手段を残していてくれたなら、当然それらを学術論文に書き留めたことだろう。しかし書くことができないので、残る策は、出会う人手当たり次第にこの奇跡を語りまくることしかなかった。しかもその言葉使いは、アカデミー会員の前で委員会の報告者が用いたものと同じであった。これらの学問に秀でた人々から事態の解明と、希望の光とをいくらかでも授かろうと思っていた民たちは、そのどちらも受け取れず、話を聞く前と事態が何も変わらなかったので、ますます不平の声を挙げ続けた。

それ故、街に聞こえるのは呻き声と、嘆きと、不満ばかりであった。

貧しさ、不幸、蒙昧、欠乏よ、
いつまで我らが哀しき民たちに
無慈悲な手で矢を貫き通すのか。
戯れに我らが魂を苦しめる、
恐るべき手段を何故増やすのか。

いっそのこと火を放ち、
深淵を開き、我らすべてを陥れ、
一時にすべての攻撃をしかけるがいい。

第四五篇　財務総監に対する民衆の怒り

ますます飢えに苦しむ民衆は、学者たちの弁舌に慰めを見出せず、とうとうこれらの災厄の張本人を知ろうとした。あるいはむしろ、恨みを晴らそうとした。その正体は分かっていたからである。彼らは徒党を組んでその男の屋敷に行き、取り囲んだ。扉を打ち破り、入り込んだ。そこにいたのは誰だったろうか。

この災厄の時、この貧窮の時にあって
誰もが心ならずも節制を強いられている時、
大臣は食卓にいた。取り囲むは鶉《うずら》、
焼きたてのパン、菓子、極上の美酒。
民の不幸を忘れるべく、
音楽の神さえ宴に呼んでいた。

しかし彼の楽しみはやがて、荒々しい客たちの来訪によってかき乱された。ガラス窓を壊し、家具を破壊する者たちがいる。食卓の料理に飛びつく者たち、家中を探し回って食糧が貯め込まれていないか探す者たちがいる。最も怒りに駆られた者たちはこの家の主を追いかけた。彼は大慌てで逃げ、窓から小さな裏庭に飛び出して姿をくらました。

しかしどこに逃げても恐怖はつきまとい、パリ全体が敵対しているように見えて仕方なかった。もはや日の光を浴することを諦めた男のその後は、杳《よう》として知れなかった。

かくして暴徒たちは標的を奪われ、屋敷そのものに復讐することを決めた。食糧をすっかり奪い取った後、各階に火を放ち、火の中に総監を放り込めなかったことを悔いながら退散した。王宮ではただちに別の総監を任命した。しかし前任者がパリにもたらした損害はあまりに広がりすぎており、このような弥縫《びほう》策では回復しようがなかった。国家の安寧に敵する者たちが動かす大きな力を食い止めるため、より強力な方策が必要とされていた。

第四六篇　クロコディールに対抗するセディールとエレアザールの会合

これらの異常な出来事は、国の窮乏と食糧難を解決するどころか、民をますます深淵に陥れ、不安と恐怖で責め苛むばかりであった。気高きセディールよ、今こそその原因を突き止めるときである。折しも、掛け替え無き友エレアザールの来訪だ。彼もまた君と同じくパリの恐るべき状況を嘆き、十分予想はしていたものの、学者たちの奔走がすべて無駄であることを嘆いた。家に留まったラシェルに対しては、これから企てるべき特殊な業において、持てる力の限りを尽くして手伝うこと、とりわけ自分の身については心配しないように言い置いた。彼が君の前に現れたときは、平静さはいつも通りであった。

セディールは言った。「ようこそお出で下さいました。今起きていることについて、慰めと謎解きを与えて下さるのはあなただけです。援助の手を差し伸べて下さる時が来たのではありませんか」

「私はそのつもりで家を出てきました。いつもの手段であなたの苦境を知りましたので、呼びに来られるのを待たなかったのです。自信と勇気をお持ちなさい。『不信心な者の身には恐れていたことが起こる。正しき人の身には望んでいたことが起こる。風の中に種を蒔く者は嵐しか手に入れられず、義の中に種を蒔く者は慰めを収穫する』[1]と言います。

鰐についての噂はささいなことではない、とあなたに言いましたが、その通りになりました。あなた自身が目撃されたことと、その場を去ってから人の口を通して聞かれたことによって、背後に大きな秘密があることを確信されたはずです。それは段々と明らかになるでしょう。今日のところは、クロコディルが残酷な存在であり、悪人のごとく偽善的で、偽善者のごとく小心だということを知るに留めておいて頂きたい。クロコディルはサフランを嫌っています。なぜならこの植物はクロコディルと同様に硫黄が活性化されたものであって、彼の出自を思い起こさせるからです。[2]

しかし、事が起こる時期についてまではあらかじめ知ることがないように、今はこの容器に小指をつけ、指についた少量の粉を吸って下さい。後にはまた別の使い方もあります。あなたには、段階を追って覆いを取って差し上げます」セディールは指示に従った。

エレアザールは部屋の隅で短い間精神を集中させ、セディールに言った。「あなたの知らない間に蠟燭の火を点けました。さあ、炎の中を見てごらんなさい。何が見えますか」――「奇妙な光景です。まるで影絵のように人影がいくつか動いて見えます」――「見つめてごらんなさい。じっと目で追いかけて、何が見えるか正確に教えて下さい」――セディールは驚き打たれ、勇気を奮い起こして、目に映るものすべてを逐一ありのままに報告した。

1―『ホセア書』八章、一〇章などの文章を集めたものか。
2―サフランはギリシア語でクロコス krokos なので、クロコディル crocodile と関連づけている。硫黄と地獄の結びつきについては言うまでもない。

第四七篇　セディールが蠟燭の炎の中に見たもの

「薄暗い書斎の奥の床に、幅一アンパン[1]の鋳物の器が見えます。書斎の明かりは暖炉の火だけですが、奥に裾の長い黒服を着た三人の人物が見えます。その内の一人は見覚えがあります。前にあなたと噂した〈貫禄のある女〉その人です。落ち着かない様子で、絶えず動き回っています。目にはぎらぎらと怒りを溜めているようです。彼女がエジプトから呼び寄せた〈のっぽの痩せ男〉もいるような気がします。こちらの方が落ち着いているようですが、ずいぶんと悲しげな様子です。三番目の人物については何者だかまったく分かりません。色が浅黒く、他の二人に使われているように思われます。というのも、器と水差しを手にして、二人が手を洗うのを待っているように見えるからです。やはり思った通り、二人は手を洗いました。水がかかると真っ黒な湯気が立ち上り、その中に炎がちらちら見え、硫黄のきつい匂いが広がっています。召使いが汚れた水を真ん中にある鋳物の器に捨てました。器の三分の二くらいまで入りました。彼は書斎から出て行きます。あとは二人だけが残り、座って会話を始めるようです」

エレアザールが口を挟んだ。「彼らの言うことを良くお聞きなさい。そして書き留めて下さい。あなたには書く手段が残されています。私がいることで、あなたの書斎は図書館に降された災いから守られていますから。それに書き留めるのは簡単です。私が望む通りに彼らはゆっくり話しますし、言葉と言葉の間は話すのをわざとやめさせます。さあ、〈のっぽの痩せ男〉が話し始めます」

1――一アンパンは二二から二四センチ。

第四八篇　セディールが〈のっぽの痩せ男〉の話を書き留める

セディールが紙とペンを手に取った。エレアザールの教えに忠実に従い、〈貫禄のある女〉に向かって〈のっぽの痩せ男〉がする話を書き留めた。

「あなたと私を結びつけた企てを成功させるために、気持ちをしっかり持たなければならないのですが、余計なことばかり考えて、悲しくてなりません。しばらく前から心の中に、思ってもみなかったことが起こっています。若い頃から、自分の生活に対して後悔の念を起こすことは時々ありました。けれどもこれほど苦しいことは初めてです。私と違い、真理の途を前進する機会を取り逃がさなかった者たちは、さぞかし幸福で、心安らかでしょう。コプトス[1]の出身であった母は、私を人の役に立つ途に進ませるよう、全力を尽くしました。その点で、他の母親にない長所も持っていました。母は、最高の知識と、類い希な美徳と、人並み外れた才能を兼ね備えている人だったのです。母を知る人は皆、親しみと尊敬を感じておりました。母は自分の後をついて同じ途を歩むよう、ありとあらゆる手段を用いて私を促しました。私に打ち明けてくれたところによれば、母は独立者の会という団体に属していて、その会の教えと戒律に従うことによって、このような大きな恵みを手に入れていたとのことです。母は私に無理強いしていないことを証明するべく、毎日自分の力、知識、超自然的才能をはっきり表す証拠を見せてくれました。それも、祈りと、至高の原理への全き信頼と、あらゆる美徳の発揮、という以外の手段は用いませんでした。こうして、母が私に言い聞かせていたのは、我が国に溢れている秘事を生業《なりわい》とする人々に、何事であれ信を寄せてはならないということ、通常ではない強力な手段については、摂理からのみ、もしくは行動とそこに現れるしるしによって、摂理の忠実な僕《しもべ》であることが明らかな人たちからのみ、受け取るように、ということでした。それは徳と奉仕によって、自然を解く鍵を所有するに至った人々です。しかし、私はそこに導いてくれる知恵に身を捧げるよりは、摩訶不思議な事柄の誘惑に負け、敬うべき母とは異なる師たちの言葉に耳を傾けるようになりました。この師たちは母のような条件を付けずに、同じ奇跡を約束してくれたのですからなおさらです。私を納得させるために、数々の証拠も見せてくれました。いちいち細かく調べてみることはしませんでしたが。私も彼らの手段を使えるようになるという希望から、彼らの途に引き込まれました。実際、巷の占い師から、隠秘科学の複雑至極な秘法を手にしている者たちまで、私に対して門戸を開かぬ者はほとんど無く、自分の趣味を満足させてくれるものを部分的には見出すことができました。可哀想な母は、自分のもとに私を引き戻そうと、絶えず努力していましたが、うまく行きませんでした。私はすっかり心を捉えられていたのです。今日でも、私に抗う力が感じられます。私につきまとう母の声です。その声に耳を傾け、従う力が私にはありません。自分の内の恐ろしい戦いで身が引き裂かれるばかりです。それにしても、我が師たちによって受けさせられた秘密の儀式の支配力は恐るべきものがあります。そこに足を踏み入れた刹那、枷《かせ》がはめられて一瞬たりとも逃がしてはもらえないのです。師たちは平安が得られると約束しましたが、今は懊悩しかありません。手軽だと言われた手段で光明が得られるどころか、何に対しても確信が得られないのです。このような状態ですので、私の言葉を信じてもらえるなら、例の仕事は別の折に延ばしましょう。今のところ、取りかかれるとはとても思えません」

〈貫禄のある女〉は眉をしかめて言った。

「約束と違うではありませんか。自分で言ったことを守れないなら、治安を乱した廉《かど》で議会に告発しますよ。必要なら、魔術師として告発してもいい。議会は魔術の存在を信じていなくても、私は信用があって、いつでも、いかようにも、何の嫌疑でも、あなたの弾劾をさせられるのだから」

するど、扉の方からひゅうという音が発せられ、雷のような声が聞こえた。そうして痩せ男に呼びかけ、怒りを含んだ声でこう言った。「エジプト人よ、エジプト人よ、我らが師に向かってなした誓いを忘れたのか。授けられた途方もない力、数々の成功、これから与えられる得も言われぬ恵みを忘れたのか。先ほどした契《ちぎ》りを守らなければ、おまえは一分たりとも生きられないのだ。私はおまえの友ではあるが、我が師の命令の執行者でもある。我が師の命令が決して緩められぬことはおまえも知っていよう」

声は止んだ。貫禄のある女はすっかり驚き、その声がどこから来たのか探っていた。セディールにはなおさら分からなかったが、うろたえずに続けた。

「痩せ男が元気を取り戻しました。自負、野心、脅威が彼に働きかけています。目が燃え上がっています。貫禄のある女の方を向き、言います。『情けないところをお見せして、申し訳ありませんでした。先ほど泣き言を発したときは、どうかしていたのです。私たちが成し遂げた偉大な成果、そして今後に約束されている輝かしい成功のことを忘れておりました。実際、あなたの期待に私は十分応えましたから、わざわざエジプトからお呼び寄せ下さったことを後悔しておられないでしょう。あなたの不倶戴天の敵である総監は辱められ、絶体絶命です。決死隊の反乱、我が祖国から来たクロコディルが戦場全体を呑み込んだこと、アカデミーの代表が鰐の講義を聴くよう私が強制した力、すべての書物が破壊されて粥になったこと、アカデミー会員たちが学問に迷い、己の栄光にけちをつけるようなことを言ったこと、そして極度の食糧難と、パリが飢饉と略奪の恐怖とにさらされたこと、これらすべてはあなたの恵みに報いるに十分なものがあります。私ももっと感謝しなければ、恩知らずということになります。私たちには打ち倒さねばならない恐るべき敵がいます。あの男がいる限り、私たちの成果は台無しにされ、無となります。私たちがパリに与えた損害をすべて元に戻すことができるのですから。

その恐るべき敵の名はエレアザール。
かのユダヤ人に対し、全力を挙げねばならぬ。
かつてならあれの仲間たちは私に手を貸したはず。
だが今は、わずか一人で我らに勝り、
我らを滅ぼし、我らを打ち倒しかねぬ。
今こそすべての力を結集すべき時』」

セディールはエレアザールの方に向き直って言った。「おや、二人の傍らに見えるのは何でしょう。それぞれの口の横に、書記が一人ずつ、まるで空中に浮かんでいるように見えます。一人は痩せ男が話すそばから書き留め、貫禄のある女の側にいる方はペンを手に持っていますが、何も書いていません」

1―エジプト、ナイル川流域の古代都市。

第四九篇　速記者についての説明　のっぽの痩せ男の話の続き

エレアザールは言葉を継いだ。「あなたに多分まだお話ししていなかった不思議な現象が見えたので、説明をしなければなりません。私たちは皆、自分の傍らに速記者を持っていて、私たちが語ることだけでなく、行いもすべて忠実に書き留め、正確無比に記入しています。彼らは私たちの行くところどこにでも、そして墓場まで付き従います。そこで記録を我々に提示し、それが私たちの唯一の判事、証拠物件となるのです。

それらの証拠物件の中で、とりわけ軽率で無思慮な人間を告発する部分があります。奇跡や不思議な出来事を、それがどこから発しているのか考えずに追い求め、もっと単純な途によって知恵を求めればいいものを、無知から来る好奇心を持ち続ける連中です。真の学問は永遠で自然な驚異を開く鍵から生じます。しかるにこの鍵は知性の光の中にしか存在しません。そして知性の光は魂の謙虚で命を与える力にしか存在しないのです。油が照らし出してくれる光は、その油が地から生まれる最も優しく恵み深い物質であるときに、一番輝かしく澄んでいるのと同じです。この素晴らしい目標に向かってすべては導かれねばなりません。思慮に富んだ人間は知恵を探し求めますが、その他の大多数は絶対に奇跡しか求めません。そのために、真理はやむなく分かりやすい手段――私が用いているような手段――を利用することになります。本来はそのようなものは必要ないのです。なぜなら単純な途だけで、人間の原初的で自然な業には十分なのですから。よって、思慮を欠いた人間の腐敗と、原理による細心の監視のおかげで、かくも多くの不思議な出来事がこの大都市で起きたのですし、これからも起き続けるでしょう。

しかしながら、あなたが見た速記者は、人間が生きている次元、つまり書記というものがいる世界から真理が採った象徴にすぎません。問題の記録はもっと簡単に行われ、今あなたが見たよりもずっと広い範囲に及んでいます。そのことは今後あなたが知ることになるでしょう。今のところは、私たちの仕事を続けましょう。あなたの質問で話を中断されたのっぽの痩せ男が、話を続けます。書き留めて下さい」

「かのユダヤ人の力から身を守らなければならないのは今日に始まったことではありません。あの男に死をもたらすべき業を始める前に、いかにあの男には苦労させられたか、お話しせねばなりません。あれが私に仕掛けた策略はすべて、ここにある版画に記録してあります。象徴の文字で書かれていますからご説明しましょう。

これはトネリコの投げやりのおかげで石になったメドゥーサの頭です。アルジェの太守がしばらく前に、領主に対する秘密の企てをしたときに、私を雇おうと考えました。大金が約束され、私は技の限りを駆使して、全力を尽くしました。しかしエレアザールが攻撃を失敗させたのです。アルジェの太守は腹を立て、私に騙されたと思い、約束の金を私に渡すどころか、足蹴にして三百回棒で叩きました。これほどひどい敗北を私にもたらしたのが例のユダヤ人だとは、当初知りませんでした。私の仲間の一人が、領主に対抗する私の計画を遂行しに向かう途中、周りに誰も見えないのにトネリコの矢を胴体に受け、それを持ってきたときに分かりました。この矢にはエレアザールの名が刻まれていたからです。さらに、矢の半分は植物の粉で覆われていましたが、私の知らない物質で、分解もできませんでした。

第二の絵は牢獄の中央にある金の檻を表しています。ムガル帝国の横暴な領主が、近くの森の中に埋もれた莫大な宝を守るために、幾人も犠牲にしていました。隣国の貪欲な領主も同様に人を殺《あや》めては、宝を我が物にしようとしていました。先の領主は信頼できる衛兵を置いて、この宝を永遠に独り占めしようとして私に頼ってきたのです。かの地に到着した私は森を見回り、中に分け入って土地の様子を知ると、忠実な部下を二人呼んで宝の見張りをさせようとしました。ところが、二人が持ち場に付こうとしたその時に、宝の場所に大きな深い穴が開いたのです。直後、敵の力が及んで、私は棍棒で殴られたような衝撃を受けたかと思うと、その穴の中に、信じられないような速さで落ちていくのを感じました。その恐ろしさはとても口では表せません。気がつくと私はムガルの領主と共に金の檻の中に入っていました。その中で空腹に苦しむ私たちに、絶えず次の声が聞こえていました。『黄金は清らかなものである。汚れや罪、とりわけ血によって手に入るものではない。金と血は仲間であって、人間が日々行っているように、片方で片方を買ってはならない』言葉の意味は良く分かりませんでした。我々が穴の中にどれだけいたのかも分かりません。時間を計る手立てがまったく無かったのです。ところがある日のこと、寝苦しい一夜を過ごした後に目が覚めると、もう穴の中でも檻の中でもなく、明るい光が差していて、ムガルの領主も側にはいず、自分の国、自分の家にいたのです。いったい誰が連れ帰ったのかも分かりませんでした。

　第三の寓意画は一杯のココアです。これは私がある有名なイタリアの支配者[1]に飲ませ、それがもとで病気になって死んでしまったものです。このときばかりは、我が敵の学問が敗北しました。しかし私が目的を果たすとすぐ、敵が全力で復讐しようとしているという証拠を得ました。それ以来、執拗な追跡に気付かぬ日は一日とてありません。書物の粥の一件で、明白な証拠が得られました。それは私が上からの命令で、アカデミーの博士たちを少々からかってやろうとした笑劇ですが、その影に隠れて我が目論見も進展させようとしたのです。ところが、あの恐るべきユダヤ人の方が私よりうわてでした。私は博士たちに己の錯覚と無知を見せつけてやろうとしていましたが、それよりも何よりも彼らを真理から遠ざけてやろうとしていたのです。私はゼロのみを支配する存在なので、人々を私の国に引き留めるために何でもやるのです。これを見て取った彼は、この笑劇の中に、私の目指したのとは正反対の結果を引き出す手段を見つけました。書物のごった煮の中にも見出される学問と知恵の要素を私に対抗して用い、発言者にいくつかの真理を述べさせたのです。これに対しては私が気を配ったおかげで、今までのところ学者たちは理解しておらず、彼ら全員の口に上ることはありません。こうして絶えず奴は私の邪魔ばかりをしているのです。

その他の寓意画も皆、私に対する攻撃の証拠です。私が持てる技を発揮しなければ、ずっと前に屈していたでしょう。世界には、私と同様に不満を持っている仲間たちがいます。アフリカの仲間たちは呪物の威力を消されたと言って非難しています。アラブ人は土占いの作業で出会った中で最強の敵だと言い切っています。とりわけユダヤ人たちの恨みは大きなものがあります。神秘学に従事していた者たちは真っ向から邪魔されて、作業を成功させることがほとんどできなくなりました。ヴェニスの有名なラビは昔から秘事を用いて大儲けをしていたのですが、その仕事をまったく諦めねばならなくなりました。このラビは私に隠秘学の知識を最も多く授けてくれた人でしたが、ゴアに住む別のラビに会えば、知識は完璧なものになると教えてくれました。そうなれば、クロコディルだろうが、それを支配している強力な精霊だろうが、私に屈服せざるを得ないと言います。そうなると運命の力も、いかに強いものであれ、私がいなければ何も命じることができなくなるのです。私は万人の星だけでなく、宇宙の星の運行を司《つかさど》ることになります。ああ、このゴアのラビに会えていれば、我々の業も今日どれだけ容易に行えたでしょうか。我が敵を既に痛めつけていたでしょうし、今頃は滅ぼしてしまっていたでしょう。ともあれ、その時が近いことを期待しましょう。

ご存知の通り、我々が敵に対抗すべく、これまでの作業で用いた材料だけでは足りません。敵は我々の企て全般にわたって立ち向かってくるので、それらの材料は抵抗のために必要です。しかしこれら防御のためだけの武器に加えて、敵を直接に討つ攻撃の武器となるものが要ります。そこでこのような物を用意しました。コロシント[2]の汁で溶かした鉄の鎗、トウダイグサで煎じたコブラの頭三つ、生きた狐から抜き取った上趾骨五つ、モチノキとイラクサを焼いた暖炉の煤、半月前から櫛を通していないカライ派[3]ユダヤ人のフケ、そして変節キリスト教徒のパイプの煙。しかし、この材料はことごとく私の計画になくてはならぬものですが、自分では利用できません。必要な助けを得るために、秘密の技を用いねばなりませんでした。これによって、私は友人の協力を手に入れることができたので、彼が私の願いを実現するためにすべてを活用してくれるでしょう。この友のことをあなたはまだ知りませんが、何度もあなたの前に現れたことがあります。先ほど私を勇気づけ、あなたを驚かせたのも彼の声だったのです。彼は強力な精霊なので、どの精霊とも同じく、思い通りの姿に変身できます。ホーン岬の会議で、エチオピアの精の名で登場したのは彼だったのです。それに、申し上げておいたほうがよろしいでしょうが、先ほど私たちに手を洗う水をくれた男もこの精霊です。汚れを落とすという準備作業は、我々の行う業では何としても必要とされます。しばらくの間彼を遠ざけましたが、それはまた別の姿で現れるのであなたに心の準備をしてもらうためでした。今にまた戻ってくるものとお考え下さい」

1―ローマ教皇クレメンス一四世（一七〇五―一七七四）のことか。ココアによる毒殺の噂が残されている。
2―ウリ科のつる性多年草。葉・花などはスイカに似る。果実を乾燥したものを下剤に用いる。
3―八世紀バビロニアのラビ、アナン・ベン・ダヴィドを創始者とするユダヤ教の一派。

第五〇篇　戦士の服を着た精霊がセディールに見えるその他のいくつかの奇跡も

セディールがエレアザールに言った。「あ、やって来ました。戦士の格好をしています。右手には大きなサーベル、左手には二本の黒い棒を持っています」

エレアザールが答えた。「何が起こるかよく見て、私に報告してごらんなさい。この場面は特にあなたに教えを授けるためにあります。それ故私は自分で眺めるのを控え、別の役を果たさねばならぬ時まで様子を見ているのです」

「戦士はまず、のっぽの痩せ男と貫禄のある女にサーベルをかざして挨拶をしました。黒い棒をそれぞれに渡します。今度はサーベルを鋳物の器に差し入れ、サーベル無しで書斎の奥に戻ってきました。他の二人は黒い棒で同じことをし、やはり戻ってきました。三人とも座ります。あ、なんとも奇妙な光景です。書斎の隅から、ありとあらゆる種類の植物が出てきて、器の側を通過して行きます。どれも見事な美しさです。ですが器から無数の毛虫が出て来、その植物が器の側を通りかかるにつれて飛びかかり、たかっています。器の横を通過した植物はすっかり枯れています。今度は植物が出て来た書斎の隅からたくさんの動物が現れ、植物をむしゃむしゃと食べています。けれども器からはさまざまな形をした虫がもっとたくさん出てきて、動物に襲いかかり、ひどい責め苦を与えています。今度は書斎の同じ隅から素晴らしく美しいライオンが出てきました。鋳物の器の方に向かっています。例の三人は眠り込んでいるようで、周りの出来事に気付きません。ライオンは器から出てきた毛虫や虫たちを脚で踏みつぶしました。植物は美しい色を取り戻し、動物たちは穏やかになりました。ライオンは器に挿してあったサーベルと二本の棒を摑み、粉々にして火の中に投げ入れました。器の方に戻ると、器は大きくなって、樽くらいの大きさに見えますが、中身の液は三分の二のままです。ああ、何とおかしな光景でしょう。ライオンが眠っている一人の男を摑み、頭からその樽の中に沈めてしまいました。次いで二番目にも、三番目にも同じことをしました。ライオンに運ばれても三人は目を覚ましません。頭から水の中に入れられて、しかも汚れた、ひどい味の水に違いないのに、三人はまったくじたばたしません」

　エレアザールが口を挟んだ。「これらの不思議な現象を少しだけ中断させましょう。あなたに教えを授けるためにあるのですから、この場で少々解説をしておく必要があります。

　まず、虫たちに食い荒らされる動物や植物が、ありとあらゆる学問が我々の敵の力のために陥っている悲惨な状況を示していることはおわかりでしょう」（「そうだ」と、辺りには何も見えなかったが、いくつかの声が同時に叫んだ。「我々は皆、敵の力に絡め取られている。どうか我々を救い出して欲しい」　エレアザールとセディールは深く心打たれ、一瞬思いを凝らしてからエレアザールが続けた。

「これらのしるしが意味するところはこの敵自身に直接関係しています。それは敵が従えている多くの軍団を描き、彼らは自然の一般的・特殊的基礎を絶えず突き崩そうと努めているのです。この軍団は至高の力と命によってさまざまな深淵の中に閉じ込められているのですが、敵は至る所から彼らを寄せ集めます。紅海や死海など、地上と海上の至る所、悪しき存在たちが呑み込まれている場所で敵は絶えず探し回っています。すべてはそこに一緒に落ちた軍団を引き上げ、人間たちの新たな誘惑、新たな蕩尽のために奉仕させて、利益を得るためです。この緊急時にその暇はありませんが、その全体像を詳しく見れば、この敵が周りに置こうとする軍団すべての閲兵式をあなたにお見せするようなことになります。そこにいるのは、ソドムの住民、ファラオの軍隊、コラ、ダタン、アビラムらと共に地に呑み込まれた者たちだけではありません。[1] 金の子牛、[2] 争いの岩、[3] 貪欲の墓、[4] エリコ、アイ、[5] カナンのすべての街の中に閉じ込められた者たちだけでもありません。大洪水の時に人類と共に呑み込まれた者たちも含まれています。さらに言うならば、この敵が犯した罪の報いを受けた際、全宇宙の中、四大の中に呑み込まれた軍団も見えるでしょう。それは地上におけるいかなる被造物も、おのれの〈虫〉を持たないものはないと博物学が示している通りです。したがって、水の中、火の中、土の中、空気の中に呑み込まれた軍団を観閲することになるでしょう。先ほどあなたが見た虫たちの本当の意味はそこにあります。敵が全力でかき集めているその軍団は数えきれぬほどですが、敵自体は弱い存在で、軍団が全部揃わないと、この世で大したことはできません。それ故、敵はこの世で活動しているときに強力となります。だが、これに対抗する力は非常に大きいので、一瞬でこれら軍団を塵芥のように吹き飛ばすことが可能なのです。あなたが見たライオンはそのことを示しています。

　もっと時間があるときに、こうした研究に専念しましょう。これらの事実と、我が民族の歴史の間にある隠れた照応も考察し、精査してもらいます。それによって、摂理の計画と意図がいかなるものか分かるでしょう。我々が摂理の目論見にほとんど応えて来なかったとしても、他の民族が我々をあのように非難する理由にはなりません。人類全体が堕落しているのであり、神の知恵は、人間を見た通りに受け入れます。知恵が他のどの民族に対して意志を示したとしても、それに対して我々より忠実でいられた民が多くあったでしょうか。

　ライオンに運ばれても目を覚まさず、汚水に投げ込まれても暴れなかった三人は、似非学問に従事する者たちが、いかに無分別な状態に陥っているかを表しています。目を疑うような不思議な現象の中でも、彼らにとっては何事もなかったかのようです。確実に死をもたらしかねぬ危険の中でも安心し切って眠っています。もっとも、こうした光景はあなたのためだけにあるので、あなたにだけ生じたのです。書斎の中は、先ほど見た状況と何ら変わっていません。蠟燭の炎を見て、そのことを確かめて下さい」

「なるほど、すべては前と同じ状態に見えます。動物も植物も、ライオンも虫も、すべて消えてしまいました。器は元のままで、例の三人は椅子に腰掛けています」

「良くお聞きなさい。戦士が痩せ男に話しかけます」セディールは従い、聞こえたままを写し取った。

1―『民数記』一六章。
2―『出エジプト記』三二章。
3―『民数記』二〇章一三節。
4―『民数記』一一章三四節。
5―『ヨシュア記』八章。

第五一篇　エレアザールに対する戦士の策動

「エレアザールに対抗する我らが企てのため、二人が集めてくれた薬品はすべてモンマルトル通りの下水に流し込んだ。その下水道は奴の家の近くを通っているから、私がこの薬に加えた呪い《まじな》のおかげで、奴の家はほどなくして吹き飛ぶに違いない。だが、我らの大いなる計画の成功を確たるものにするために、直接に敵の命を狙うべく、行わなければならないことがある。私のサーベルと二本の棒は器の水に十分浸したので、腐敗は必要なだけ進んでいる。今度は、我らが敵の名［Eléazar］の文字数と同じだけ、真っ赤に焼けた炭を入れねばならぬ。奴もこの攻撃には勝てまい。私がサーベルをまた手にしたら、それとまったく同じ手順をまねるように」

セディールは言った。「戦士がサーベルを取って、暖炉の方に歩いて行きます。他の二人は棒を摑んで戦士について行きます。戦士が火のついた炭をサーベルで刺し、器の水の中に入れました。もう一度暖炉に戻り、サーベルの先で炭を刺して器の水の中に運びます。もう一回同じことをしました。二人の連れはずっと戦士の後につき、七回同じことを繰り返しました。炭を水の中に投げ込む度に器が激しく沸き立ちます。七個目の炭でさらに強く沸き立ったので、三人は非常に喜んでいるように見えます。

戦士が言います。『今や我々は勝利を得たと確信して差し支えない。クロコディルを呼び寄せて、奴の亡骸を食わせ、誰にも見つからぬよう消してしまおう。そうして死の原因に誰もたどり着けぬようにしよう。奴が死んだことは間違いないのだ』

彼らはあなたの死を確信していますが、あなたはまったくご無事ですね。クロコディルが現れても恐れるに足らず、という気がします」

エレアザールは答えた。「あなたが不安を持っておられないのは大変頼もしい。あなたと私を見守っている知恵は、確固として揺るがぬ計画を持ち、それは常に一つの面を下にしてまっすぐに立つ幾何学的立体よりもはるかに安定しているのです。私に対する最初の攻撃もそうでしたが、この二回目の企てでも我々に被害が及ばないのはこのためです」

第五二篇　現れなかったクロコデール

この言葉が発せられるとすぐ、セディールは叫んだ。「聞こえます。やってくる足音が聞こえます。ようやくあれに打ち勝つときがやってきました」

エレアザールは答えた。「その通り。我々が恐れるべきものは何も無く、事の推移を意のままにできるということをあなたに証明するため、クロコディルは決して現れず、声だけが聞こえると、あらかじめ申しておきましょう。注意を逸らさぬように、観察したことをすべて報告なさい。私もそれに応じてことを行いますから」

（親愛なる読者よ。エレアザールが用いている手段とは別に、独立者の会に関係した恵みの手が、この有徳、勇敢なるユダヤ人に渡したものがあると申し上げておこう。それは超物質的な活性素材で、自然界ではサフランの精に当たるものである。）

セディールは続けた。「三人はクロコディルが現れないので、いらいらし、不安そうに見えます。それぞれ灰をひとつまみ呑み込んでいます。今度はイスラムの僧のようにぐるぐると回っています。今はじっと耳を傾けているようです。

『我輩はお、お、おまえたちがよ、よんだク、ク、クロコディルだ。す、すがたをあ、あわせない。誰かが我輩をじゃ、じゃ、じゃ、じゃましておる。舌をう、う、うごかすのもた、た、たいへんだ。おまえたちには言いたいことがや、や、やまほどあったのに。も、も、もうたまらん。さ、さ、さ、さらばだ』」

（親愛なる読者よ。クロコディルが皆さんにすべてを伝えようとすることに、いかなる力が反対しているのか、お知らせする必要はあるまい。しかしながら、クロコディルがどうなったのか分からず、クロコディル自身から事の次第を知らされるはずだったのに、その期待をあっさり裏切ってしまったことについて、皆さんは遺憾に思っておられるだろう。しかし、アガメムノンの顔をヴェールで隠すという画家の創意[1]が称えられるなら、私がクロコディルの顔にヴェールをかけたことをどうして非難されようか。描くのはこちらの方がよほど困難なのである。だが、ゴルディオスの結び目をほどく代わりに断ち切ってしまったことを非難されないよう、読者はやがて希望の事柄を知ることができるということ、さらにクロコディルの口ほど恐ろしくない口を通して、それを語ってもらえるという利点もあることを申し上げておく。）

クロコディルは三人の仲間に別れを告げる際、息で風を吹き起こし、暖炉の火を消してしまったので、セディールはもう何も見えなくなった。クロコディルが発した悪臭は三人を包み込んだ。家はひどく揺れて半ば倒壊し、仲間たちの内の二人は残骸に埋もれて、この危険な状況から逃れるのに大いに苦労した。三人目の、人間に変身した精霊は物質的残骸に引き留められるような体を持っていなかったので、困惑する二人を残してすぐに消えてしまった。

この家の地下からは、黒ずんだ汚水の泉が湧き、それ以来涸れることはなかった。この水が発する耐えがたい臭気によって、家は人間が住めなくなってしまった。

モンマルトル通りの家で実際に起きたことを示すこの不思議な光景が消えると、セディールはたった今目に映じた驚異について、深く掘り下げたいと思った。エレアザールはそこで、状況が許す限り、これらの問題について手短に教えを垂れた。

同じ頃、ジョフ夫人も独立者の会において、敵の猛威から日々人間を守っている計り知れぬ力について、感動的な描写を行った。人間たちはこの上からの力の存在にまったく気付かず、乳母の何くれとない気遣いに子供が注意を払わないのと同様の状態にある。至高の力による愛情のこもった目配りは途切れることなく、また人間に迫る危険は極めて大きいので、人類がこの世で置かれた状況に一瞬でも目を開けば、恐怖と感謝の念に打ち震えることになるだろうと、彼女は述べた。

しかし、彼女の訓話について、我々が現在のところ承知しているのは、以上の抜粋がすべてであって、それについてはまったく遺憾とするところである。このようにずたずたに途切れた茨の道を通して人々を導くより、日々の自然な糧たるべき大いなる真理を存分に与える方がよほど望ましい。だが、あまりに大きな出来事の数々が、我々をこの三人の悪人の巣窟から外へと呼び出し、そうした考察に専念することを今は許さない。

わが詩神《ミューズ》よ、今こそ立ち上がり、人々の目に示せ、
おまえの深遠なる学が何をなし得るかを。
我が精神を地獄の内奥に遊ばせよ。
次いで空中に遊ばせることもできよう。
おまえの熱意に助けられ、我が精神は
それら諸方を旅する望みをしかと抱いている。

1―紀元前四世紀ギリシアの画家ティマンテスはギリシア神話の英雄アガメムノンの苦悩を表現できずに、あえてヴェ

ールで覆う形で描いた。

第五三篇　モンマルトル通りの下水から、旅人の予期せぬ登場

モンマルトル通りの下水渠のそば、エレアザールの家から遠くないところで、地下から荷車のころがるような音が聞こえた。激しい地震の振動が感じられ、界隈がぐらぐらと揺れて人々に恐怖を与えた。風が吹き荒れ、動物たちは呻き声を上げた。空全体が暗くなり、強い力で打ち上げられた奇妙な物体が浮かんでいるように思われた。すべてが痙攣状態にあるように思われたそのとき、下水渠から突然泥水が流れ出してきた。そうして緑色の服を着た男が、この流れの中を泳いで地面に出てきたのである。

人々の目が皆、この緑色の男に注がれた。男が水から出てくると、皆が取り囲んだ。「おお、義勇兵のウルデックだ」と、彼のことを知っている誰かが言った。人々はさらに彼の周りに押し寄せ、我勝ちにどこから来たのか尋ねた。「軍隊から戻った」と彼は短く答えた。その後は黙り込んでしまい、一言も引き出すことはできなかった。哀れな彼はびしょ濡れで、泥だらけ、飢え切っていたので、その手当の方が先決とあって、沈黙もやむを得ないと思われた。友人たちが急いで体を拭き、汚れを落とし、服を貸し与えさえしたが、どうやって彼の飢えを満たせば良かっただろうか。

にもかかわらず、人々の好奇心は同情の気持ちを上回って、彼に詰め寄り、体を摑んで、二つの軍隊が消えてしまった後、彼がどこで何をしていたのかをありのままに話すよう無理

強いしようとした。しかしながら、どんなに荒々しい騒動の中でも、人々の良識と道理を呼び覚ます冷静な人間が常にいるものである。一人の男が中央に進み出て、こう説き伏せた。

「私と困窮を共にしておられる同胞の皆さん。皆さんと不幸を共に分かち合うことでつらさは減じているのですが、皆さんがこの哀れな人に執拗に問うておられることを、私もまた早く知りたいと感じています。しかし、たとえ彼が今ここで、お望みの話をすべてしたとしても、皆さんが信頼するお偉方たちも、彼のする話には同様に興味を持っていますから、その前でもう一度始めから全部話さなければならなくなります。ご覧の通りの状態で、そのような務めを何度も果たすことがいったい可能でしょうか。ですから、他に名案がなければ、我々は彼と一緒に信頼すべきセディールの所に行き、そこで彼のする話を一緒に聞く方が良いと思われます」

「彼の言う通りだ」と誰かが叫び、その場の人々も「彼の言う通りだ」と繰り返した。そうしてウルデックを警察長官の所まで連れて行ったが、ことをエレアザールから前もって予告されていなかったセディールはこの訪問に驚いた。多くの野次馬が彼の話を聞こうと駆けつける。あっという間に噂が広まっていたのである。

情にもろく、好奇心の旺盛なラシェルも、モンマルトル通りの下水の爆発に動揺し、噂に引きつけられ、父のことを心配してそこに向かっていた。何が起きているか知るためと、必要に応じて人々に激励と祝福の言葉をかけるためであった。

エレアザールはセディールに言った。「この人たちの願いに応えましょう。あなたは皆に慕われておられる。あなたに食料を与える力がないのは承知の上ですし、現下の出来事がせめて空腹を忘れさせてくれるのです。あなたはご存知ないでしょうが、この義勇兵がここにやって来るにあたっては、私も少しく力を尽くしました。彼はあなたに尋常ならざることを教えてくれるはずです。この後の進展については私ができるだけのことをします。ただ、前もってぬか喜びさせるつもりはありません。例の三人の逮捕がない限り平和と豊かさはパリに戻って来ないでしょう。時間がそれを解決してくれるのです。囚われの身の学問も、クロコディル自身から妨害の手段を完全に取り上げない限り、自由を取り戻せないと申し上げておきます。そのような幸福な時期がなぜもっと早く来ないのかと問うてはなりません。大いなる知恵は、すべての善なる力、悪しき力に対して、それぞれの分を果たす時間と自由を与えています。それは、裁きよりも改悛のための材料とするためです。とりあえず今は、この大勢の人々を隣の部屋に入れられる限り入れさせなさい。ウルデックをその真ん中に入れ、私は話の間彼の支えとなるように、塩の粉をひとつまみ飲ませます。彼がそうやって役割を果たす間、私は少し離れたところに下がり、刻一刻急務となっている私の役割を果たすことにします。私は彼が何を言うかすべて分かっていて、自分の業に集中する必要があります。彼の話が終わったら、また合流することとしましょう」

セディールはエレアザールに言われたことを忠実に実行し、長旅を終えたウルデックは例の塩を少し舌にのせた後、集まっている人々に向かって話し始めた。人々の中には、例のアカデミー会員たちもいて、クロコディルから聞いた話よりも、少しは自分たちの説に合致することをこの新たな歴史家から聞けるのではないかと期待していた。

第五四篇　義勇兵ウルデックの物語

「同胞の皆さん、皆さんの前におりますのは、フランスに帰化した忠実なる義勇兵、ウルデックであります。パリの方々で起きた戦いにおいて、自分の力をお貸しすることが義務であると考えている者です。我らが最初の努力は自分が思っていたほどの成功を得られませんでしたが、我が軍は遂には戦果を挙げ、完全なる勝利を約束されております。私はかつて懐疑的な考えを持っておりましたが、それを一変させた異常な事件があって、そう信じる理由ができました。その期待をもって、サブロンの野まで兵士たちに付き従い、私の前でロゾンの剣が落ちるという幸運も生じました。ところがその時、大きさがとても口では表現できないような怪物に、両軍もろとも呑み込まれてしまったのです。

初めのうち、我々は乱雑に入り交じり、怪物が呑み込んだ我々の体と武器と土がぶつかり合って、恐るべき衝撃を全員が受けておりました。

最初、我々は深い闇の中に落ちました。しかしすぐその後で、怪物の体にところどころ開口部があるのか、それとも闇に含まれた光があって、人間はこの恐ろしい場所にも慣れてしまうものなのか、ほのかな明かりが見えるようになり、やがて周囲の物が識別できるほど明るくなってきました。私たちは消化されずに呑み込まれていたのですが、周りを取り囲んでいるのはこの怪物の様々な器官と内臓でした。驚いたことに、この内臓や器官にはそれぞれ文字が書かれており、ホーン岬の報告の中に出てきた精霊たちの名前が見えました。おかげで自分がどのような場所、どのような者たちに囲まれているか、うっすらと分かったのです。

そのことが確信できたのは、怪物の内部を覆い尽くすこれらの名前に付随したさまざまな力によって、私の体の至る所が、あらゆる方向に引っ張られるのを感じた時です。この存在を作り上げている全体と、それを構成するすべての材料が、絶えざる解体と分離の状態にあるに違いありません。そのような解体、分離の恐ろしい感覚が、私の体を作る要素一つ一つに植え付けられていました。この怪物の中に入ったときにまず感じたのはこのような恐るべき印象でした。その印象は中にいる間ずっと消えることはありませんでした。私がそこで命を失わなかったのは、何らかの力が上から働き、死すべき体を守ってくれたからに違いありません。

やがて、我々は衣服を脱がされ、考えられないほどざらざらの布でできた、窮屈な服に着替えさせられました。すべての服には精霊のしるしが一つずつ付けられていました。その後、両軍は互いに近づかないように、前と後ろになって進むよう命令を受けました。善良なフランス人の軍はもう片方の軍隊の後ろから、これを追い立てているように歩きましたが、それはサブロンの野で我々が得た勝利の結果のようでした。我々は戦闘をまだ続けたい、素手で勝負をしたいという熱意を強く持っていましたが、怪物の力は、我々の怒りを凝縮させ、一切発揮できないようにして、自らの怒りそのもので責め苛まれる形にしているようでした。

怪物のいろいろな内臓の中で九回立ち止まった後、私は両軍と共に大きな穴の中に駆り立てられて行きました。そこはどうやら怪物の下腹部に当たり、大きさは尻尾の先まで広がっているようでした。やがて我々はこの深淵の中に広まっている噂を聞いて驚きました。それはこの尻尾がエジプトのピラミッドの地下にねじで留められていて、怪物がどうあがいても逃れることはできないが、体の方は、世界のどこまでも自由に伸ばすことができるというものでした。昔の自分なら、これまで見てきたもの、今見えているものを、千人の証人が言い立てても信じはしなかったでしょう。ですから、皆さんにすべて信じてもらえるとは思っていませんが、話をお聞きになりたいということでしたので、そのご依頼に応えます」（この始まりに、盛大な拍手喝采が起こった。実際そこにはクロコディル自身が語ったことが含まれていたからである。）

第五五篇　ウルデックの物語（続き）　両軍がクロコディルの体内深くに入る

「この深淵、つまりは怪物の下腹部に入ってみると、体の他の部分と同じく、闇の光とも言うべきもので照らされていました。そこはあらゆる国、あらゆる職業の男女で埋め尽くされていたのです。彼らは生きてはいましたが、我々のように手で触れられる存在ではありませんでした。ただ形ばかりで、実体がなかったのです。一方私たちの方は、肉体を持って生きていましたが、腹は空きませんでした。消化機能がすべて停止していたのです。

そのいろいろな国の男女たちは家族ごと、もしくは小さな個別の集団ごとに分けられていました。この新種の人間たちと違い、私たちは物質的な体を持っていたのですが、これらの多様な小集団に割り当てられました。両軍の兵隊たちは、すぐにこの実体のない家族たちの中に振り分けられたのです。この振り分けは、私たちが地上で持っていた職業や習慣に応じて、また精霊たちが私たちの上に付けたしるしによって、なされました。

北方を旅したことがあるためと、つけられたしるしの性質とによって、私はブッダの新たな教えを奉じる韃靼の一族に入れられました。私たちをこのように振り分けた精霊たちの目的は、一緒にした連中を利用して、私たちから地上で起きていることすべて――政治にしろ、自然にしろ、学問にしろ――についての秘密をことごとく引き出そうというものでした。

それ故、私をあてがわれた韃靼の一族は、私に口を割らせようとあらゆる努力を惜しみませんでした。一族と私を支配していた精霊にずっと急き立てられていたのです。しかし自分が置かれた状況で、この連中が悪しき意図を持っていることを確信していた私は、口を開きませんでした。彼らに教えられるようなことは実際にはなかったのですが、たとえ知っていたとしても黙っていたでしょう。

その精霊は私の抵抗を見て取ると、自ら尋問に取りかかることにしました。そうして、言うことを聞かないと情け容赦はないぞ、と脅迫を始めました。私の意志が固いのを知り、『おまえと同じく強情な連中が、他の精霊たちにどう扱われているか見てみろ』と言いました。

たしかに、人々が口を割るよう責め立てられている様子が分かりました。私たちの世界で、金をどこに置いたか白状させるために、よく悪人が可哀想な人々を責め立てるのと、同じ苦しみを課しているようでした。ある精霊は、悲惨な状況に置かれた哀れな仲間に向かってこう言っています。『黄金はどうやって作るのだ』、別の精霊は『ヨーロッパの政府の現状を教えろ』、また別の精霊は『磁石の驚くべき性質についての秘密を教えろ』と聞いています。

私の仲間たちが、話したくないのか、何も言うべきことがないのか、ひたすら沈黙していると、精霊たちはさらに拷問の度を加えるのです。

私を尋問していた精霊は、このおぞましい光景を前にしても私が黙りこくっているのを見て、本気で仲間たちと同じように扱おうとしました。その時、皆さんがご存知ない、ある人の心打たれる言葉が頭に浮かんだのです。その記憶が私に自信を取り戻させ、自信が勇気を取り戻させましたので、私はこの精霊に、誇りを籠めた威圧的なまなざしを向けたところ、精霊はおとなしくなり、それ以上尋問をしませんでした。ただ小声でぶつぶつ何か言っているのが聞こえましたが、どうやら、私ほど強情な人間ばかりだったら、宇宙で起きていることを何も学べなかったし、どうやって世界を支配すれば良いか分からなかったろう、ということのようでした。

このことで、学問の途に身を委ねた場合、用心することがどれほど重要か悟りました。悪しき精霊たちが私たちから秘密を引き出そうと欲するため、人はいつの間にか、弱さから悪に荷担する可能性があるのです。それは、この世の学者たちが利己主義のためにしばしば陥る罠です。学者たちは、たとえしゃべらなくとも、己の自尊心だけで、こうした悪しき精霊たちに向かって心の扉を開いてしまい、学問の一部を委ねてしまうのですから」

第五六篇　ウルデックの物語（続き）　韃靼人の女

「監視が緩くなり、それなりに自由の身になれたので、私が入れられた一族の中では最も邪悪さが少ないように見えた韃靼人の女と会話を行いました。彼女は私が精霊に抵抗した様子を見ていて、特に大使館書記官として中国に行くときに彼女の国を通ったことを知って私に関心を抱いていました。話し方も他の連中よりはずっと丁寧だったのです。彼女から私が学んだのは次のことです。彼女は言いました。

『私がここに来たのは孔子が生きていた時代より数百年前のことです。中国の王位を最初に転覆させた韃靼の王朝は私たちの家の出です。〈運命〉は私たちが子孫に野心と貪欲の精神を伝えたことを知って、私たちを前もって罰しました。地上に生きていた頃から私たちは、隣国の民たちにとって厄介な動きばかりしていたので、周囲とは平和に生きられないと、〈運命〉は気付きました。それ故、隣の王国を奪い取ろうと起こした騒動のさなか、私たちは皆滅び、ここに運ばれてきました。私たちを支配し、抗うことのできない強力な〈運命〉の意のまま、いつまでもここに留め置かれるのです。私は女ですから、その騒乱の中で特別な働きはできませんでしたが、我が一族に従い、我が一族を能うかぎり抑えなかったという廉《かど》で、同じ定めを受けることとなりました。

あなたがご覧になっている他の家族たちも皆、私たちと同じ力のくびきに支配され、互いに互いを苦しめ合う状態に置かれています。彼らとはしばしば激しい戦いが起きるのですが、物質的な肉体同士が仕掛け合う攻撃よりもさらに残酷で、さらに苦痛を与え合うものとなっています。

あなたの前にいる中国の一族は、私たちが王位から追い落とした人々です。それ以来、先方とこちらはほとんど常に戦争状態にあり、互いに打ち合い、傷つけ合っても、決して死ぬことがないのでよけいおぞましいものがあります。もっと先にはアガメムノンの一族と、哀れなプリアモス[1]の一族がいます。こちら側にはカエサルの一族と、その正面にポンペイウス[2]の一族がいて、同様に戦い合っています。あちら側にはオクタヴィアヌスとアントニウスの一族、その間に美しいクレオパトラがいて、両者の争いの種になっています。

（こうした歴史譚やその後に続く同種の物語に、聴衆の大半は飽き、何も理解できないので、いくらか立ち去る人があったが、読者諸氏にはそれも当然と思われるだろう。）

奥の方にはアレクサンドロス［大王］とダレイオス［三世］[3]、マリウスとスラ、シャープール［一世］とウァレリアヌス、アリとウマル、バヤズィト［一世］とティムール、ヨークとランカスター、オルレアンとアルマニャック、フィエスキとドリア、スチュワートとオレンジ、ピサロとアタワルパ、カール一二世とパトクル、その他地上で戦い合った有名な敵たちの、それぞれの一族が見えます。これらの親族たちはあなたがたの世界にいたときと同じく、激情をぶつけ合う情景を消さないように、永遠に対立し合っているのです。

ここにはまた、領土征服とは別の野心でぶつかり合った他の有名な敵対者たちも、〈運命〉から同じ法則によって送り届けられています。学者たち、博士たち、宗教の狂信的信者たちも互いに反目し合っており、その激しさは昔の征服者や簒奪者たちさえも上回っているのです。ここに到着した者たちは、即座に尋問にかけられます。持っているかもしれない知識、学識をすべて吐き出させるためです。あなたのお仲間たちも同様でしたし、あなた自身もそうなるところでした。私たち一族も、他の人々と同じように尋問されました。けれど、肉体を持っている人たちよりも、私たちに投げかけられる質問の方が、存在の内奥に打撃を与えるので、耐えがたいものがあります。私たちがこの深い穴の中に入る運命を与えられたことでもう一つ厄介なのは、私たちは死んでいるため、生きている人たちよりもずっと親密に怪物と結びついていて、あなたのような抵抗を長く行うことができず、最後にはすべての秘密を奪われてしまうということです。私たちの知識は地上の生を送っているときに比べ、死後に格段に発達しますから、怪物に利するところも大きいのです。そのために怪物は毎日、念入りに秘密をかき集め、奪った財を用いて地上で誇りを膨らませ、世界を支配し、不幸な人間たちの目を眩ませて迷わせます。それ故また、私たちの中から汲み上げるべき新たな知識がなくなったり、あなたがたの世界に生きる人間たちが強情を張るか慎重であるせいで、怪物の求めに耳を貸さなかったりした場合、騒乱、戦争、病気、さらには自然界に激しい大災害を引き起こし、多くの人間の命を奪ってこの場に呼び込みます。そうして、その者たちを相手に知識への渇きと情熱を怪物は満足させようとします。しかし怪物の記憶力は正確ではなく、その知識は何の役にも立たないので、常に最初から繰り返すことになります。悪銭身につかず、ということわざの源はまさにここにあります。

　私たちが住んでいるこの深淵の深さがどれくらいあるかは分かりません。それぞれの親族は、敵対する親族と同じ域内に留まるよう止められているので、全体を見て回ることなどできないのです。ただし、この深みの一番下に誰が住んでいるかは知っています。それは、地上で退廃した学問、邪《よこしま》な魔術を生業としていた人々で、これにより怪物の家臣となっていて、怪物の方でも私たちよりずっときつい鎖で繋ぎ止めています。それが自分の信奉者に報いる方法なのです。自分の牢獄を抜け出して、私たちの牢獄の混乱を増しに来る者たちがいるとも言われていますが、私がここに来てからは、そのような例を見たことはありません。

その他の人間について私たちが知っているのは、地上から新たな一族がやって来るにつれて、この深淵はそれに応じて広がり、満員になるとか、悪人を入れる場所が不足するとか、考えなくてもよいということです。

ここにいるさまざまな親族たちを支配している精神は、地上にいる人々をも同様に支配しており、それは世の終わりまで続きますから、それによって人間たちの間で引き起こされる動揺は照応と類感の法則によって、すべて私たちにまで感じられます。こうして、地上の不幸で私たちが結びつけられていないものは無く、私たちは生きている人間たちよりもずっとずっと苦しむのです。

あなたをここに降すことになった災いはきっと大きなものに違いありません。しばらく前から私たちの苦しみはかつてないほど大きいからです。地獄全体が猛り狂っているかのようです。猛烈な炎がこの場所全体に燃えさかり、私たちをいつ焼き尽くしてしまうかわかりません。尋常ではない揺れも感じましたし、幾度も衝撃を受けました。この深淵全体が振動し、この混乱の中で一時は思いました。この穴がすべて破壊され、私たちは自由を取り戻すか、世界に終わりが来るかのどちらかではないか、と。聞こえるのは呻き声と、呪詛の声ばかりでした。私たちの知らない名前が発せられるのも聞こえました。その中にはこの陰惨な場所と、そこを統治する者に対して、絶対的な支配力を持つ人の名もいくつかあったようです』

1―アガメムノンはギリシア神話の英雄。ミュケナイの王であり、トロイア戦争におけるギリシア軍の総大将。プリアモスはこれに打ち破られたトロイア最後の王。
2―ポンペイウス（前一〇六―前四八）は、共和政ローマ期の軍人。ローマ内戦でカエサルに敗北。
3―以下、歴史上敵対したことで有名な王や家の名が列挙される。

第五七篇　ウルデックの物語（続き）　韃靼人の女の打ち明け話

「彼女は私をじっと見て言いました。『うっかり口をすべらせたりしたらどんな罰をうけるか分からないのですが、もし秘密を守って下さるならお話ししましょう。あなたがたの世界とこの世界には自然の照応関係がありますが、私たちを閉じ込めている怪物は世界全体と関係を持っていて、地上のすべての政府、政治、権威を支配しているのです』私は急いで誓いました。『それはもう、私を信頼して下さい。私は人からの好意に裏切りで報いたことなどありません』

彼女は答えました。『あなたは良い方のように思われますが、たとえそうでなくとも、私はここに来て以来、肉体的に生きている人に秘密を打ち明ける機会は今までありませんでした。私がここに来てから怪物が呑み込んだ戦士たちは皆、カンビュセス[1]の軍隊か、その他多くの海軍・陸軍の兵士たちで、私の知る限り、生きたまま降りてきたのはあなたたちが最初です。他は皆窒息した状態でここにやって来ます。ですから、私はこの機会を利用したくなったのです。それに秘密を漏らすといっても、あなたはその目で見るだけで良く、私は何も言わないのですから、罪は軽くなります。それに実のところ、あなたの前に映し出される事柄は、あなたが生きているために、その分限定されています。私たちの方はもっと直接に見ることができるのですが』

すると彼女は私を一つの窪みの方に近づけました。間には怪物の体の膜がかかっていましたが、かなり透き通っていて、その小部屋で何が行われているか見ることができました。この小部屋は解剖学的に言って、人体におけるいわゆる胆嚢に当たる部位だと思われ、そこに〈硫黄の精〉の名が刻まれていたのです。一方の側にはいくつか窪みがあり、それぞれに像が置かれていました。それらの像は体のどこかが欠けていて、おまけに鎖でがんじがらめになっていました。窪みの上にはそれぞれ学問の名前が記されていました――形而上学、政治学、自然学などです。さらに窪みの下には、家畜小屋で鶏を太らせるために入れておく籠のようなものがありましたが、中にいるのは鶏ではなく人間の像で、顔色は少々青白いですが、ぶくぶくと太っていました。彼女の説明によると、これらのさまざまな像は地上の似非学者たち――不完全な学問を手当たり次第誇らしげに吸収して、人々を欺く学者たち――を表しているということでした。また、ずっと昔から生命原理を失った諸学問は、この家畜小屋の主人の手に握られていて、危険で破壊的な目的にのみ用いられていること、これら不具の学問の信奉者たちは、この小屋の中で飼われて太らされ、最後は殺されて主人の食卓に供されること、それまでは彼らから引き出された知識を用いて、主人は地上のすべての学会と連絡を取り合っていることを示しているのでした。

それから反対側の壁に大きなクラヴサンがあるのに私は気付きました。その鍵《けん》一つ一つには異なった文字が記されており、それぞれトカゲ、ヒキガエル、光る稲妻、そして星や植物、彗星など、ありとあらゆるものを表していました。そうして目には見えない手が絶えずこの鍵盤を弾き、耳障りな不協和音を奏でていて、耐えがたいものがありました。私は、このような照応によって世界がどれだけ苦しんでいるか想像しました。

この小部屋にはテーブルを囲んで『トリオンフ［勝利］』ゲームをしている三人の姿も見えました。そのカードは普通の模様ではなく、地上の様々な王国や政府、その他の機関が描かれていました。このゲームの勝ち負けがこの世の諸々の政府の運命を決定しているのです。このゲームは延々と続いていましたし運は絶えず変転するので、地上の国々がどうして永遠に転覆し続けているのかがこれで分かりました。

この三人の横に、手紙を受け取ってその返事を書いて出す仕事をしている者たちが何人か見えました。仕事はてきぱきとしており、その動きはほとんど目にもとまらぬ早さでしたが、宛名を書いている間に、三つか四つ盗み見ることができました。一通は韃靼語でダライ・ラマ宛、一通はフランス語で、私の知らないハリの〈貫禄のある女〉宛、一通はドイツ語でフローニンゲン大学宛、一通はラテン語でレーゲンスブルクの議会宛でした。

これまでに韃靼人の女が明かしてくれたことも考え合わせて、ここが世界を牛耳っている命令や指示を出す総本部であることを私は疑いませんでした。私たちを呑み込んだ怪物は実際、地上と数限りない関係を保持していて、地上で起きていることを良く承知しているのだという証拠を得たのです。

ただし、こうした怪物の知識が完全無欠であるかとか、送った指令が必ず目的を果たすかという点になると、一概に信じがたい部分もあります。というのも、届く手紙も発送される手紙も、空中で燃えて、煙となって消えてしまうものが何通かあったのです。それは怪物と我々の世界との交渉にはいくつか欠陥があることを証明していました。

私は自分が学んだ事柄に満足し、その途をつけてくれた女性に近づいて、もう一度秘密を守る約束をしたのでした」

1―第三五篇注13（一二三頁）参照。

第五八篇　ウルデックの物語（続き）　照応の場面

「でも、皆さん、会話をまた始めたとたん、私たち二人はまったく理解できない光景に目を奪われました。たぶん皆さんはそれを解明する鍵をお持ちでしょう。私がこれまで報告した謎についての鍵もお持ちかもしれません。

このとき、私たちから少し離れた場所に巨大な鍋が現れたのです。しばらくこれを眺めて、何に使うのだろう。何を入れるのだろう。下に直に置いてあるが、薪をどうやって入れて火をくべるのだろうかと見守っていました。やがてどこからやって来たのか、ありとあらゆる種類の字で書かれたいろいろな大きさの書物がどさどさと落ちてきて、この大鍋が一杯になるまで乱雑に積み重なったのです。

火が点けられるのだろうと思っているとそうではなく、大鍋の上にいくつかの青白い、もしくはくすんだ白色の星が現れました。空気は前よりも冷たくなり、濃い靄がたちこめました。そしてあっという間に、この大量の書物がどろどろに溶けてしまったのです。さらにその溶解と混合を早めるべく、何人かの女が大鍋の周りに集まり、手に持った長い棒で本をぐるぐるとかき混ぜました。そうして本物の粥のような糊状のものができあがったのでした。

その後で、光景ががらりと変わって奇妙な場面が現れました。この本の粥を作ったばかりの女たちが急に座り、一人一人産着にくるまれた大きな赤ん坊を膝に抱いていたのです。そして大鍋からこの粥を匙で掬《すく》うと、子供にたっぷり食べさせせました。

(ここでその場にいたアカデミー会員たちは口をすぼめる他なく、人々はにやにや笑い出した。読者は理由を思い起こされるであろうか、話し手自身は目にした不思議な光景の秘密を理解していなかった。)

この奇妙な食事が終わると、大鍋も女たちも赤ん坊も皆かき消えてしまい、あたりの空気は普通の温度に戻りました。今起きたことの痕跡はまったくなくなり、ただ何度か大きな笑い声が聞こえるばかりでした。

私は韃靼人の女に向かい、この奇跡を説明できるかと尋ねると、彼女はこのようなものは一度も見たことがなく、まったく理解できない、地上に行かなければ説明は得られないだろうと答えました」

第五九篇　ウルデックの物語（続き）　クロコディルの内奥部で生じる振動

「この人の好い哀れな女性が、薄暗い闇の中で時々起こる振動について語ったことは完全に正しく、ほどなくしてその証拠を得ることとなりました。地上のあちこちで死んだばかりのいろいろな集団が到着するところが見られたのです。中に降りて来ると、彼らは内部にいるさまざまな集団へと振り分けられます。そうしてすぐさま、たった今離れて来たばかりの世界に関して知り得ることをすべて吐き出させるべく、尋問にかけられます。彼らが身をよじる様は恐ろしく、拷問の苛烈さを物語っていました。彼らの大半は、少しでも手を緩めてもらおうと、知る限りのすべてと、知らないことでもすべて語るのですが、与えられる苦しみは減りません。なぜなら、虚偽ばかりが支配するこの場所では、常に嘘をついているのではないか、知っていることを全部吐き出していないのではないか、と疑われるからです。

このおぞましい光景のさなか、この世の生を終えて来たばかりの一人の老人が進み出ました。彼は声高らかに、尋問をしようと待ち構えている者たちに向かって言ったのです。『私に口を割らせようとして暴力を使っても無駄だ。おまえたちを驚かせる報せを一つ教えてやろう。地上を離れる直前に聞いたのだが、ここにいて恩赦を受ける資格のある者は、もうすぐ解放されるということだ。ほどなくして、諸々の学問は自由を回復する。〈時間の鋳型〉が壊され、悪しき精霊たちの支配は潰えるからだそうだ』

この言葉を聞くと、悪しき精霊たちは皆、いきり立ちました。この可哀想な老人を痛めつけただけでなく、その場にいたすべての亡霊や人間たちに対して、さらに拷問の度を加えるよう声を掛け合いました。その直後、深淵の中は大混乱に陥りました。というのも、希望を植え付けられた多くの亡霊たちが、自分を虐待する精霊たちに向かって強く抵抗し、一方でひたすら精霊たちの肩を持つ亡霊たちもいたからです。そのため、私が目撃した恐ろしい混乱の様子はとてもお聞かせできません。

さらに、この緊急の時にあたり、悪しき精霊たちは深淵の最下部に拘留されていた邪悪な魔術師たちに助言を乞い、反抗的な亡霊たちを抑えるための援軍にしようと願ったため、混乱はいや増すばかりでした。

実際、韃靼人の女から教えられた当の最下部がこの時開いて、そこに拘留されているという邪悪な魔術師たちの幾人かが出てきたに違いありません。この混乱の中に、他よりも恐ろしく、ずっとおぞましい人間たちが見えました。ある者は片方の手から、ある者は片方の脚から、ある者は頭全体から炎が燃え立っているのです。彼らはこの戦場全体を信じられないほど素早く、いきり立って駆け巡りました。彼らは私の知らない野蛮な名前を大声で発し、触るものすべてはすぐに燃え上がりましたが、彼ら自身はその本物の火によって焼け尽くされることはないのでした。

この地獄絵図はさらに無茶苦茶な状態になり、周囲の人も形も区別がつかなくなりました。私が預けられた例の素晴らしい韃靼人の女がどのような目に遭っているのか気が気でなく、必死で探しましたが、無駄でした。すべてはひとかたまりの火となって、深淵の端から端まで、一気に広がっていきました。今にも大火災が起こって、この深淵を作っている内部全体と、哀れな、亡霊とは違って何の害も受けぬ訳にはいかない私たち人間を、すべて灰にしてしまうのではないかと、恐ろしくてなりませんでした。ここで私は例の方の素晴らしい助言を思い起こそうと努めました。皆さんはご存知ありませんが、その方の記憶がここにいる間非常に役に立ちましたし、私がたった今してきた旅を予言すらしてくれていたのです。

そのため、この悲惨な大動乱の中でも私は運命に手厚く守られました。この強力な衝撃の結果、私たち皆を呑み込んだ怪物の毛細血管の入り口に私は立っていました。この機会を利用して私は血管の中に入り、楽々と歩くことができました。ずいぶん長い間のように思われましたが、この闇の中で時間を計ることはできません。薄ぼんやりとした光はありましたが、日が昇るわけでも沈むわけでもなかったのですから。

温度はというと、先ほどの所にくらべて心地よく、さわやかでした。私たち皆に与えられていた厄介な服が自然に脱がされ、元の服が返されたのを感じました。二つの軍隊については、この振動でどのような運命を被ったのかまったく分かりません。皆さんに何も報告できないのは心苦しいものがあります。とうとう私はこの有り難い毛細血管の外部に通ずる端に到達しました。それは大きな地下空間に通じていて、そこで注目すべき観察をいくつかしましたが、地震が起きたおかげで私は救われることになったのです」

（ここでウルデックは口をつぐんだ。すると集まった人々の上方から声が聞こえた。「彼が話そうとしている注目すべき事柄については、彼の口から聞くのではない。〈プシコグラフ〉から知ることとなろう」）

第六〇篇　エレアザールによって与えられた束の間の食糧

〈プシコグラフ〉とはいったい何なのか誰も知らなかった。ウルデックのすぐそばにいた者たちは、先を争って彼がいない間にパリで起きたことを短く語って聞かせた。彼にとって、クロコディルの学術講義、本の粥、アカデミーでの報告、とりわけエレアザールの持つ特別の能力については先ほど自分に役立つものであっただけに、少なからず驚かされた。話を聞けば聞くほど、この善良なユダヤ人を抱擁したいという思いにかき立てられた。また、モンマルトル通りで行きずりに声を掛けたことがあったので姿を認めたラシェルのところにも駆けつけたかった。彼女は、父エレアザールの仕事全般にわたって貴重な支えとなっているとのことであったし、実際今聞いた話すべてについて、周りの人々に的確な考えを述べ伝えるのに忙しくしていたのである。

しかし、彼がそのような切実な思いを実行に移す余裕は、聴衆が与えなかった。かなり長い話を集中して聴く間、彼らは猛烈な空腹感を紛らわしていたのだが、話が止むと恐ろしい飢えにまた責められ始めたのである。もはや叫びと呻き声しか聞こえなくなった。飢えに苦しむ者たちの中には、身に残る力に応じて、床を転げ回る者たち、あちこちをさまよい歩く者たちがいた。人々は寄り集まり、別れ、また集まって、困苦と混乱の様相を示すばかりであった。

もしもエレアザールが仕事の手を止め、秘密の強力な手段を用いて彼らに救いの手を差し伸べなければ、この哀れな人々は今にも倒れてしまいそうであった。しかし、ウルデックにしたように、塩の粉をひとつかみずつ、その場の一人一人に与えることはできなかった。仮にその粉が枯渇することなく、この大勢の人々に十分まかなえるという特性を持っていたとしても、聴衆全員のところを回るには相当な時間がかかっただろう。

そこで彼は、効果としては劣るが、短い時間で行える方法を採ることとした。それはひとつかみの塩を、できるだけ遠くまで広がるように、床に撒くというものであった。

彼がこの聖水散布のような行為を行うとすぐ、人々の足下に青々とした草が生え、あちらこちらに穂が伸びていくさまが見えた。他の場合であれば、このような異常な出来事を見て驚きと感嘆にくれるばかりであっただろうが、聴衆は空腹で耐えられなかったので、ただ猛烈な食欲ばかりが生じて、思いがけぬ食べ物に殺到し、そのすさまじさは筆舌に尽くしがたかった。あっという間に草は刈り取られ、かじり尽くされた。この最初の食糧ではとても満たされなかった食欲は、余計切実に感じることとなったのであった。

かくして燃え出す炎の中で、甘いまなざしに
我らが引き寄せられるとき、
危うい思慕がいや増すばかり。
力は絶えず別の力を引きつける。

第六一篇　超自然の出来事　深淵から両軍が脱出

そこに思いがけぬ驚異が生じて、彼らの苦しみはひとまず紛らわされることになった。この驚異は、勇敢なウルデックよ、君にとっても予想外だったであろう。だが君は数奇な出来事を経験するよう生まれついているのだ。事の次第はこうである。突然聴衆の頭の上、空中に輝く星が現れて、その星から、やさしく澄んだ声が発せられ、次のような慰めに満ちた言葉を発したのである。

「私はウルデックが怪物から外に出るときに気に掛けてくれた韃靼の女です。あの方の内なる思いが私を救って下さったのでした。私も家族も自由の身となりましたので、感謝の気持ちから、今後はウルデックの第二の祖国を守るために精一杯、できる限りのお手伝いをしたいと思います。他の多くの家族たちも、私たちが牢獄から抜け出る際に、私たちを取り囲む空気に引き寄せられ、同様に自由を回復したことが分かっています。それほどに人の温情と善なる渇望は恵み深く、数限りない実りを生むのです。その家族たちは方々に広がりましたので、私どもがこの国に対して及ぼそうとする良き影響と同じものをそれぞれの場所にもたらしてくれることでしょう。こうした益をもたらしたのがウルデックの渇望なのです。怪物の中にはもう、最悪段階の罪に達したので体内の最も深い場所に留め置かれた者たちが残るだけです。あの人たちは人間の渇望によっては救われないかのようです。もう一つお伝えしたいのは、二つの軍隊もまた、深淵から外に出て、今は自由に空気を吸っているということです。でも、彼らがどのような状況にあるか、これ以上お話しすることは許されていません」声は止み、星は消えた。

このような不思議な光景、思いがけない報せ、両軍についての短いが安堵させる言葉は聴衆たちを驚かせ、歓喜をもたらすに十分なものがあった。しかし、彼らはこの喜びのつけを支払わなければならなかった。幸福には犠牲がつきものなのである。よって聴衆の腹をしばらくの間満たした束の間のかすかな食べ物が、パリの街を少しく動揺させたとしても驚くにあたるまい。

実際、最初の噂が広まるや否や、ウルデックの話を聞こうと追いかけてきた群集よりさらにずっと多数の人々が四方八方から押し寄せてきた。この中には、話に飽いて立ち去ったが、食糧が見つけられるという希望で急いで立ち戻った者もいる。一方でその場にいて、この有り難い食糧を味わった者たちはそこから離れようとしなかった。

ここで、これまで見てきたような反乱や大混乱の数々を引き起こした同じ精神が息を吹き返し、エレアザールの与えた恵みに高いつけを支払わせることになってしまった。もはやパリに軍隊は存在しなかったが、聴衆たちの中には、敵も味方もその場にあふれかえっていた。ただ、それはもう、小麦市場で人目を惹いた装備万端の兵士たちではなかったのも確かである。戦いの形も方法もそっちのけで、見栄をかなぐり捨てた戦いになっていた。加えて、人間を超えた邪悪で無分別な力がこの戦いの中でためらいなく使われていた。というのも空中に黒い雲が漂い、そこから火のついた矢が戦い合う双方に区別無く射かけられ、人々は倒れて苦悶していた。ただし、死人は出ていなかったが。

しかし、エジプトからやって来た男、彼を使う〈貫禄のある女〉、そして二人を使うクロコディルが、反乱の始まりからパリが被ってきたすべての災厄、エレアザールに対して行って失敗した企て同様、この新たな災厄の主たる原因、張本人であることは誰も疑わなかった。

第六二篇　パリ市民の見えざる敵たちに対するエレアザールの果敢な抵抗

このときに至って、かのユダヤ人の大いなる力と徳が発揮された。眼前にある不幸な人々が陥っている状態を悲しみ、このような災禍を引き起こした空中の敵たちに対する激しい怒りに奮い立ったのである。その場の中央に進み出ると、彼は再び器を取り出し、粉を三つかみ、空中にばらまいた。一回一回、威嚇の言葉を発したが、その内容は伝わっていない。ただ伝えられているのは、ラシェルが地から伸びたようにすっくと立ち、極めて熱い眼差しを天に向けていたということである。さらに、この言葉と篤い信仰の表明が行われる度に、静けさが戻り、空中の敵たちが、不満の声と威嚇を繰り返しながらも、消えていった。青々とした草がまた生え出で、人々は敵の武器に討たれる危険を冒さずに、このささやかな食事を摂ることができた。

ウルデックは、群集に囲まれ、この奇跡に心打たれ、相変わらずラシェルとエレアザールに近づこうとしながら、絶えずジョフ夫人のことを思い起こし、さまざまな感情に揺り動かされていた。けれども、最も目覚ましい驚異が、すぐ傍らで彼らを取り囲んでいながら、彼らにはまったく隠されたままであるということがどうして起きるのだろう。

エレアザールが力を発揮した後、勇士ウルデックがジョフ夫人のことを考えているその瞬間、実は彼には見えなかったがジョフ夫人はその場にいたのである。〈独立者の会〉の全体も、現下の大事件を熱心に注目していた。この会の会員たちは皆、このように正しい力の支配、真理の勝利が加速されるのを見て、心を躍らせていた。彼らの間では、前もって聖歌が歌われ、大義に従ってこれを締め括るべき、赫々たる成果の予告もなされていた。この時に歌われた凱歌の一つが伝わっている。

「やがて、やがて、真理の敵たちが打ち倒される。無敵の名を担う力に抗うことはできぬ。囚われの学問は本来の自由を取り戻す。かくも苛烈な試練を通して得られた太陽よりもまばゆい輝きが、この大いなる街に用意されている。

その目撃者となり、この光輝に与る者たちは幸いなるかな。その者らは甘美な喜びに掻き立てられるが、その喜びは人の心そのものが、渇望によってこの光輝と似た存在にならぬ限りは得られない。その喜びはかくも大きく、それを経験した者は、不幸にもそれを奪われた者たちの身の上を常に嘆き悲しまんとするだろう」

これらの聖歌の伴奏として、得も言われぬ音楽が流れていたが、我々の耳ではその性質を示せないものだった。しかしこの聖歌も、伴奏の階調も、ウルデックおよびその傍にいる者たちにとっては無に等しかった。それを知ることのできる時はまだ来ていなかったのである。

それらは空中の敵たちにとってはさらに存在しておらず、彼らは戦場から遠ざかるにあたってこう宣っていた。すなわち、韃靼人の女の予告に反して、敵対行動はしばらく停止するだけで、この首都とそこに住む人々に対して、さらなる不幸を用意するために引き下がるのだということであった。実際、その後も大きな打撃を与える力を彼らは保持しており、国家は海の底に沈もうとする船よりも大きな危機に瀕していた。

首都を脅かすこの恐るべき不幸は、新たなる洪水でもなく、疫病でもなく、新たな戦争でもなくて、これらの災厄を合わせたものより大きかったので、それをあらかじめ知って、でき得ることなら防ぎ、少なくとも打ち負かされぬよう備えるため、エレアザールは以前セディールの前で用いた手段に訴えねばならなかった。それは意のままに自分の姿を人々の目から覆い隠すことであった。ただし今回は、セディールをもこの空気の中に包み込み、来るべき衝撃にむけて守りを固めようとしたのである。

第六三篇　〈プシコグラフ〉の説明

群集はウルデックから話を聞ける見込みがなくなり、エレアザールもセディールも姿が見えず、不思議な出来事も食べる草もなくなったので、ほどなくして周囲の路から続々と出て行った。ウルデックはと言うと、群集に押し倒された二人の哀れな女を助け起こしているエレアザールの娘を遠くから認めた。彼が関心を抱く二人の重要な人物の姿は、他の聴衆同様、彼にも見えなかったから、気高いラシェルのもとに、大急ぎで近づき、こう言った。

「ようやくあなたのおそばに来ることができました。最初にお目にかかったとき抱いた好ましい印象を今一度新たにすることができて光栄です。あなたについてはいろいろと驚くべきことを伺っており、好意は増すばかりです。お父上からもお噂を伺っていますが、お父上の姿はいくら探しても見当たりません。私の考え方、私の意見、私の存在全体が、身に起きた多くの異常な出来事で一変してしまいましたが、そうした出来事について、あなたのように博識と才能に加えて美しい魂をお持ちの方とお話しできるのは、この上ない喜びです。

今や、私の魂をあなたに向かって開く時が来ました。とりわけここに集まっていた人々に話をし終えたときから、心の中で起きていることは自分でも説明できません。あなたは私から離れた場所におられましたし、お互いに話もしませんでしたが、あなたがやさしく、理解を超えた形で、私に働きかけているのを感じました。天上の絆というものを本当の意味で知った、とあえて言わせていただきます。一人の不思議な女性が私のもとに現れ、魔法のように消えて驚きましたが、あなたはそのような奇跡の力を借りずとも、私の心の一番奥まで入り込まれたのです。その訳はあなたに説明して頂かなければなりません」

ラシェルは答えた。「まず、父の身の上についてはご安心下さい。いまはとても忙しくしていて、すぐにもっと忙しくなります。私は父を導く手にすべてをお任せしています。あなたについては、私がお心の奥まで入って行きたいと思ったのは、あなたの魂の美しさを知る訳があったからです。良き魂であるからこそ、私が自由に入ることを許されたのです。悪い人に対しては何も働きかけられないでしょう。あなたを驚かせた不思議な女性が、あなたの心の中へ、そこまで入っていかなかったのは、そのときあなたが今ほど成長しておられなかったからです。あなたに近づいて、警告を与える以外の目的はなかったからです。そうです、あなたの魂と私の魂は響き合っていると、恐れずに打ち明けることができます。私の中で生じた印象をあなたが感じて下さって、感激しています。わたしたちの間にある繋がりを明白に証明して下さったのです。私からも証拠をお示しして、真理に対するあなたの執着、人間の魂の渇望が持つ力へのあなたの信頼を、さらに強めてさし上げましょう。物事を話したり、書いたりするのは私たちの舌やペンではなく、私たちの魂なのです。天上の存在たちはそれを私たちよりもずっとよく知っています。セディール家の召使いが持ってきたばかりのこの紙をお取り下さい。これはこの家の書斎で書かれたものです。それを読めば、あなたが耳にされた〈プシコグラフ〉という語を解き明かす鍵が得られるでしょう。あなたもご存知の通り、それは〈魂の書〉の意味です」

ウルデックは紙を手に取り、ざっと目を通した。何とも驚くべきことに、そこには彼が物語ることを予告した驚異的な出来事のすべてと、彼が告げてもいず、自分でも知らないような、予言的で、一時的な答えまで書いてあったのである。彼は驚き呆れて声も出なかった。ラシェルが言った。「驚かれるには及びません。あなたは信じる人なのですから。人間は話すのと同じ速度で書き留める技を見つけましたが、[1]その前に思考するのと同じ速度で書き留める術が存在していなければならなかったのではありませんか。あなたは私と話がしたいと思っておられるのが分かりました。話をしてお疲れになっているのも分かりました。あなたが話さなければならないこと、そしてあなたが話せないこともすべて、文字で書いてあればいい、という願いを私は抱き、あなたのお疲れを取ってあげたいと思ったのです。私の渇望は、心に抱かれるとすぐ、容易に叶いました。恵みの手が、セディール家の書斎で、残されていたわずかな紙にすべてを書き留めました。何枚か写しも作られましたので、人々がパリのいろいろな場所へ、それを読み上げに行きました」ウルデックは有頂天になり、ラシェルとの会話を続けた。

（親愛なる読者にも、エレアザールを待ち構えている大いなる出来事に我々が取りかかるまで、〈プシコグラフ〉のもたらした成果を分け与える方が良いだろう。）

1―速記術（ステノグラフィ）はフランスでは大革命期に最も発達した。

第六四篇　アタランテの街の描写

「私が地下の空間に入って行くと、大きな大理石製の門の前に出ました。その正面にはギリシア語が書かれていて、アタランテの街であることが読み取れました。この文字を見ていて、紀元前四二五年に地震が起き、エウボイア島内のアタランテの街が倒壊して、当時の半島が島になってしまった歴史があること[1]を思い出しました。実はこの街は倒壊したのではなく、呑み込まれたのだということがすぐに分かりました。というのも、街の中に入っていくと、すべての家は元のまま建ち並んでおり、街路もまったく自由に往来できたからです。見上げると街の上には岩壁がアーチ状に形成されていましたが、これは地震の際に足下にあった岩盤が裂けて口を開け、街を呑み込んだ後再び接近して空中で支え合ったに違いありません。これは採石場の崩壊の際などにいくつか例がありますが、おかげでこの街は海の下にあるにもかかわらず、まったく水没していませんでした。

地面の下にある街を私が見たということで皆さんはきっと驚かれたことと思います。通常、地下では暗くて何も見えないはずなのですから。それよりももっと驚かれると思いますが、この不幸な都市の街路、広場、公共施設を見て回ると、いまだにあらゆる道具類、家具等、心身に役立ち楽しませるものすべてが残っていました。各種の職業、技芸、学問関係の資料や器具、武器、書物、宝石類、動物、馬車、何もかもです。そして老若男女、ありとあらゆる身分と職業の人間までもが、生きてはおらず、じっとしたままなのですが、彼らを襲った運命の時に携わっていたさまざまな仕事の姿勢を、そっくりそのまま保っていました。このような興味深い事柄をお話しして、皆さんの好奇心に供さない訳にはいきません。

その前に、皆さんを戸惑わせる二つの難点について解明したいと思います。まず、アタランテの街が被災した際に、中にあったものがすべて保存されたという現象についてです。実際この現象は、ヘルクラネウムやポンペイ[2]のように、腐食しないものだけが保存された例よりも、驚くべきものです。しかしこの点について、皆さんはどうして教授たちの教える通常の自然学によってのみ考えようとされるのでしょうか。もっとも私も別の自然学を提供できるわけではありませんが。ともあれ、自然学によれば、空気の作用は万物を腐食させ、破壊します。したがって、空気の作用から守られたものは保存されるはずです。アタランテの街は上部に形成された岩壁のアーチによって完全密閉されたようなものですから、その中に含まれたものが、形態と外見をすべて保ったのも驚くに当たらないのです。この利点はヘルクラネウムやポンペイには見られず、有名なヴェスヴィオ火山の噴火の際に滅んだどの街にもありませんでした。これらの街にあるものはすべて、溶岩と灰に接触し、それに対して抵抗できる性質をもっていないものはすべて溶けてしまったに違いないからです。

私がアタランテの街をめぐる際に明るさが保たれていたということも、次のように説明するしかありません。まず思い出していただきたいのは、私たちを呑み込んだ怪物の体内にいたとき、私の目の中には薄暗い光がたたえられていたことで、それをここにも持ち込んでいたのです。さらに、自然学者たちは、この困難をもっと大胆に解明してくれるでしょう。つまり、光は物体です。アタランテの街で住民が皆仕事をしているところが見られたところから、街を呑み込んだ地震が夜ではなく昼に起きたことは確実です。したがって、街をその時照らしていた光の成分が、街と一緒に呑み込まれ、空気の接触から守られたので、他の物質、物体と同様に保存されたと考えるのが自然だということなのです。

学者たちは次のようにも言うでしょう。ウェスタの巫女[3]たちの墓には、何世紀も前から密閉されていながら灯り続けたランプがあるのではないか。しかし空気については同じ訳にはいかない、というのも、空気には水分が多く含まれていて、閉じ込められれば必ず分解してしまうからである。結論としては、光と違って動物や人間は、この穴の中でたとえ形態を保っても、生きてはいられないのだ、と。

では、空気のないこの場所で、どうして私が窒息死しなかったのか、と皆さんは問われるでしょう。現に空気が無くなったことで、生き物はすべて死んでしまっているのですから。こちらの難点の方がもっと解決が難しいでしょう。しかし、それに答えられるのは私しかいません。学者たちはこれについて私以上に資料をもっているわけではないのです。私の意見はこうです。怪物は私たち皆を呑み込んだとき、地表まで出てきたのですから、大気を自由に吸っていました。この空気は地表から、私たちの牢獄になっていた怪物体内の最下部まで到達していました。さらにこの空気は私の逃げ路となった毛細血管にも入り込み、さらに街の呑み込まれた地下空間にまで達していたのです。さらにこの空気はこれらの複雑な経路を経ていたので、地下で私の呼吸を満たすには十分であっても、アタランテの街にあるすべてを風化させるほどの作用はもう持っていなかったのです。普通こうした物が大気にあたると、粉々になってしまうことは避けられないのですが」

1―第三五篇注14（一二三頁）参照。
2―古代ローマの町で、ポンペイ、スタビアエなどと共に紀元七九年のヴェスヴィオ火山の噴火により失われたことで有名。
3―古代ローマで信仰された、火床をつかさどる女神ウェスタに仕えた巫女たちのこと。ウェスタは彼女たちの守る決して絶やしてはならない聖なる炎として具現化された。

第六五篇　アタランテの描写（続き）　保存された言葉

「先ほどお話しすると約束した不思議の中で最も驚くべきは、既に申し上げたように、あらゆる物体が形態と外見をそのままに保存されたというだけではなく、住民の性質、風俗、精神、情熱、悪徳と美徳について教えてくれるすべてが見てとれたということです。というのも、この街に密閉された物質・物体を無傷に留めおいたのと同じ自然法則が、アタランテ市民の語る言葉にまで保存力を及ぼしたのです。ここに哀れにも閉じ込められた他の物体と同様、人が話す言葉の痕跡が実体化して目に見える形で残されていたのです。

ムードンの司祭[1]が小説の中で、戦闘が終わったずっと後に、戦場で言葉が融け出し、兵士や瀕死の者たちの叫びや苦痛の声が聞こえてきたと書きましたが、彼に剽窃の非難を投げかけるべきではありません。

第一に、彼は私と違ってアタランテには行っていませんし、私が目撃した現象も知り得ませんでした。第二に、彼の器用な耳に聞こえた現象は、アタランテの密閉された穴の中では起き得なかったでしょう。というのも、言葉を聞くには開けた空間の空気が必要だからです。同じ理由から、彼が描写した兵士たちの言葉の痕跡も、この目で実際に見ることは不可能でした。彼は開けた空間にいたのであり、こうした言葉の痕跡は密閉した空間にしか残り得ないのです。

かくも興味深いこの街で出会った、多様な物体、器具、その他の無生物について、わざわざ描写は行いません。それらはどこでも似たりよったりなので、皆さんの知識を増やすのに役立たないでしょう。それよりも、皆さんにとって耳新しく、役に立つ事柄をお話しします。

私が最初に立ち寄ったのは道徳教師の家でした。なぜそれが分かったかというと、入り口の正面に職業が書いてあったからで、この習慣は街のすべての家に共通していました。入り口には大勢の障害者、片目、盲目、不具者たちがいて、家の中に入って行きますが、そこから出てくる人々はぴんぴんしていて、脚も手も不自由なく、全身が健康なのです。これは私の好奇心を刺激しました。そこですぐに中庭に入ってみると、門番の番犬がいて、口を大きく開けて悪人を捕らえようとしているところのようでした。おそらく、何か悪しき企みあって入りこんだ人間なのでしょう。そう確信できたのは、門番が悪人に向かって、正体を見抜き、脅かすような言葉を発しているのが空中に見えたからです。

私は犬の口の周りを探してみましたが、吠え声を示す痕跡は見つかりませんでした。そのおかげで、現代の哲学者たちが、動物には人間と同じような言語があるのだなどと言っているのは、いかに偽りであるかが理解できました。もし動物に言語があるなら、言葉を発するはずであり、人間の言葉と同様に、空中に凝固しているのが見られたはずですが、そのようなものは見えませんでした。番犬の口の周りにはもやもやとした塊しかありませんでした。

内部の各部屋を回ると、出会う人すべての顔に、降りかかる大災害の中にあっても、驚くべき平静さが見て取れました。その光景を見て、私はこの家について素晴らしい評価を下しました。教授の書斎にまで入って行きましたが、その顔は同じ平静さを示しておりました。彼は立ったまま頭を少し傾け、右手を心臓のところに、左手を額に当てていました。

書斎の至る所を眺めましたが、書物も紙も見つからなかったのは驚きでした。この点と彼の態度を結びつけて考えると、普通の教授たちとは異なる、実際的な途から道徳を汲み出しているのだと想像できます。そこから引き出す果実は力強いものであると信じられる理由があります。というのも、部屋の壁には何枚か額縁の絵がかけてあったからで、その下には次のような文字が書かれていました。『某氏、不信心からの治癒。某氏、迷信からの治癒。某氏、憤怒からの治癒。某女史、貪欲からの治癒。某女史、不貞からの治癒。某氏、妖術趣味からの治癒』さらには、道徳的な治療に限らず、身体の治療にも携わっていたことが想像できました。『某氏、失明からの治癒。某氏、聾病から、某氏、唖病から、某氏、痛風から、某氏、結石から』等、人間の身体を襲う諸々の病気からの治癒です。入り口になぜ二種類の人々がいたか、これで説明がつきました。教授の口の周りに凝固した言葉がいくつか見えましたが、私の知っている言語では書かれていなかったので、皆さんに報告することはできません。ただ、この教授に対して私が抱いた果てしない崇敬の念はお知らせしたく、皆さんもその念を共有されることは疑いを容れません。

おお、アタランテの奇跡たる、天晴れな教授よ、
あなたの崇高な徳、驚くべき学知は
あまたの人々の心を打つものがあり、
あなたの同輩があれば、パリで大いに尊ばれるだろう」

1―フランソワ・ラブレー（一四八三?―一五五三）のこと。凍っていた言葉が融け出すエピソードは『第四之書 パンタグリュエル物語』第五六章。

第六六篇　アタランテの描写（続き）　総督と何人かの悪人たち

「そのそばに、町の総督の家がありましたが、とても同じ崇敬の念は起きませんでした。家に入ってみると、彼の周りには何人かの男がいて、目は血走り、すごみをきかせ、頭から足の先まで武装していました。空中には彼らの言葉が残されていましたが、何か不穏当な企み

についてでした。内容は全部は分かりませんでした。切れ切れの言葉が、互いに飛び交っているだけだったからです。ただ、机の上に紙があって、そこに陰謀が書かれているのが見え、それは町とエウボイア全体をペルシア王に譲り渡すという計画に他なりませんでした。総督にこの裏切りをそそのかした人物は、オーティンの密使と名乗っており、その報酬として、死者たちを意のままに呼び出す手段を与えると約束していました。とりわけ、政治の要職に就いて、贅沢に暮らした連中を呼び出し、彼らから国家の秘密や、財宝の隠し場所を聞き出すのです。こうした点については、生者よりも死者の方が利用価値があると書いてありました。例えば、急いでいるときや、困ったことが起きたときは……。でもこの点については言わずにおきましょう。

　約束されたこの手段を総督が既に用いていたことは疑いを容れませんでした。なぜなら、空中にいくつかの名前が残されていたのです。例えば、クロイソス[1]、ペリアンドロス[2]、さらには有名なエン・ドルの女占い師[3]など、これらの亡霊は総督が呼び出した者たちで、彼に言葉を掛けたことが示されていました。しかしそれらの姿自体は見えませんでした。総督がもう生きておらず、彼の力で引き留めることができなかったからでしょう。もしくは、彼らは本来開けた空気の中で死んだので、圧縮された空気は亡霊に対しては支配力が及ばず、一方言葉は圧縮空気に捉えられて、目に見える形で残ったからでしょう。

　犯罪を行っている現場を見たのは、総督の元だけではありませんでした。いろいろな場所で、ありとあらゆる種類の犯罪に出会いました。泥棒、殺人犯、毒殺者、秘事に携わる人々などで、お話しすれば恐ろしさのあまり震え上がることでしょう。人に見られなければ決して露見することはないだろうと彼らは信じていたのですが、この街の大災害は彼らの大罪の跡を残してしまったのです。けれども、人間の誤った安心感について、ここで新たに証拠を示されなくとも、クロコディルの体内で過ごした間に学んで、十分理解したことがあります。それは、死が訪れた罪人はそのまま同じ状態にあって、いつの日か彼らの罪業が、隠そうとしたすべての目から知られるところとなり、これにより地上を蝕む欺瞞は混乱に陥って、決して勝利するに至らない、ということです。
同様に、つましい徳の内に死んでいった人々にはちょうど正反対のことが起こるということも分かりました。彼らは、捧げた犠牲と、世の人々の忘却と、降り注いだ軽蔑の、埋め合わせをいつの日か得られるのです」

1―クロイソス（前五九五―前五四七頃）。リュディア王国の最後の王。
2―紀元前七世紀コリントスの僭主。
3―『サムエル記上』二八章。

第六七篇　アタランテの描写（続き）　哲学者

「これらの悪人の元を離れて、一人の哲学者が住む家に私は入りました。最初に私が訪れたことをお話しした、道徳教授の親友です。彼らが友人であることは、この哲学者のテーブルの上に、次のようなタイトルの巻物があったことから分かりました。『我が友なる道徳教授との会談提要』

この書き物の中で、哲学者と道徳教授が同盟している理由が分かりました。彼らを結びつけていたのは高度な学問に対する趣味の一致です。飢饉のためにパリに起きる異常な事件をすべて、二人とも既に知っていました。さらに、ホーン岬の報告の中に我々皆が読んだ予言もすべて知っていました。それらは、ペレキュデス[1]の名の下に――ご存知のようにピタゴラスの師ですが――引用されたいくつかのくだりの中に示されていました。

我らが哲学者は書物の中から、さらにはどうやらペレキュデスの手紙の中から、知識を引き出しているにもかかわらず、人間の頭を十分満たすのに必要な段階に自分はまだ達していないと信じているようです。これらのくだりの中で、数世紀後に偉大で神聖な時代が来ると知らされていること、その時代を現実に見てみたいが、頭の中で見るしかないだろうということを、自ら言っています。

この時代より後に生まれる人々は、それ以前の人々よりもずっと広い途が開けているという利点が予告されていました。なぜなら、後世の人々が生きている間に、〈時間の鋳型〉が壊れ始めるからです。こうした特権的な人々の間に、名指しはしていませんが、善なる人が現れることが示されていました。問題の時代より何世紀も後に、貪欲な大臣の強欲さと、〈貫禄のある女〉の悪意によって、パリがいつの日か危機に陥ったとき、その人は極めて重要な役割を演じるというのです。

これらの予言に出てくる善なる人について、改めて明らかにする必要は無いでしょう。先ほど私たちが見た、青草が生える光景で十分明らかでしょうし、私に与えられた塩の粉は、数世紀も前から予告された特権の、最も確実な説明となっています。

しかし、この哲学者の知識にさらに重要度と価値を与えるのは、それが単なる政治的な計算ではなく、正確で固定した計算に基づいていたということです。

何よりも、哲学者の書き物の中で、計算には十進法しかあり得ないということについての、自然な証明を私は見出しました。その数を増やしたり減らしたりする人々は、選んだ多くの数字で、事物の外面的結果に働きかけることはできても、事物の十なる原理から逸脱することはできないということです。なぜなら、どのような記数法を採用するにせよ、これら十の基礎のうちの一つを、倍数の形にせよ約数の形にせよ、示さないわけにはいかないからです。

この発見にすっかり気を取られて、私は無意識のうちに外に出ていました。やがて、隣にある広場に、医師の家を見つけました。その家の大きさと美しさから判断するに、人望のある医師の家と見受けられましたので、私は中に入ってみたいという自分の気持ちに従いました」

1—シュロスのペレキュデス。紀元前六世紀のギリシアの哲学者。

第六八篇　アタランテの描写（続き）　瀕死の医師

「ほどなくして私は医師の寝室に達しました。医師は病気で伏せっており、これほど容貌が損なわれた人間は見たことがないほどでした。傍らには仲間の医者が何人かいて、治療を施そうとしていました。しかし、医師自身の言葉を見ると、治療が効を奏するとは思っていないということが分かりました。さらに仲間たちに向かって掛けている言葉は、彼らを少しく驚かせていました。『いや、同業の皆さん、我らが学派で教えている医学によって、私をこの状態から抜け出させることはできません。私の病は隠れた事柄に原因があり、それに対して皆さんは何ら対抗できないのです。我々の学問は、これらの原因がまったく現実性を持たないと我々に信じさせました。しかしながら、死出の旅路に出る覚悟を決め、もはや世に打って出ようという気持ちも失った同業者の告白が、皆さんにとって何らかの意味あるものと思われるなら、どうか私の話をお聞き下さい。私たちは皆、人間存在が単に物理的で受動的な諸原因の集合であり、結果であると頑《かたく》なに信じてきましたが、それは大いなる過ちでした。我らの眼差しを身体の機構にのみ向けて、筋肉、神経、血液や神経流体など以外には、生命の源、原動力はないと思うのに慣れきってしまいました。しかし生物組織全体の基礎となるこのような原動力とは別に、人間の思考に関して、思考と類似し、思考と同様に生きている秘密の原動力があると、私は皆さんに声高らかに申し上げたい。そしてその働きは感覚的・物質的次元ではまったく捉えられないのです。これらの原動力を注意深く、慎重に用いるかどうかで、人々の精神の間に違いが生まれます。我々は生じる結果だけを判断しますが、これらの結果を生み出す原動力は、我々に外面的に与える印象とは別に、沈黙の内に働き、我々の確信には何ら影響を与えません。ひいては、その原動力を実在物のリストから除いてしまって、我々は賢明になったつもりでいます。また、この原動力なるものから、人間の物質的感覚に把握されない結果が生じることを否定し、その結果接近すると危険な隠された力があることも否定して、さらに賢明になったつもりでいるのです。私も、サンジュ［猿］通りに住む秘儀祭司を足繁く訪れるようになったその時までは、そんな風に信じていました。もしも、思い上がった好奇心から、彼の家で秘密の儀式に参列しなかったなら、今でもそう信じていたかもしれません。彼は、私が存在をまったく信じていなかった、その隠された力を、罪深くも大胆に、発動させて見せたのです。私は自分の軽率さの罰を受けました。それらの幻覚を伴う暗示に負けたその瞬間から、私は全身に致命的な病を得ました。その病は皆さんが確かめられたように、医学において学ばれた深遠な知識とはまったく無縁です。もし皆さんが真理から遠ざかりたくない、と思われるなら、こうした事物についての考えを改めて下さい。何よりも、秘儀祭司の儀式から身を守って頂きたい』

これより後の言葉はもう見えませんでした。この医師が秘儀祭司のことを語ったのは私の好奇心を大いに刺激しました。サンジュ通りに家があると言っていましたので、その家を見つけられるのではないかと思いました。現代のたいていの大都市と同じく、通りには名前が書かれていましたから。そこで外に出た私は、目当ての通りが見つかるまで、すべての通りの名を読んでいくことにしたのです」

第六九篇　アタランテの描写（続き）　学術協会

「しばらく歩いて行くと、『学術協会』と書かれた大きな建物の正面に出ました。私は誘惑に負けて中に入っていきました。中にはテーブルの周りに多くの学者たちが集まっており、その周囲にはもっと多くの聴衆が並んで、学者たちを注意深く眺めていました。この学者たちの顔を見て、精神にいささか苦悩を負い　自分が従事してきた学問に完全に満足している訳ではないことを私は見て取りました。それでも、怪物の体内で出会った学者たちよりは顔色が生き生きとしてくすみも少なかったのです。そのことから、当時の学問はこれより後の時代ほどには変質していないのだと私は想像しました。彼らの生きた時代は、起源により近いからです。

テーブルの上に一覧表があり、それは学術協会が募集したいくつかの懸賞の授与に関するものでした。

第一の問いは『何故恒星は瞬き、太陽は瞬かないか』というものでした。受賞した論文には次のように書かれていました。恒星は火と水で構成されているが、それらは結合していないのに対して、太陽において両者は結合している。そのため、恒星を一つ一つ皆太陽であると見なすのは間違いで、太陽の作用は十全かつ完璧、自由なのに対して、恒星の作用はそうではない、というものでした。

第二の問いは、『自然から引き出した証拠は、上位の存在を証明するのに最も適しているか』というものでした。受賞論文の答えは否で、万物の原理の存在を真に証明するのは、偏見と迷妄を晴らした人間の思考だとしていました。なぜなら、原理と類似性を持ち、原理に関して有効な証言をなし得るのは人間の思考だけであるからだと言います。

最後に、第三の問いは『観念の形成に及ぼす記号の影響を明らかにせよ』[1]というものでした。この問いに関して受賞論文は見えず、一覧表の端に、この会議で間違いなく信用を得ている哲学者による書き込みが見えました。それによると、この問いに対する回答はすぐにはなされない、なぜなら比較基準となるべき記号のひな形がまだ完成していないからである。その段階に達してから何世紀も後に、その回答はルイ一五世治世下に、〈プシコグラフ〉によって一時的かつ予言的に書かれるであろう。しかし、〈プシコグラフ〉によって一時的かつ予言的に書かれた後、何年か経たないと本当の著者[2]によって執筆され、発表されない。この回答の真の著者はジョフ夫人の従弟であり、彼の誕生は二回あり、文字通りにはジョフ夫人と同年に生まれ、比喩的には彼女より二二年半後に生まれる。[3]この素晴らしい従妹のおかげで、彼は一四七三歳まで生きることを期待できる。というのも、生まれたときに既に一七三四[4]歳以上となっているから。さらに、乳児期に七回脱皮するが、その結果地上の生を送る間に人間に与えられる〈透明性〉が彼にとってはより高められるためだ、というのです。

この問いがフランス学士院と呼ばれることになる学術協会によって公表される時代を待たず、前もって〈プシコグラフ〉が皆さんに伝えようとしているのは、この一時的かつ予言的に書かれた回答です」

1―フランス学士院によって一七九七年、および九九年に提起された懸賞論文の題。サン゠マルタンはこれに答える形で論文を執筆するが、実際の応募はしなかった。

2―サン゠マルタン本人のことである。この後の第七〇編を構成する本論文については、長文であるため巻末の二九〇頁以下に補遺として掲載した。

3―サン゠マルタンが一七四三年に生まれ、二二歳半のときに、最初の師マルティネス・ド・パスカリに出会ったことを指している。

4―既に第一五篇の注2（五八頁）で述べたように、ここには著者一流の数秘学が暗示されている。一、七、三、四の数字それぞれに意味が付与されていると思われるが、確定的な解釈は提示できない。ただし「一七三四歳」は「一七四三歳」の誤植である可能性もある。

第七〇篇　アタランテの描写（続き）「観念の形成に及ぼす記号の影響とは何か」という学士院の問いに対する〈プシコグラフ〉の一時的回答

［二九〇頁以下の補遺に掲載］

第七一篇　アタランテの描写（続き）　沈黙の講座

「なおもサンジュ通りと秘儀祭司の家を探していると、周囲から隔てられた円形の広場に出ました。その中央には四角い建物が見え、『沈黙の講座』と書かれています。この名前に興味を引かれ、中に入りました。内部には着席した多くの男女と、真ん中に立つ教授が見えました。しかし空中に言葉はまったく見えません。この集会で教授が何を論じているのか知りたくて、何か書き物か本はないかとあちこち見回しましたが何も見つかりません。すぐに理由が分かりました。

その教授はハルポクラテス[1]の像のように、右手の人差し指を口に当てています。彼は沈黙しか発しておらず、弟子たちと同じく何も話さずに、身を以て教えを示しているのでした。

この奇妙な光景についてしばらく考えを巡らせてから、外に出ようとしました。紙の上にも空中にも、何も読み取れるものはなかったからです。ところが、外に出ようとしたその時、尋常ならざるものが実体として見え始め、私の注意を惹きました。見れば見るほどそれは成長し、私の眼に鮮やかなものとなっていきます。やがて部屋全体が、それまで私のまったく見たことのない奇跡に満たされたのです。この素晴らしい学舎で聴衆の視線はそこにじっと固定され、普通の講義室でしばしばおこるような眠気はまったく生じていないようでした。

この奇跡は、それまでに聞いた学者の講演や教師の授業ではまったく想像すらしなかった知識に対して私の精神を開いてくれました。それは実際に活動的な真理や原理、それまでの学問の授業や講演が知性から逆に追い払おうとしていたものを、教えてくれたのです。同時に私は、今までの過てる、偽りの教えの値打ちのほども知りました。

その奇跡が何であるか、その知識が何であるかについて、ここで皆さんにご報告はしません。皆さんに報告するためには言葉で話さなければなりませんが、私はそれを沈黙によって知ったので、皆さんが学ぶのも沈黙によるしかないのです。

人間は日々、溢れかえる言葉に身を任せていますが、私にとってかくも有益であったこの沈黙に注意深く身を委ねるならば、同じ奇跡に当然取り囲まれるでしょう。人は言葉を発していないとき、この世で最も素晴らしいことを表現しているのだとも思います。諸国民が自分の国で学問と知性の支配を広めようと思うなら、いくつも積み重ねている学術講座の代わりに、ただ沈黙の講座を至る所に打ち立てるべきです。

あちこちにあるハルポクラテス像について、聖職者の企みがあると多くの人が言いました。

それは神話の神々だとか偶像ではなく、人間を象《かたど》ったものであると言わせようとしているというものです。しかし、そんなものではないと今や私は確信しています。その由来はもっとずっと深遠なものです。

私はやがて自分の見たもので胸が一杯になりましたが、こうした奇跡にはまだあまり慣れていませんでしたから、いい加減区切りをつけなければなりませんでした。私はこの新たになった存在が放つ理解しがたい魅力を全身に取り込んで、外に出ました。やがてこの学校にまた戻ってこようと思いながら。さらにサンジュ通りを探しつつ進み始めましたが、出会うものにはあまり関心を払いませんでした。大道芸人や葬式、車やらありとあらゆる種類の店など、いずれも大都会に見られるものですが、違うのは人々の言葉を聞く代わりに、空中にばらまかれた言葉を私は読まざるを得なかったということです」

1―ギリシア神話の沈黙の神。

第七二篇　アタランテの描写（続き）　寺院の中の説教者

「そこから少し離れたところに、かなり大きな細長い建物が見え、それは寺院のような外観をしていました。近づいてみると、確かにその通りで、〈真理〉に奉じられた寺院であると書かれています。中には大勢の聴衆が集まっていて、演壇で椅子に座って語りかける男の話に耳を傾けているようでした。講演の内容はすべて容易に読むことができました。というのも、話しているのは彼だけだったので、言葉が明確に保存されていたからです。主義主張の厳格さといい、教えの健全さといい、この講演はギリシアの賢明な哲学が教えた中で最も純粋で壮大な内容を含んでいたと言えます。

ところが、驚くべきことがありました。講演者の口から出ている明確な言葉とは別に、彼の体の内部にそれほどはっきりはしていませんが、何とか私が判別して読めるくらいの言葉が見えたのです。それは言葉の萌芽のようなもので、あるものはほとんど完全に成長していましたが、半分か三分の一しか成長していないものもありました。唖然とし、またなんとも腹立たしいことに、講師の体内に見えたこの言葉は、口から出ている言葉とはまったく反対の意味を持っていたのです。口から発せられている方は良識があり、賢明で道徳的なのに対して、内部の言葉は不道徳で常識外れの冒瀆的なもので、講師は聴衆に向かって大胆に自説を述べていますが、滔々と話す内容をまったく信じていないことが明らかでした。

(それはここでも同じ、と聴衆は言うだろう。
説教師において外の言葉と内の言葉が
あるのはありふれたこと。
言葉は一つより二つあった方が彼らには至極便利。)

講演者の内部にある言葉をどうやって見ることができたのか、ここまで言葉を描写した他の人についてそんなことは言わなかったではないかと、皆さんはお尋ねになるかもしれません。私自身、その点を理解するのに相当苦労しました。しかし、どうやら自分でしっかりと納得できたのは次のようなことです。

この講演者が扱っているのは神に関わる聖なる事柄で、しかも公の場でしたから、人々の顰蹙《ひんしゅく》を買わないように、さらには人々を教化するために、精一杯努力しなければなりませんでした。一方でその努力は彼の内部にある本心に逆らうものでしたから、声高に述べ伝えねばならぬことと均衡をとるために、内なる努力をさらに倍加させていました。こうした秘められた努力が、彼の瀆神的な思想を強く発酵させ、内部に生まれかかっていた言葉に、より明確な形と顕著な性質を与えたのです。

さらにまた、講演者が外と内で行ったこの努力が相当激しいものだったので、肉体にも影響を与え、身体が痩せ細り、それまで私が見た、彼ほどは極端に罪深くない人たちの身体に比べて内部がもっとはっきり透けて見える状態になったのかもしれません。実際、彼は骨と皮のような痩せ方でした」

第七三篇　アタランテの描写（続き）　言葉の二つの流れ

「私の驚きをさらに増すことがありました。それをお話しすれば皆さんも驚かれると思うのですが、講演者の口から出る言葉と逆の言葉が体内に見えただけでなく、よく調べてみると、彼の心臓からこれらの反道徳的で冒瀆的な言葉の流れのようなものが外に出ているのに気付いたのです。

その流れは暗い青銅色を帯びており、二重になっていました。つまり外に出て行く流れと戻って来る流れがあって、講演者の心臓はこの流れの源であり、かつ終着点でもあったのです。この流れは次から次へと急速に溢れ出て、寺院全体に広がり、さらには入り口の大きな扉から外に出ていました。しかし同時にその扉から入ってくる流れもあったので、この流れの先には二つ目の源があるのだろうと私は推測しました。そこですぐこの異常な現象が示している明確な跡を追ってこの源を突き止めてやろうと決意しました。

それ故、講演者の心臓から出ている不道徳な言葉の長い鎖を、私は難なく辿っていったのです。他のものは目に入りませんでした。それくらい自分の好奇心を満足させたくてたまらなかったのです。実は、私の肉体的機能が戻ってきたので、少し空腹に悩まされ始めていました。しかし、目的に到達したいという渇望の方がずっと勝っていました。さらに、地中に呑み込まれる前に会った尋常ならざる女性の約束を思い出し、いつか再び会えるかもしれないという期待に勇気を奮い起こしていたのです。

寺院の大扉から外に出ると、その汚れた流れは大通りを左に曲がり、かなり広い楕円形の広場に出ました。その中央を突っ切って、小さな通りに入りましたが、そこは暗く、不潔で、うねうねとうんざりするほど長く続いていました。さらにその先で別の通りに入りましたが、前のよりももっと不快で汚く、曲がりくねっているように見えました。

しかしその嫌悪感も、あれほど必死で求めていたものにようやく出会えるという喜びと期待で、少し消えました。というのも、この汚らしい通りの表示を見て、そこがサンジュ通りであることが分かったのです。そして二十軒も行かないうちに、私を導いてきた二重の流れが、一つの扉に入っていて、その扉の上に『秘儀祭司』と書かれていたのです。

私がいかに嬉しかったか、おわかりでしょう。この秘儀祭司こそ、瀕死の医師がいくつか暗示を与えてくれた人物、寺院で説教をしているところを見たばかりの人物と同一であることは疑いありませんでした」

第七四篇　アタランテの描写（続き）　秘儀祭司の住居

「私は急いでその扉から中に入りました。相変わらず二重になった言葉の流れの鈍い光に導かれて、薄暗い小さな通路を抜けると階段があり、一方は上の居室に、もう片方は揚げ蓋に覆われた地下室につながっていました。言葉の流れはその揚げ蓋の方に向かっていましたから それを持ち上げ、五十段も降りてから地下室に着きました。

そこは五角形の大きな部屋になっていました。周囲に十四人の人々が鉄製の椅子に座り、その頭上には名前と、この会議での役職が書かれています。奥には二段高くなった演壇があり、他のものよりもゆったりとして細工の凝った鉄製の椅子がありましたが、誰も座っていません。この椅子の上方には大きな字で『秘儀祭司』と書かれていました。そこで、私は探索の目標を見出したのだとはっきり確信したのです。

私をこの地下室まで導いた言葉の流れは、正にこの秘儀祭司の椅子を第二の中心としていたのですが、この椅子から同じような流れが十四人の参加者の口に届き、その口から椅子に戻ってきていました。そのため、この秘儀祭司は彼らの言葉の中枢のようなものであって、彼らはその手先、道具でしかないと私は判断しました。

真ん中には大きな鉄製のテーブルがあり、部屋と同じく五角形をしていて、その上に同じく五角形で中が透けて見える紙製の角灯がありました。その各辺は、テーブルと部屋の各辺に対応しています。灯りの中心には光る茶色い石があり、紙の表面に書かれた文章を正面の参加者一人一人に見せています。その文章は、秘儀祭司の体内に見えた言葉と一致していたのです。

秘儀祭司の椅子の前には別の細長いテーブルがあり、これも鉄製で、上には鉄でできた二匹の猿が置かれていて、両手足と首に鉄の鎖が巻かれ、その端がテーブルに釘で留めてありましたので、鎖の数は合わせて十本になっていました。この二匹の鉄製の猿の前には大きな本が置いてあり、その頁もまた鉄でできていましたが、思うままめくって読むことが可能でした。

それは地上の何人かの征服者が、秘儀科学者たちの密使との間に結んだ条約で、そこにはこの世の国々に課された恐るべき条件がはっきり読み取れました。一人の密使がこの秘儀祭司自身と結んだ条約も読むことができ、その計画に従うのと引き替えに、秘儀祭司に対して与えられるべきおぞましい力と、約束が書かれていました。しかし、ペレキュデス[1]に対する強い呪詛の言葉も読むことができましたので、ペレキュデスは秘儀祭司の企みを妨害し、何人かの人がそこに荷担するのを防いだことも分かります。

その企みの目的は、万物の秩序を消滅させ、その代わりに偽りの秩序を打ち立てることであり、それは真理の虚偽の似像に他なりません。それはピタゴラスの計算として知られている計算をすべて覆し、混乱させることによって、悪しき影響を被っていない素直な頭脳の持ち主でもその痕跡をまったく見出せないようにする手はずでした。

この法則を用いて、自然界および精神界はすべてひとつの界に、物質的・精神的実体はすべて一つの実体に、万物の可視的・不可視的活動はすべて一つの活動に、善と悪、生と死の性質はすべて一つの性質に還元されることになっていました。そして、この唯一の界、唯一の実体、唯一の活動、唯一の性質はこの会議の長、つまりは秘儀祭司の中に宿り、彼は世界に向かってこの教説を高らかに述べ伝えようとしています。その褒賞として秘儀祭司は生きているうちから、他の神を差し置いて神に祭り上げられる栄誉を得るというのです。これを読んだときの恐怖を思い出すと震えが止まりません。

次いで、この同じ本の中に、現代の飢饉の話を読むことができました。それだけでなく、我らが敵たちの計画をことごとく覆す、尊敬すべき神聖なる人の特徴も書かれています。彼は秘儀祭司にとって、最も恐るべき敵対者の一人だったと思われます。この尊敬に値する人は今や我らの知るところとなっていますが、私はその時どうしても名前が知りたくてたまりませんでした。それは単なる好奇心からだけでなく、フランスのためであり、祖国が救われるという期待を満足させたいという気持ちからでした。もっとも、実を言えば死が充ち満ちて、出口も与えられない場所にいたのですから、心に留めていた約束の言葉がなければ、後に祖国と幸不幸を共にすることができるなどとはとても期待できなかったでしょう」

1―第六七篇注1（二一六頁）参照。

第七五篇　アタランテの描写（続き）　秘儀祭司の悲劇的最期

「その人の名前を知りたいという渇望はあまりに激しく、私の胸の中で燃える火と化していきました。やがてその火が私の中で留まっていられず、目を奪うような純白の光となって外に出てきました。そしてその真ん中に『エレアザール』の名がはっきりと、それも三回続けて、読み取れたのです。

このような現象を見て、私は大いに驚き、かつ歓びました。しかし、そこから別の現象が現れ、恐ろしさと異常さに、思わず目を背けずにはいられませんでした。

この地下の部屋の中にこうしてエレアザールの名が現れた瞬間、鉄の椅子に座っていた十四人が息を吹き返し、顔を歪め、ぞっとするような身振りで身体をねじ曲げ出したのです。秘儀祭司の椅子に彼らを結びつけていた個々の言葉の流れはこの椅子から離れ、男たちのもとに戻っていったので、彼らの様子が余計荒々しいものになったようです。小さなテーブルの上に鎖で繋がれていた二匹の鉄の猿はすぐに解き放たれました。その猿たちも生き返り、自分と同じような生きた猿を六匹ずつ産みました。合わせて十四匹の猿は、十四人の男たちに鷹のように襲いかかり、すべてを喰らい尽くしました。

秘儀祭司も、強烈な引力によって、一瞬の間に件の寺院から自分の椅子まで連れ戻され、一人で他の十四人を合わせたよりもさらに責め苛まれているように見えました。すぐに十四匹の猿が彼に飛びかかり、目をくりぬいてからむさぼり食います。すべての人間を食べ尽くしてしまうと、十四匹の猿たちは今度は共食いを始め、とうとう私の目の前ですべて跡形もなくなって、いったいどうなってしまったのかまったく分からなくなってしまいました。

こうした出来事はすべて、頭の中で起こる事柄と同じくらいの速さで行われました。最後に激しい地震が起きて、あらゆるものが私の上に崩れ落ちて来そうになりました。ところが、この恐ろしい光景の中、目には見えぬ手が私を摑み、自分では何もできぬままに、どこをどう通ったのか、どういう手段を使ったのか分からぬうちに、モンマルトル通りの下水まで運ばれ、皆さんもご承知の通り地下に帰ってきたのです」

第七六篇　首都とエレアザールを標的とする攻撃の準備

ウルデックがラシェルから〈プシコグラフ〉によって書かれた紙を受け取った後、二人が話し合った時間は長くなかった。ほどなくしてエレアザールとセディールの姿が見えたのである。彼らを隠していた空気は消えて、一人の方に向かってくるところだった。しかし、大いなる災厄の時が近づいており、これらの四名が集まるようなことがあれば、真理に立ち向かう隠れた敵たちにとって失うものがあまりに大きく、前と同じように全力で対抗しないわけにはいかなかった。

この隠れた敵たちは、先に聴衆たちを散々な目に遭わせていたのだが、今回はエレアザールから受けた攻撃に対し、手ひどい報復をすべく、持てる毒をすべて注いだ杯をパリ全体にぶちまけようと準備していた。彼らはもけや、ホーン岬の会議の際のように話し合う精霊ではなく、世界各地から猛り狂った兵士として集まっていて、あたかもどこかの国で一地方全体を荒らし回るイナゴの大群のように行進していた。

彼らは飢えた住民たちからありとあらゆる希望を奪い取ろうとしていた。罪無きパリの住民たちが束の間の慰藉を引き出した源を一挙に涸らせ、苦しみを耐えがたくしようとしていた。そして彼らの奮闘の標的はまさにエレアザールの命であり、彼を首尾よく打ち倒せれば、首都は一挙に、かつ永遠に滅亡することを疑っていなかった。

しかし、攻撃を確たるものとするために、彼の屋敷を吹き飛ばして燃やそうとはしていなかった。かつて〈のっぽの痩せ男〉が試みて無駄だったからである。最も強く決意を固めた者たちによって、正面から攻撃しようとしていたのだ。

かくなる次第で、親愛なる読者よ。かつてクレマン[1]は

ヴァロア朝の最後の王の命を断ちきり、

ギーズ家[2]の面々はじりじりと、

ただちにフランスの支配者となることを期待したのだ。

1—ジャック・クレマン(一五六七—一五八九)。フランス国王アンリ三世を暗殺し、ヴァロア朝を断絶させた。

2—国王アンリ三世と対立し、ユグノー戦争の勃発に関係したカトリックの一派。

第七七篇　空飛ぶ精霊の集合　その内の三名が兵士に変身

そのとき灰色がかった雲の巨大な塊がいくつも空に現れ、通常の天候なら同じ風に吹かれて一方向に進むはずなのに、四方八方から押し寄せ、信じられない速度で皆パリに向かって来た。東西南北にある雲の源の洞穴が開き、競い合って首都に空軍を派遣しているかのようであった。

一瞬にして空は厚く暗いヴェールで覆われた。嵐が起こり、稲光がきらめき、雷鳴が轟く。あられ混じりの豪雨がパリの住民の上に降り注ぎ、皆こぞって家に避難した。その瞬間を選んで空中の敵たちは作戦を停止した。

その内の三人が警備歩兵に変身し、エレアザールの傍にいた警察長官の命令を聴くという口実で近づき、二人を引き離した。エレアザールを一人きりにして攻撃を容易にするためである。

一人が帽子を脱いでセディールに近づき、耳元で語りかける。他の二人がエレアザールを挟み込んで打ち倒そうとした。しかし、エレアザールに一睨みされただけで、二人は怖じ気づき、逆に倒されてしまった。恭順のふりをし、這いつくばって近づいていくと、エレアザールがよそ見をした瞬間、脚に組み付いて一瞬のうちに転倒させ、立ち上がった。

セディールは物音を聞いて振り返り、友の様子を見て助けに駆けつけようと、二人の兵士に声を掛けた。知恵の働きかけが無いときは物の見方が平時の通りとなり、二人に対して疑いをまったく持たなかったのである。それは他ならぬ敵一味の兵士たちであったから、彼らから何を期待できたであろうか。

事実、二人は物質を超越した力を用いて襲いかかった。最初にしたのはセディールの視力を曇らせることであり、哀れにもセディールは何も見えなくなってしまった。同じ力で聴力と言葉も奪われてしまい、脚だけは自由に動かせたものの、どこに向かえばいいのか分からず、友エレアザールの力になってやれる手段をすべて失い、最大の危険に曝したままとなった。

ラシェルもまた、父の元へ近づこうとするが事の次第に呆然としてしまい、身体の力が脱け、何も手助けができない状態に置かれていた。

ラシェルと共にいた志願兵ウルデックも、事態を受けて何とかしようと願ったものの、ラシェルの痛ましい様子に衝撃を受けたのと、兵士の姿をした三人の敵が彼に呪《まじな》いをかけていたことも手伝って、身体をまったく動かせなくなっていた。

三名の敵は自由に動き回り、エレアザールへの攻撃に全力を傾注した。彼らは争って強烈な打撃を彼に見舞い、この恐るべき敵を抹殺するためにあらゆる手段を講じた。しかしこの悪漢たちは物質を超える存在であったものの、無知のため自分たちが誰に対して戦っているのか分かっていなかった。さもなければこのような大胆な愚行を果たそうとはしなかったに違いない。

実際、悪天候を避けることに気を取られて、警戒が万全でなかったエレアザールは不意打ちによっていったんは倒されたものの、敵に対抗する力を取り戻すのは時間の問題だった。

ここにおいて、彼の力の明々白々たる証拠が顕わになろうとしていたのである。

第七八篇　倒されたエレアザールが立ち上がる

村人たちがしなやかな樹を倒そうとすることがある。総掛かりで樹を傾け、完全に倒れたか根こぎにしたと信じて、枝に飛びつく。しかし、樹はしなっただけで、弾性の性質に従って再び立ち上がり、村人たちを空中に放り投げ、彼らの軽率さに高い代償を払わせる危険があるのだ。

（親愛なる読者よ。エレアザールと三人の刺客の間に起こったことを理解して頂くには、これが最も正確な比喩である。）

エレアザールは飾り帯を体に巻き付けていた。三人の刺客は、二度にわたる攻撃によって相手の命を奪ったことを疑わず、任務の見事な完了を示すべく、帯の結び目の部分を摑んで頭目のところに運んでいこうとした。

しかしエレアザールを見守っている力は、彼にいくつか大きな試練を与えようとしただけで、救いの手を差し伸べた。三人の刺客はエレアザールが巻いていた帯に両手を結びつけられ、あがけばあがくほど却って締め付けられるのだった。エレアザールはこの上なくしなやかな樹のように、やがて活力を完全に取り戻した。すっくと両足でたち、左手で帯の結び目を持って締め付けたため、三人の刺客は逃れようもなく、易々と引きずられて行った。

驚くべき現象だが理解は容易い。

よく考えればお分かり頂けよう。

人間の計算では六が一より大きいが、正しい一つの手は邪悪な六つの手に勝るのだ。

エレアザールはもう片方の手に例の魔法の器を持っていた。ここでは自然界に何かを生じさせようという訳ではなく、悪人を押さえつけ、彼らの与える害を押し返しさえすれば良かったので、器を手に持つだけで十分だった。器に触れているだけで、三人の敵が元の姿に戻って空中に舞い上がり、仲間の元に逃げ帰るのを妨げることができた。また、降る雨の勢いを弱め、セディールの感覚を取り戻させる力もあった。


もっと離れたところにいて、それぞれ別々に害を被っていたラシェルとウルデックについては、エレアザールが魔法の器に触れているだけでは効果のごく一部しか及ばず、より確たる救いをもたらすには、強力な粉そのものを彼らに近づけなければならなかったろう。それ故、彼らはいかんせん、前とほとんど同じ状態に置かれていた。

にもかかわらずエレアザールは、捕らえた三人を引きずり、友セディールの傍らに再び現れて、通りに戻って来始めた人々の眼前で、勝利を示す不思議なしるしを顕わに示した。彼にとっては輝かしく、敵たちにとっては屈辱となるしるしを。

だが、短い勝利よ、束の間の栄光よ、
汝は勝者に儚《はかな》い平穏しか授けない。
やがて猛々しい敵たちが、
復讐のため、全都に悲嘆をもたらすべく、到来するだろう。

第七九篇　空飛ぶ敵たちの評議と決定

雲の中に留まっていた空飛ぶ敵たちは、仲間の動向から目を離さなかった。手痛い敗北を喫して屈辱を被っているのを見て、新たな憤怒が燃え上がり、彼らのために断固たる復讐をせぬうちは決して屈しないという誓いの声が、幾千も一時に発せられた。

とっさに、アリデルという名の精霊が進み出て、言った。「いと強き同志諸君、我らが共通の栄光のために身を捧げた兄弟たちが、悲惨な運命に遭っているのを見て、憤りを覚えておられない方はあるまい。その至極当然な思いを私も共にしていることをお信じ頂きたい。もし私が死ぬことができ、死をもって兄弟たちの名誉を救えるならば、死は私にとって何事でもなく、喜んで我が命を捧げる覚悟がある。しかしながら、我らにとってその犠牲を行うことは不可能であり、精霊《エスプリ》たる我々の主たる武器は精神《エスプリ》の中にある。それ故、我が精神が与える所見をお知らせして、皆さんの判断に委ねたいと思う。

クロコディルと我々は二度にわたってィレアザールの命を奪うべく試みたが不首尾に終わ

った。二千年以上前、アタランテでなされた不可思議な予言はエレアザールを我らの最も恐るべき敵として名指しており、そのことを思い起こすだに身の毛がよだつものがある。塩の粉の威力を用い、聴衆全員への食糧を地から生じさせるまでは、我々も彼の恐るべき才がいかなるものか承知していなかった。だが、あの時以来、とりわけまた、かの器を手にしているだけで、我らの仲間を人形のように操り、思いのまま引き回すのを見た以上、あの男の魔力はすべて、恐るべき魔法の器に宿っていることはもはや疑いない。この新手のサムソンの力がどこに宿っているかを知るために、新たなデリラ[1]を迎え入れる必要はないのだ。この力が宿る場所が分かっているのだから、それを破壊するためにどこを攻撃するかも明確だ。あの男にとっては武器庫とも砦とも、いやむしろ世界全体とも言えるあの宝を奪い取るために、我々の叡智と策略のすべてを働かすべきだ、というのが私の意見である。あの魔法の器を我らの支配下に置いたあかつきにはもはや何ら恐るべきものはなく、エレアザールをいかようにもできるだろう。親愛なる同志諸君、熱き思いで私に信頼を寄せ、ホーン岬の会議で議長役を与えてもらった名誉に鑑《かんが》み、その信頼を私が裏切らないと信じて頂けるなら、そしてまた諸君に尽くしたいと願う私の究極の思いを知って、この危険きわまりない役目が私にふさわしいと思って頂けるなら、ご賛同賜りたい。諸君に尽くして栄光をいや増すべく、私よりも熱心に身を捧げんとする者はここに見出せまい」

アリデルが演説を終えると、仲間たちは皆、その熱意と勇気に喝采を送った。提案は採用され、満場一致で彼が代表に指名された。のみならず、一党は挙《こぞ》って、彼に任務を果たすための〈黒紙〉委任状を与え、危機が迫っているので一瞬たりとも無駄にせぬように促した。

（おそらく親愛なる読者は疑いを持たれたであろう。
〈白紙〉の代わりに〈黒紙〉と書いて
不注意から良識に反しているのではないかと。
きっぱり否と答えよう。
ただひたすら害をなすしか能のない
この空飛ぶ敵、残酷な輩《やから》には、
〈黒紙〉しか与えられまい。
疑う向きはG……[2]を参照せられたい。）

1―『士師記』一六章。サムソンの力が髪の毛に宿るという秘密を妻デリラが聞き出して裏切る。
2―不明。*Grimoire*（『魔法の書』）の暗示か。

第八〇篇　災いの頂点

アリデルは命を受けると、さっそくその遂行に取りかかった。最初に行ったのは仲間たちの腰掛けている座をすべて揺り動かすことだった。その座とは雲に他ならなかったが、互いにぶつかり合ったため、徐々に熱を持って雷電の性質を帯び始める。仲間たちもこの業に協力し、効果をさらに加速させようとした。

雲が発火点に達するのを見て取ると、アリデルは即座に稲妻に変身し、雲の覆いを突き破って、三人の仲間がエレアザールによって無残に引きずられている場所へと、一筋の炎となって降下した。

稲妻はエレアザールの胸に向かって進んだが、抗いがたい力に押し返されて胸に当たることができず、突如方向を変え、近くにいたセディールの服の裾に落ちた。彼はエレアザールの口から、まったく気付かなかった三人の敵に対する戦いの顚末を手短に聴いていたところだったのだ。稲妻は彼の体に当たる力がなく、裾に落ちただけだった。裾は燃え上がり、セディールは火を消そうとしたが、動き回ることで却って炎を大きくしてしまった。エレアザールは差し迫る危難から友を救うべく駆け寄り、器を持つ手をさっと動かすだけで服の火を消して落ち着かせた。

しかしアリデルはすぐに再攻撃を試みる。二個目の稲妻は最初より二十倍も恐るべき威力で、辺り全体を炎で包み込んだ。エレアザールの帯に繋がれていた三人の敵たちは四方に立ち上る硫黄に刺激され、力の限り暴れ狂った。そのおかげでエレアザールが握る帯の結び目が揺り動かされ、すぐに右手を使って強く締め直さねば、ほどけてしまうところだった。

だが何たることか。パリ全体が深淵に陥らんとする運命の時が近づいていた。緩みかけた結び目を急いで結び直そうと、エレアザールが用いたのは貴重な器を持っているその手であった。ところがあまりにも素早く動かそうとしたために、器は左手に当たって、これを取り落としてしまったのである。

すぐさまアリデルは両手を土星の精に差し出すと、土星の精は鉛の精でもあるので、あっと言う間に手を保護するための鉛を塗りつけた。アリデルは自らの領域に特に含まれている水銀[1]を、これまた急いでその上に塗りつけたが、それは貴重な器をうまく摑むために他ならなかった。事実、彼は禿鷲のように器をつかみ取ると、そのまま雲の中に飛び去り、勝利を告げるために新たに雷鳴を何度も轟かせた。

　空中の仲間たちの元に戻ったとき、その歓迎ぶりはこの世のいかなる兵士が最高の凱旋をしたときでも見られないほど熱烈であった。皆が褒めちぎり、信じられないような奇跡を行った恐るべき魔法の器を近くで見ようと、我も我もと押し寄せた。アリデルには将来、仲間内で最も名誉ある位を与えることが決定された。次いで、エレアザールから奪ったこの栄光の戦利品を全天に華々しく巡回せしめること、そして新たなる星座として、永遠に天体の中に据えることが満場一致で宣せられた。

　だが、不遜なるアリデルが、どれだけ用心をしたところで、この器をたやすく手に持ち続けることができると考えてはならない。この器そのものが大いなる活性と大いなる火を持っていたので、長時間同じ手に持ち続けると、防護のための水銀を蒸発させ、鉛を溶かして、手ひどい火傷を負わせたであろう。それ故彼は絶えず持つ手を替えて動かし続け、ぽんぽんと投げ上げ続けなければならなかった。あたかも、真っ赤に焼けた石炭を手に持つ人が行うような有様であった。

　そのためにまた、どれだけ力を尽くしても器を開ける事はできなかった。中に入った粉を摑んで風に任せて撒《ま》く事ができれば、彼とその仲間たちは、およそ敗北や危機から永遠に守られると思われたのであるが。

1―アリデルの「水星」（メルクリウス）は「水銀」（同じくメルクリウス）と結びついている。

第八一篇　エレアザールの勝利

こうしたことが天空で起こっている間、魔法の力を失ったエレアザールは、打ち倒されぬようあらん限りの力で奮闘をしていた。一方、ウルデックとラシェルの力はさらに弱まっていた。ウルデックは心の内で、ジョフ夫人のことと、エレアザールがかつて行った奇跡の数々を思い起こしていたが、一言も言葉を発することができない。ラシェルは衝撃を受け、天に向かって目を上げるのが精一杯である。セディールはと言うと、服についた火を消すために、相変わらず必死にもがいていた。

三人の敵たちは帯の縛めから逃れて自由になり、しっかと両足で立っていた。パリ全体は先ほどよりもっと暗い靄で覆われていた。悲嘆にくれる住民たちが熱望していたパンの代わりに、空からは石が降ってきて彼らを打ち砕く。家の中に逃げ込むとそこにはアリデルの軍隊を構成する空飛ぶ敵たちが、鰐の形をして入り込み、先を争って家を壊し始め、哀れな住民たちはその瓦礫の下に生き埋めになってしまう。疫病、火事、その他あらゆる災いが一時に襲ってきた。人々が覚える感情は絶望だけとなり、絶望のみが彼らの存在に等しかった。

有徳にして同情心厚きエレアザールの置かれた状況はこれによってさらに悪化したが、それでも日頃の威厳にふさわしい平静さを保っていた。心には秘めた痛みが貫かれているのが見て取れたが、そこにあるのは恐るべき敵から受けた屈辱よりも、不幸な人々に対する哀れみであり、真理の栄光をいや増したいという熱意であった。

というのも、空飛ぶ敵たちの禍々しい勝利を受け、冒瀆者たちの頭の中で、真理がどれだけ多くのものを失うかを考えて彼の心は引き裂かれていた。その痛みはあまりに強く、いかなる明晰な考えも頭に浮かばず、彼の天才を持ってしても力を奮い立たせるための手段は思いつかなかった。それほどに真理の存在は絶大であって、思惟も光明も我々のものではなく、それを伝える源が離れてしまえば、我々は宿命的に無明と無力の内に陥るのである。

しかし、この闇と苦悩の状態はいつまでも続く訳ではない。義人というものは永遠に見放されることはなく、知恵は時に悲惨な経験をさせ、危険に取り巻かれることを許すが、この上ない甘美な魅力と、本来の慰めを与え返すことによって、何倍にも償いをしてくれるのである。

ことほどさようにエレアザールの渇望は純粋であり、やがて彼は心の内で希望の萌芽が蘇るのを感じた。その望ましい変化は空に現れた星によって告げられたが、その星とは、彼を支え、約束を守ることを報せに来た韃靼人の女であった。エレアザールの内に感じられたこの明白な証拠と希望の萌芽は勇気を掻き立て、渇望に新たな力を与えることとなった。そこで彼は心の内奥に集中し、持てる能力をすべて集め、魂の穏やかな運動によって、見えざる知恵に対し示した――自分が敵に勝利すること、これまで幾多の危険から守ってくれた強力な護符が帰ってくることが、真理の栄光にとっていかに重大であるかを。

この強烈な集中力は彼の内にある能力を息づかせた。その能力とはかのアラビア人の学者が処方した三つの物質[1]の真の範型となるものであった。痛切至極な願いに支えられたこの気高き情熱は叶えられ、確かな実を結んだ。それはアタランテの地下で、ウルデックが、思いがけずエレアザールの名を発見したときに起きたことと近かった。

　エレアザールによって集中され濃度を高めた渇望から、香気のようなものが外に発散してきたのである。この香気は例の器に閉じ込められた塩の粉よりも強力で、急速に目覚ましい効果を生み、一瞬は勝利に酔っていた空飛ぶ敵たちも、この勝利が屈辱に変化して手ひどいしっぺ返しを受けることとなった。

　というのもエレアザールの内部から生じた香気は、彼らが奪い取った器を、親和力の法則によって引き寄せたのである。彼らが得意気に栄光のモニュメントとして天体の間に飾っていた器は、自分からあっという間にエレアザールの手の中に戻ってきた。それもあまりに滑らかに行われたので、空飛ぶ敵たちも最初は気付かず、しばらくはまだこの宝を所有していると思い込んでいた。そもそも彼らは乱暴で音を立てる運動しか知らないので、何かと錯覚に陥り易いのである。

1―第二二篇六九―七〇頁を参照のこと。

第八二篇　エレアザールが別の作業に赴く

エレアザールはこの強力な宝を取り戻すと、即座に敵たちを圧倒した。貴重な塩をひと摘みし、奮闘のあまり消耗してこれ以上の疲労には絶えられそうもなかった自らの体に振りまいて力を回復させた。次いで空中に三度、多めに振りまいた。ラシェルとウルデックは体の働きを取り戻し、エレアザールの業に自分たちの願いを合体させて、天に向かって目を上げ、手を差し伸ばした。セディールもこれによって救われ、同じ行動を取った。

　これらの美しい魂の協力に、エレアザールの強大な力が相まって、突然雲が消え、日の光が差しそめる。空飛ぶ敵は自分たちの計画を崩壊させた人間をのろいながら、方々へ逃げていくのであった。

　ただアリデルのみは、大胆不敵なるアリデルは、あえて最後の企てを試みた。器を奪われたことが分かると、彼は空中からエレアザールの縛めを逃れた三兵士の元に舞い降り、共に力を尽くして、今一度己の強い野心の対象たる器を取り戻そうとしたのである。

　しかし二連発の大砲が、少数の臆病な敵たちを一瞬で壊走させるように、エレアザールの強力な手段は、攻撃者の企みをすべて水の泡にした。ただ恐るべき器を開けて脅かすだけで、彼らは身に纏う人間の姿を即座に捨て、アリデルと共に空中に散り散りになっていった。それ以来、彼らは元の雲の中に戻って仲間と合流することができなくなってしまった。

　この赫々《かっかく》たる武勲を果たし終えると、エレアザールの周りにはセディール、ラシェル、ウルデックが集まり、我勝ちにその首尾を褒め称えた。彼にはさらになすべき業が残っており、すべてを導いた方に心からの敬意を急いで捧げると、ラシェルに向き直って言った。

「この度はついて来なくてよい。これから行う業に必要な力は、お前に期待すべきものではない。それに私が居ない間、お前の存在はパリにとっていっそう役立つものとなろう。その間にパリは守護の力を最も必要とするのだが、お前の祈りがその役を果たしてくれるだろう。お前がパリを出てしまえば、パリは大きな害を被る。興味深い旅を行ったお方（と、ウルデックに向かい）、あなたもまた、これから私を待ち受ける大きな仕事に当たらせる訳にはいきません。ただし、どこどこから出てはいけないとか、特別の命令を与えるとか、ということもありません。ただ、あなたが内に持っておられる手段で、今までと同じように私を支えて頂きたい。あなたは（と、セディールに向かい）既に歩むべき途に受け入れられているので、さらに続けて歩まれるがよい。最後まで歩み通すことができるかどうか、それともどこかで立ち止まるべきか、その途自身が教えてくれるでしょう」

すぐにエレアザールは別れを心から痛むラシェルおよびウルデックと離れ、勇敢なセディールを伴って行った。

ラシェルとウルデックはこの別れの嘆きを共にしながらも、一緒に居られることに満足を覚えていた。二人には互いに興味を持つべき理由が数多くあったのである。その理由は〈プシコグラフ〉の一件以来積み重なるばかりであったが、彼らの眼前で起きたことについて、またアタランテの地下の物語について、ほとんど話し合うことができずにいたのである。

ウルデックは相変わらずジョフ夫人の記憶で満たされており、ラシェルに向かって思うところを尋ねずにはいられなかった。尋常ならざる夫人が現れてから、その後何も噂を聞いていなかったからである。

ラシェルはかすかに微笑んで言った。「幸せなお方ですね。あなたはあなたを求めていたものから逃れたのです。今度はあなたから逃れて行くものをお探しなさい。その人はあなたの心の中に隠れました。他所で見つけるのは困難でしょう」そしてその場で夫人の名の文字を自然な順序で書き直した。[1]それはウルデックの目を開かせ、筆舌に尽くしがたい歓びで満たした。

次いでこう付け加えた。「その特別な方を心の中に探すとき、私をも見出したいと願われるなら、特に念入りに探さなければなりません。私はあの方としか一緒にいられないのですから」

ウルデックは答えた。「あなたには勇気を奮い起こす術を教えて頂きました。人が近づくことを阻む知恵への途とはどのようなものなのでしょう。そこではひたすら甘美なものが約束され、命じられていて、幸いを得るための代償が幸いそのものだと言います」

「あなたの賢明な思索によってもたらされる発見ほど素晴らしいものはありません。その気高い知識をあなたと共に深く追究していけたら、私もどれほど嬉しいかと思いますが、いまは父のことで頭がいっぱいで、そのような思索に耽る余裕はありません。父の意志が妨害されないよう、父を手助けする機会が来たときは、遠くから見守り、父の身の安全に気を配るために、できる限りのことをして頂きたいと、心からお願いいたします」

心優しきラシェルよ。これまでの数々の奇跡によって植え付けられたエレアザールの能力への信頼が、父親を気遣う愛情のために一瞬忘れ去られたのであろう。

ウルデックは言い返すこともせずに離れていった。しかしこの別離はあまりにもつらかった。この掛け替え無き女性への固い愛着がいや増すばかりだったからである。しかし自分もまた愛されているという思いが彼を支えていた。ラシェルの愛情あふれる願いに応えるために最善のことをしようと決めてその場を立ち去った。一方ラシェルは尊敬すべき父の目論見を果たすために、パリにずっと留まった。

1―ジョフ夫人の名 Jof を foi（信仰）に書き直したということ。

第八三篇　セディールに対するエレアザールの教え

既にエレアザールはセディールと共にサブロンの野に赴いていた。クロコディルが両軍を呑み込んだ場所である。特別の目を持つエレアザールは、とある場所で地面に向かって息を吹きかけ、そこに塩の粉を二摑み振りまいた。すぐにすさまじい轟音を立てて、地面の下が振動した。

彼はセディールに向かって言った。「これは始まりに過ぎません。私の渇望が幸いにも実現するなら、もっと大きな揺れが来ることを覚悟しなければなりません。私の用いた手段によって、我らが災いの第一の源が完全に破壊されるまで、少し離れていましょう」そうしてその場を離れていきながら、二人は自分たちに課せられた大きな計画をさらに理解しようと努めていた。

勇敢なるセディールよ。奇跡の粉の秘密を明かすというエレアザールの約束が、今こそ果たされる時が来た。お前が示した熱意と、稲妻が落ちたときにお前が被った危険と苦しみとに心動かされ、彼はお前の渇望を満たすために、この上ない機会を選んだのだ。

「我がアラブ人が与えてくれた秘密が、いかに驚くべき利点を持つか、お分かりでしょう。もはやあなたに隠しておくつもりはありません。その秘密は、私と同様あなたの中にもあり、万人の中にあるのです。すべての知恵、すべての力の基礎となるべく、人間には萌芽が与えられています。私に教えを垂れた師に倣って、その萌芽を自分の内で実らせるために全力を尽くさなければ、例の粉は何の役にも立たなかったでしょう。人間が至高の原理から全性質を受け取るように、この粉も私自身から力を受け取っているのです。その力が貫いて初めて、粉は私の業の負担を減らし、私の支えとなります。そうでなければ、空中の敵たちはこの器を奪ったことで力を得、我々を救いようのない不幸に思い通り沈めることができたはずです。

　それ故、我が秘密の真の源を理解してもらうために、これ以上子細に論じる必要はありません。しかし、それを用いなくてもよい時を、万人の中にある自然の才を自分自身で直接働かせられる時を、私はひたすら待っています。そうでなければ、首都を救うためにやり残した膨大な仕事を果たし終えることはないでしょう。私に付随的に与えられた力を用いて、〈のっぽの痩せ男〉とその仲間たちの秘められた罪深い目論見に対し、あなたの見ている前で私は戦うことができました。志願兵ウルデックをクロコディルの腹から救い出し、アタランテの秘儀祭司の地下室で大きな揺れが感じられたその瞬間に、無事帰還させました。クロコディルに両軍を吐き出させることもできました。ただ、ウルデックもあなたも、両軍がどうなったか知りません。クロコディルが両軍をどこかに隠しているために、すぐ元に戻してやることもできずにいます。空飛ぶ敵たちの仕掛けた罠については幾度か破壊し、彼らが何としても守ろうとしたものを奪い取ることはできました。

しかし、こうしたことすべては、これから果たさなければならないことに比べれば物の数ではありません。今まで我々が乗り越えたのは低次元で些細な障害でしかないのです。クロコディル自身と、その手先である悪者たちを打ち倒し、従わせぬ限り、我らの業は完成したことになりません。

したがって、悪者たちをクロコディルから引き離し、クロコディルを悪者たちから引き離さなければそこには到達できないのです。彼らは悪意をもってクロコディルの手先となり、クロコディルの方でも彼らの知力を読み取ろうと願って、彼らの手先になりました。そうして彼らの邪悪な意志すべてに荷担し、全力で助長しているのです。こうして両者の間には二重の絆が出来、彼らはクロコディルの口と頭、クロコディルは彼らの口と頭となりました。それによって両者は二つの吸引器となり、絶えず互いの血膿を遣り取りしているのです。人間は悪行をしていなくとも、あまりに饒舌だと、知らぬ間に自分と人類の普遍の敵との間に似たような吸引器を作り上げてしまいます。敵は人間の言葉を絶えず窺っており、そこに含まれる果実を吸い上げて利益を引き出したあげく、代わりに汚濁を伝えています。それはウルデックがクロコディルの体内で目撃したことでした。それ故に諸科学は奴隷状態にあり、賢者たちの間で沈黙がかくも勧められる原因になっています。したがってこの二重の絆を断つには、それを作り上げた手段と同種類の力を対抗させるしかありません。私が切望している終着点はそこにあるのです」

セディールは答えた。「エレアザール、あなたの高潔な渇望が成就し、我が祖国にかくも不安を広げている獰猛な怪物を服従させる時を、私はどれだけ待ち望んでいることでしょう。

怪物の罪深い手下たちが身につけている力は驚愕すべきものがあります。彼らの秘密についてあなたに知識を与えられなかったとしても、彼らが尋常ならざる力によって導かれ、守られていることを信じないわけにはいきません。反乱が始まって以来、諜報員たちをすべて彼らの探索に向かわせました。その姿を見、声も掛けましたが、捕らえるには至っていません。

あなたの大いなる企てにおいて、私はどのようなお手伝いができるでしょうか。どうか、エレアザール、お教え下さい。海を渡ればよろしいのでしょうか。全世界を回ればいいのでしょうか。両軍がしたように、もう一度地の中心に入り込めばいいのでしょうか。いかなることでもする覚悟はできています。国のために役立ち、悪人の企みを覆すためなら、引き受けられないことは何一つありません。そもそも、私が守護の務めを負う首都に対して、役に立つにはそれしか方法がないのです。私の存在は今のパリにとって無意味です。飢えを満たすための食糧も、混乱を防ぐために働かせるべき兵士も、持っていないのですから。我らの大事な同胞が滅びるのを、指をくわえて見ていなければならないのでしょうか。いや、このような残酷な状態が続けば、我々の尊厳は保てません。たとえ任務において命を落とすことがあろうとも、座して死を待つよりはこちらから求めて行きたいと思います。私が子供の頃から心の中に蒔かれていた原理の萌芽を、あなたは目覚めさせて下さいました。私は真理を知る以前から真理を愛していたのです。真理についての知識を下さることで、あなたはその愛をさらに高められました。生まれてから経験した中で最も重要なこの状況の中で、あなたから頂いた知識と、真理の恵みとを活用しなかったとしたら、私はそれらにふさわしくない人間だということになりましょう」

エレアザールは答えた。「それではあなたは空しい好奇心によってではなく、ただ善そのもののためにそれを願っておられるのですね。ならばあなたの望みは叶えられましょう。心のほとばしりを装うことは不可能です。私はあなたのような忠実な同志を必要としていました。しかし摂理がその人を送り届けてくれるまで待つ必要があり、こちらから求めるわけにはいきませんでした。娘のラシェルはこれまで私の役に立ってくれ、今後もそうあり続けるでしょう。しかし、我々がこれからなさねばならぬことは、女性に対して期待できない力を必要としています。それ故私は男性を待っていました。志願兵ウルデックについては、あなたにしたように教えを準備し、徐々に上昇させていくだけの時間がなかったのです。実は私に送り届けられたのが彼であったか否か、私には分かりませんでした。しかし、彼はかつて疑いを抱いたのに対し、あなたは幸いにも信じました。そのことがあなたの進歩を彼よりも速やかにしたのです。

いかにも、あなたは祖国の解放のために、私と共に働くことができます。ただ、その仕事はつらく、大きな障害を乗り越えねばならぬと、言っておきます。信じる気持ちを捨てないように、我らの業は、栄えある勝利をもって締め括らねばなりません。あなたの先ほどの言葉を聞いて、私は自分の中ですべてのしるしが生まれてくるのを感じました。あなたは全世界を回ったり、大洋を渡ったりする必要はありません。我々が今いるこの場所から、我々の計画を加速させ、あるいはその果実を摘み始められるかもしれません」

第八四篇　暴風によってセディールがエレアザールから引き離される

そう言い終わるとエレアザールは右手で貴重な器を持ち、自分の胸に三回、額に三回、そしてセディールの口に三回、その器をそっと当てて言った。「さあ、先ほど私が行ったように、悪の巣に向けて二回息を吹きかけなさい」セディールは従った。

（親愛なる読者よ。人間の言葉というものは心と頭で生み出されなければ本当の意味で正しくない、ということを思い出して頂きたい。これ以上多くのことをお話しできればと思うのだが、この儀式で起きたことの細部は、詳しく私に委ねられている訳ではないので、皆さんの好奇心に向けて差し出すことはできない。儀式から生じた結果のみを描く力しか私にはないのである。）

この儀式が終わるとすぐ、恐ろしい嵐が巻き起こった。突然猛り狂った風が空から吹いてきて、滝のような雨がエレアザールとセディールを襲い、二人をなぎ倒した。二人は立ち上がったが、また倒される。さらに立ち上がったが、またまた倒される。エレアザールのみは三度目も立ち上がったが、竜巻によってセディールからかなり離れた場所まで飛ばされてしまい、二人は互いの無事を祈って近づこうとしても、なかなか見つけ出すに至らなかった。

哀れにも木の根元に横たわっていたセディールは、三度地面にたたき落とされたことによって呆然となり、体のあちこちが痛んだが、エレアザールの万能の薬も使えなかったので、自分がどこにいるかも分からない状態だった。この通常とは異なる状態を、失神と呼ぶ人もいれば、まどろみと呼ぶ人もいるだろうが、誤りを犯すといけないのであえて何とも名付けずにおく。ともかく、この状態においてセディールはある人に話しかけられたのである。その人はおよそ信じられないような話をしてくれたため、後でエレアザールに向かって報告するときも、それが夢だったのか否か、また、その話をしたのが本当の人間だったのか否か、判然としなかった。その名状しがたい状態から抜け出たとき、彼の周りには誰もいなかったからである。

第八五篇　観察

（親愛なる読者よ。以下に語られる話が、セディールの夢想の中でなされたのか、それとも現実になされたのかは、私にもはっきり分からない。

我が詩神《ミューズ》に従い、忠実たらんとしているため、
詩神《ミューズ》の名の下に読者を欺くことは一言も言えぬ。
なにしろこの問題について、詩神《ミューズ》は小声で認めた、
正直に言えば、詩神《ミューズ》自身が知らないのだと。

だからセディールが眠り込んでいる間か、起きている間、もしくはそのどちらでもないときに、人間の姿をした、実在かどうか分からない存在が語りかけたことを、ただ素直に聞いて頂きたい。)

第八六篇　見知らぬ人の垂訓　両軍の帰還を予告

「二つの軍隊はもうすぐサブロンの野に戻されるであろう。あなたにそのことを知らせようと私は先遣としてやってきた。私の仕事は平和を旨としているがあなたには戦士として語っているのだ。さしあたり今は、私が場所を移動せずともすべてを見通すことができるということだけ、承知してもらいたい。天体の出来事についても地上の出来事についても、私の視線を遮るものはない。

両軍はまずクロコディルの体内に長くいた後、エレアザールによって外に吐き出されざるを得なかった。それは両軍の中に罪深い人間もいれば、賞賛すべき人間もいたからであって、大きな災害が起こるとき、知恵がそのような配慮を示すのは、浄化と保存のための〈塩〉が、すべての人を完全に滅ぼし去ることのないためである。しかしクロコディルは、己の恐るべき敵がいるパリに両軍がすぐ戻ることを望まず、残っていた力で強力に吐き出したため、彼らは惑星と恒星の領域まで吹き飛ばされてしまった。同時に、戦士たちの中に、クロコディルに呑み込まれる前に掻き立てられていた闘志、さらにその内臓にいたことでいっそう荒れ狂うようになった闘志をそのまま残したのである。

このさまざまな戦士たちは猛烈な力で打ち上げられたため、手の届くところにあった惑星、彗星、恒星に手当たり次第しがみついた。そこから怒りで目をぎらぎら光らせながら睨み合い、新たな戦いに備えた。星に向かって彼らを吐きかけた力は、宇宙を漂うこれらの巨大な天体を思いのままに操る力も彼らに与えていた。突然、両軍は隊列を組んで互いに向かい合い、知略を尽くした作戦を展開し始めた。やがて両者は接近戦を行うことに決し、すぐに巨大な球体が間合いを詰め、轟音と共にぶつかり合う有様となった。

しかし、この方法は戦士たちの目的と復讐心を満足させるには不向きだった。というのもこれらの天体は、空中を漂う物体がすべてそうであるように、弾力性があって、空気で膨らんでいたから、ぶつかり合うことで、両軍が期待していたのとはまったく反対の結果を生むことになったのだ。激しい勢いで衝突した天体は自らの弾力性をいかんなく発揮し、互いに相手をはるか彼方にはじき飛ばしてしまった。これは自然学者たちがしっかり理解していないことだが、この世のあらゆる物体の形態を保存しているのは、間違いなくこの〈弾力性〉である。弾力性がなければ物体は破壊されるからであり、おかげで戦士たちの憤怒はここで限界を超えずに済んだのである。それ故にまた、両軍の殺意をしばらくの間抑える時間をエレアザールに与えることとなった」

第八七篇　見知らぬ人の垂訓（続き）　諸天体

「これらの衝突の間、すべての天体を注意深く観察することにしたが、それはあなたのためである。星々は美しく、著作家の中には、こうした天体、とりわけ太陽から地上のすべての礼拝、宗教教義は生まれたのだと言う者たち[1]もいる。彼らは早まった判断をする人々だが、せめてこうした天体崇拝や教義を知恵から否認されたものとして非難する宗教は、そのような断定から除くべきであっただろう。彼らの断定から除くべきであり、かつその断定が虚偽であることを証明している宗教の名誉のために、『申命記』の第四章[2]を引用してやるのもよい。それ以上のことを言うべき時は、彼らにとってまだ来ていない。

　私はこれら巨大な天体すべての表面に描かれていることを逐一書き写した。そこには無数の図が刻まれていて、私の目は釘付けになった。私はゆっくり時間をかけ、天球全体の激しい衝撃によってそれらが長い距離を移動する間、私の星だけでなく、傍に近づく他の天体、惑星、恒星の表面も観察した。

　これらの天体に描かれていたのは、さまざまな文字やヒエログリフで、動物、植物、アルファベット、楽器、玉座、武器、自然現象、火事、洪水、戦場、喉をかき切られた死体、ダイヤモンドの王冠、凱旋兵車、書物、学位、綬章、工芸に用いる諸々の道具、その他人間の発明品や自然全体から採った記号であった。

　そこにはこれらの表徴だけでなく、その表徴が示す様々な仕事や役目に従事する人間も見えた。兵士、ありとあらゆる職人、隠秘科学の学者たちである。この最後の学者たちの元には、自分の物質的な人生の運命を知りたくて、好奇心旺盛な人々が相談に訪れていた。それに対して、真の渇望に駆られた人は、自分の霊的な人生を知り、決定する力を内に持っている。

そこには夢遊病者や、精神を病んだ人々もいたが、こうした彼らの状態を招く原因は二つあることが分かった。一つは器官の肉体的な変調であり、思考機能に失調や収縮を引き起こしている場合。もう一つは本人が放埒な情愛の支配に自ら任せている場合である。というのも、意図せざる錯乱もあるが、人間の自由を誤って用いた結果生じる錯乱の方が多くある。それ故、大まかに言って、つましい勤労者階級よりも、上流の有閑階級の方に狂った人が多く見られるのだ。

数学者たちが、図形や数字を絶えず描き続けているのも見えた。それは科学的な真理の数々に自分で到達したいからなのだが、自分の中に隠されている導き手なしでは、決して真理に入り込むことはできないだろう。彼らがこの学問の最も美しい諸法則を濫用しているのも見た。本来は向こうから到来するのを待ち、観察するだけに留めるべき手段を、自力手段に置き換えようとして、当初は入り込まないと自分で決めた領域に数学を広げようとしているのだ。ひたすら自然の測量士となり、この広大な建物の外面を計測し、壁を作る様々な石材の大きさを測って決して建物の内部に入らない。しかも建物の周りに無数の足場を組んだあげく、万人にも、自分自身にも、建物自体を見えなくしてしまっているのだった。

彼らは自分たちの発見によっていとも崇高な光明のすぐそばまで突進するが、その松明を水底の泥に沈めてしまう。ほんの一瞬だけ、泥を照らし出すのが精一杯のところなのだ。数学は、本来両極端の中間の途に人間を導くようにできている。それ故、一方で数学という学問の実質的基礎が分からず、他方で自分の中にある真の光を用いないでこの学問の範囲を逸脱してしまい、道に迷うことになるのである。彼らがまったく間違って用いている基本的諸真理について、この基礎にどうやって支配されているかを慎重に念入りに観察するなら、それらの真理自体が自分の前に展開するかもしれないのだ。さらには彼らが求めている確かな結果までもが現れ、それは自分たちの操作で手に入る結果よりもずっと厳密で正確なものなのである。

錬金術師の炉のそばにいて、釜の周りであれこれ気を配っている人々も描かれていた。実験室にある器具もすべて見えた。しかし、仲間内で素人扱いしかされていない下っ端の錬金術師の傍らに、最も学識があり、唯一真理の中にあると見なされる錬金術師たちもいた。なぜなら彼らは石炭を用いていなかったからである。これら博識の錬金術師の周りを貪欲に取り囲んで、約束された宝物を食い入るように見つめている人々もいた。しかるに、私たちにとって真に有益な錬金術と宝とは、私たち自身の存在の変容であり一新なのである。

大勢の作家たちもいて、真理を導き手とすることを止め、真理の栄光のために書かず、自分の名誉と、頭の中を占める雑然と混乱した図柄にのみ関心を抱いていた。真理とは無縁の低次元な源泉が彼らの頭の中に洪水のように流れ込むのが見えた。

天体の領域や世界全体に広がって無数に細分化された観念が同時に彼らの中に入り込み、ぼんやりとした塊に変化するのも見た。それらの観念は彼らの頭から雑然と出て行き、彼らの書く本の中に入っていくのだった。それは書物の粥の場面でアカデミー会員たちに目に見える形で示されたことであり、物事の終わりは常に始まりと似ていることを彼らに理解させるためであった。それはまたウルデックがクロコディルの体内にいるときに超自然的に示されたことでもある。それは万物の照応について彼に教え、これらの膨大な寄せ集めを天体から人間の頭まで通過させることを託されたのは、誰であるかを示した。したがってまた、大勢の思想家や書物の書き手たちが地上にどのような貢献を行っているのか、彼らが自分の考案した結実だと言ってそれを差し出すとき、どれだけ己の高慢さに欺かれているかを示したのである。

狂信的な人々が血なまぐさい教義を声高にがなりたて、平和の神の名の下に同胞たちを冷酷に虐殺して、殺戮と戦の印に敬虔さの表徴を身につけるのも見た。さらに、人間のあらゆる情念が、見誤りようもない特徴で描かれているのも見た」

1―例えば、サン＝マルタンの同時代人シャルル・フランソワ・デュピュイ（一七四二―一八〇九）など。
2―『申命記』四章にはイスラエルに対するモーセの警告があり、「目を上げて天を仰ぎ、太陽、月、星といった天の万象を見て、これらに惑わされ、ひれ伏し仕えてはならない」という文がある（一九節）。

第八八篇　見知らぬ人の垂訓（続き）　照応

「こうしたことすべてを私が意味も分からずに眺めていたとしたら、何の役にも立ちはすまい。知っての通り、私はすべてを見、すべてを理解することができる。私は二つの軍隊の先遣としてやって来ただけでなく、自分が天体の中に見たことをどう理解するか、あなたに伝えに来たのである。それはあなたが真理のため、祖国の救済のためにエレアザールに対して示した熱誠の報いとして、将来受け取る恵みの初穂である。

まことに、外面的事象の次元で、地上で人間に起きることはすべて、天空を巡る全天体の表面に表示されていると知りなさい。人間がかくも念入りに、重々しく、誇りをこめて行うことは皆、時の初めから天体の外側に描かれているのだ。あなたの皮膚が小さな皺や線で覆われていて、配置や模様が無限に多様であるのと同様、これらの天体はありとあらゆる記号で埋め尽くされている。

これらの天体は絶えず天空を巡り、人間の頭に圧力をかけて、その時人間の方に向いている側の印をそこに刻み込む。さらに運行を続けて、自転の結果現れる別の図を刻んでいくのである。

この同じ自転法則によって、決まった時期に同じ点が戻って来て圧力をかけることがあり、人間に周期的に同じ刻印を行う。そのために人間は同じ思想、同じ衝動の往復運動を習慣的に行うことになる。それは地球の大洋が行う潮の満ち干とほぼ同じく、はっきりした周期で絶え間なく行われるのである。

したがって地上で人間が自慢している驚異の数々は、それほど自負心を満足させるべきものではなくなる。人間はその驚異の創造者ではなく、天体の表面が彼らの上にさしかかったときに刻印することをひたすら機械的に繰り返しているだけなのである。

それからまた、地上で起きる低次元で個別の出来事を人間が予見できたとしても誇らしく思うべきではない。それらの出来事は、天体の上に大まかな計画として描かれていて、彼らの頭の上で回転して、ただ結果だけを刻み込んでいるのである。

科学的発見や秘伝の数々、諸々の学問や技芸を自負すべきでもない。それらは皆、人間が知る前に天体の表面に書かれていて、天体が日々人間に伝える教えを繰り返しているだけなのだ。ただそこには天体よりも有害で暗い力が広大な宇宙と人間の精神とに吹き込んでいる影響も加わっている。その真相は、クロコディルが人間に向かって語った寓意の数々の中で、我知らず明るみに出したところだ。

その影響を実態通りに数え上げることはできぬが、人間の悪徳や情念に対して、今よりも寛容になるべきかもしれない。というのも、こうした悪徳や情念も同様に、これら天体の表面に描かれているのであり、この刻印によって、国々の革命や個人の変調は導かれているのである。その結果、こうした天体に少し目をやるだけで、諸民族の歴史を世の始まりから終わりまで、長大な年代記のように読むことができる。戦争、虐殺、国家の転覆、国王や皇帝の下で魔術師、占星術師、錬金術師が日々隠れて行っている秘事――中にはそうした学問を本来なら律法によって放棄すべき宗教家が行っている場合もある。それらは皆、あらゆる人間を襲う精神的発熱の自然な発作のごときものである。

しかし人間がいま少し己の知性を用いて、己の中で生じていることにいま少し注意深く耳を傾けるならば、そうした事柄への寛容性を要求する根拠はなくなる。なぜなら、自分の悪徳や情念を弁解できなくなるだけでなく、己の誤解や誤謬も弁解できなくなるからである。その理由についてこれから話そう」

第八九篇　見知らぬ人の垂訓（続き）　対立

「これらの天体は非常に数が多く、それぞれが己の計画を実行しようと躍起になっていて、互いに支え合って全体の調和に協力しようとするよりは、互いに交錯し戦い合っている。それにより、ある星の計画が別の星の計画によって妨げられるというようなことが日々起こっていて、人間が自分自身の全体的変容によって別の光明と合体しない限り、予告した事柄が成就することはほとんど当てにできない。予告は他とぶつかって邪魔されるかもしれないからである。

おかげで地上において述べ伝えられる諸々の神託は、この混乱した途ばかりを歩んでいて、かくも闇が覆っている。

おかげで地上の征服者や野心家たちの計画はしばしば挫折する。単に天体観察によるか、種々の術を混ぜ合わせた方法によってなされる奇跡や革命の予言に警戒すべきなのもこのためである。すべての予言は、なされた次の瞬間には対立する予言や計画によって反駁され、これらの予言のどれが優勢かは、実際に出来事が起こるまで分からないのである。

人間の悪徳や放蕩が天体の表面に描かれていても、人間にとって弁解の理由にはならない。なぜなら、節度、長所、美徳も一部は表面に描かれていて、人間はそれらを正しく識別する力を与えられているからだ。そうした有利な立場を利用せぬとしたら弁解の余地はないし、悪徳と美徳を識別した後でそれに合致する行動をしなければ、さらに罪深いことになる。

人間は天球を飾る全天体を自らの内で反復し、天体の表面に描かれたすべての図と文字を自らの内で反復するのであるから、今述べた真理はそれだけ確かなものとなる。わずかでもその点に関心を寄せれば、自分の安全と教化のために必要とされる観察を自らの内で行うことが永遠に可能となる。

なぜなら、人間は人間としてさらに、天体に優る力を持っているからである。天体は不確実性に満ち、混合した下位の領域で誕生したのに対し、人間は固定した領域に生まれ、その領域から影響を受けているからである。それ故人間は、天体の上にあって、そこに書かれたすべての符号を移し替え、誤っていたり有害になり得そうな符号を抹消し、真実の符号の作用を広げて、自らを強力な守護者とする特権を持っている。そのため、真理の性格を担っていない天体の計画や刻印、心情や美徳に関する事柄にせよ、知性や精神に関する事柄にせよ、自らを惑わすようなものに対して、なんら恐れを抱く必要はない。

いま一つ、あなた個人に益することを付け加えると、人間の中のこうした符号の矯正にこそ、人間の本当の変容がある。そこにこそすべての人間が地上で勝ち取るべき真の勝利を特徴付けるものがある。この狭い道を通ってのみ、人間は平和と光と真理の領域を征服できるのだ。

生涯の残りの日々を倦《う》まず弛《たゆ》まずそのために努力するがいい。この業に根気強く従事すれば、やがてその果実を摘むことになろう。その主要な成果は、天体の領域たる運命の領域の、あらゆる桎梏《しっこく》から解放されることにある。また天体の領域よりはるか上にのぼって、時も運命もない、人間の故郷である領域に霊において帰還することになる。そこでのみ、人間を原初形作っていた要素・性質である休息と、生命と、知を見出すことができるのである。

いま私が教えたことを活用できるなら、あなた個人のためにはこの点だけでこと足りる。しかし、私が元いた天体の領域で、二つの軍隊に何が起きたかについて話すことで、新たな知識をさらに授けよう」

第九〇篇　見知らぬ人の垂訓（続き）　衝撃　両軍の帰還

「衝撃が最大級に大きく、蒼穹全体が砕け散るかと思われたとき、戦士たちの知らぬ隠れた力が両軍の動きを再び変え、星々の間から、これら異質の存在を除こうとした。エレアザールがサブロンの野で行った儀式が、その業の準備となっていた。そしてあなたとエレアザールが一緒に行ったことが、それを完成させたのだ。

その儀式は、クロコディルに息を強く吸い込ませた。両軍を天体まで吹き飛ばしたのもクロコディルの息だったが、今度はその同じ息が、両軍を避難先の天体からクロコディルの意志に反して引き寄せたのである。

この未知の力が感じられた瞬間、天体の領域が陥った動揺はなにものにも比べられない。勝機がわずかしか残っていないと見たクロコディルが、それを何とか広げようと、全力を尽くしたからである。

あなたが地上で感じた激しい竜巻は、クロコディルの憤激の結果だったことになる。先ほど述べた照応の法則から、上空の領域での混乱ぶりがいかなるものであったか、判断してみるがいい。いまは平穏が回復し、両軍は空中を戻って来つつあって、地上での彼らの運命を定めんとしているのだ」

第九一篇　見知らぬ人の垂訓（続き）　両軍が天体の間に留まった効果

「この知られざる力は両軍を天体の間から引き離しただけに留まらず、軍隊の成員一人一人に対して、これまた尋常ならざる効果を及ぼしたのである。

彼らがクロコディルの体内に留まっていた間の様子は、人間がこの地上に住むようになってからの、またそれ以前における、極めて重要な真理をいくつかあなたに教えた。その真理とは、人間が己の本質的存在の維持、および上位の規則的能力の育成と成長について、いくら気を配っても配り足りないということである。この点をなおざりにすることは、自分と同じ領域に住む人々に大きな影響を与え、己の無分別がもたらす有害な結果に巻き込む可能性がある。

そのことは、クロコディルが反乱軍だけでなく、大義を守ろうとした軍隊をも呑み込んでしまったという驚くべき奇跡によって示され、また日々地上で繰り返されているところでもある。

だがこの法則の中にこそ、これほど多くの災いに対する救済手段がある。というのも、それは同時に正義を貪欲に求める善なる人々の、良き性質をすべて引き出してくれるからである。

そのため、最初の罪人が己の悪徳と共に深淵に呑み込まれたとき、その美徳もまた一緒に呑み込まれたのであり、万物の永遠の理性は、そこに普遍の〈調整者〉を送り届ける手段を見出した。それは罪人がさらに高く上ることができるまで、一時的な矯正の途、すなわち星辰《アストラル》的な途に乗せたのである。

　エレアザールが両軍をクロコディルの体内から引き出した後、彼らが天体の領域まで持ち上げられるに任せたのは、この人間の原初の解放を再現したのである。天体の領域は、人間が地上に住まうようになって以来、一時的な〈調整者〉のごときものとなっている。そこにおいて人間は忍耐強い諦念を以て、この予備的矯正の途で絶えず遭遇する無数の危険に警戒するよう求められている。

　クロコディルに両軍を天体の領域まで吹き飛ばさせたことにより、エレアザールは悪から善を引き出すことができた。それに対してクロコディルは善から悪を引き出すことしかできなかった。というのも、クロコディルの体内では罪なき人々も罪人と一緒に責められていたが、星辰《アストラル》領域では、良き導き手に見守られているなら、罪人さえも罪なき人々の解放と矯正に含まれ得るのだ。人間は生涯いついかなる瞬間においても、この解放を自らにもたらすことができる。というのも、人間の中で真宰の思考と虚偽の思考は日々、今日それらを包み込んでいる星辰《アストラル》領域において戦い合っているからである。

　この望ましい効果は、古代の未開の時代の方が、時代を経た後よりも、より広く及んでいた。なぜなら、天体の及ぼす力が現在よりも自由に働いており、人間の側でも、後世より敵の毒にさらされる時間が少なかったからである。今日、蓄積する毒の量は膨大なものとなり、自然を支配する星辰《アストラル》的な力全体に広がった災いの手から、奇跡的に逃れられるのが何百万人の内で一人しかいない状態になっている。

それ故、地上において無傷で身を守れる人間がいかに少ないかが分かるだろう。それに対して、この星辰的《アストラル》な修正の力を自分の利益、自分の回復のために利用せず、自らの滅びのためにのみ用いている人の数はいかばかりであろうか。彼らはその力の無分別で絶対的な奴隷となって支配されるがままとなり、さらに貪欲で残虐な敵の卑劣で恥ずべき玩具とさえなってしまう。敵とはその力を無効にして己の力に置き換えようと絶えず付け狙う存在で、その企みはまんまと成功することがしばしばあるのだ。

この星辰的《アストラル》な回復力がもたらす好ましい効果は、かつての方が今よりも広く及んでいたと言ったが、エレアザールの力がこの状況下、原初の効力を一部取り戻させたということも言っておこう。その望ましい結果は両軍にも感じられた。

しかし、人間の自由によって与えられた不可侵の権利があるせいで、両軍の構成員は、エレアザールの力によって得た有利な立場を皆が皆同じように利用したわけではなかった。しかし、得られた果実はそれなりに多く、エレアザールは自らの成果に満足することができた。この壮大な計画において、韃靼人の女もいくらか役に立った。また、とある会からの強力な支援も特別にあった。その会は一般の人々には知られていなかったが、エレアザールは未だその会の一員ではないながらも存在を知っていた。

この会とは、地上で唯一、神的な性質を持った会の実質的似像で、私こそその創始者であるとここで告げておこう。

その会の主たる指導者はラシェルがウルデックにその本当の名を教えた女であり、それまでウルデックは宝石細工師の妻と考えていた。女の夫が宝石細工師というのは本当で、物質的な火が溶かすことができないダイヤモンドだけを削っている。そしてこの宝石細工師こそ、今あなたに語っている本人であり、その助けがやがてエレアザールにもあなたにも不可欠となるであろう。これ以上のことは言わない。さらば、セディール、いざ立つがいい」

第九二篇　セディールがエレアザールの傍らに戻る　エレアザールの力が与える効果

セディールは立ち上がり、エレアザールの傍らに戻ることができて大いに喜んだ。そうして彼に向かい息せき切って、しかし手短に、今起きたこと、自身非常に驚かされたことを報告した。エレアザールは友との再会を喜び、また話を聴いて喜んで、言った。「セディールよ、あなたと私が今受けた攻撃は猛烈なものでした。しかし、さらに大きな不幸を耐えなければならない時が近づいています。だが、かくも多くの危機から救って下さった方を信頼することを止めさえしなければ、こうした労苦の果実を摘むことを期待できましょう」

エレアザールがこの言葉を言い終えると、空中に赤茶色をした球体が、炎を撒き散らしながら、サブロンの野に向かって高速で落下してくるのが見えた。その球体のすぐ上には、もう少し小さく、まだら模様の灰色の球体がいくつか、同じ速さ、同じ方向に向かって落下していた。さらに、もっと高いところから、さらに数多く、色はもう少し明るい球体が落下してきていた。

エレアザールとセディールは多くの予告を耳にしていたので、この現象にはそれほど驚くことなく、むしろ歓喜した。しかしそれを目撃した他のすべての人々は大いに驚き、市内に残っていた人々も皆同じであっただろう。彼らはこの現象の源が何か、結果はどうなるのか、分からなかったからである。落下する一団が皆サブロンの野を目指していたことも知る由がなかった。

ラシェルも彼らと同様この光景を感嘆して見ていた。その真の目的は分からなかったが、父親の身の安全を願う気持ちと熱意がさらに増すばかりで、何とか父の大いなる計画が成功裏に終わり、一刻も早く、父自ら報せを伝えに来てもらいたいと強く願うのだった。

志願兵ウルデックの境遇にも、とても無関心ではいられなかった。何か事が起きたときには、彼の保護を心がけるよう託されていたからである。数々の動揺が起きて、心は立ち騒ぎ、早く一段落してくれるよう願う力もなかった。しかし父の明確な言いつけを守り、彼女はパリに留まって、自らの存在と祈りによって、できる限りの慰めと保護を街にもたらそうとしていた。落下してくる球体もしくは風船は何なのか、知りたくてたまらなかったが、彼女もまた他の人々同様、どこを目指しているのか、どこに落下するのか、分からなかった。

〈のっぽの痩せ男〉とその郎党たちは、これから起こる大いなる異変と、その舞台となるべき場所を承知していた。クロコディルがそれについて知らせていたからであり、自分の知っているわずかな事情を教えていたからである。しかしあらかじめ結果をすべて明確に知るにはほど遠い状態にあった。

第九三篇　思いがけぬしるしにセディールは喜びで満たされる

それらの球体を見て、エレアザールはセディールの手を握り、言った。「つい先ほど、あなたが不思議な状態に置かれていた間に聴いたことが、いよいよ確証されます。それが錯覚でもなければ嘘でもないことがはっきり証拠立てられるのです。私の手よりも、そしておよそあなたが知っているどんなものよりも強力な手が、私たちすべてを支え、救いの手を差し伸べなければ、私たちの力、能力は何の役にも立ちません。私たちを戦わせるのは、いやむしろ私たちのために戦い、勝利してくれるのはその手なのです」

セディールはその瞬間、我を忘れたように、一人の人を指さして言った。「あの人です、あの人です。あれが先ほど私に話しかけた人です。いやむしろ、私が覚えた熱い火の感覚によって、あの人はその力そのものに使われ、遣わされた人だろうと想像します。エレアザール、エレアザール。これほどの恵みに値するようなことを私は何かしたでしょうか」

エレアザールにもこの人物の姿は見えており、その来訪の目的についてはセディールよりもよく承知していた。

この人物は、空の星よりもはるかに輝き、彼らから三、四歩の近さまで重々しく進んできた。そこで立ち止まると、高らかな声で言った。「エレアザールよ、エレアザールよ。近くに寄りなさい」セディールは畏れ多くてその場から動けず、ただ目を見開いて見つめるだけであったが、エレアザールはすぐ呼びかけに応えて進んだ。そうしてほとばしる感激を籠め、へりくだって穏やかに、指示に従う用意はできている旨答えた。

するとその人物は言った。「エレアザールよ、エレアザールよ。あなたは独立者の会への入会を認められた。これから先、あなたが先頭に立って残りの業を行うには、この地位が与えられなければならない。ここまであなたが堪え忍んできた諸々の業によって、その地位を手に入れたのだ。この会において、入会の誓願はすべて人間の行う業によってなされ、心の内部で感じられる知恵自ら、その業が報われることを告げ、入会の儀式をすべて執り行うのである。私からあなたに教えるべきことは他にない。あなたが得た新たな地位は、今後何をなすべきかについて、絶えず明瞭に教えてくれるはずである」そう言って、その人物は姿を消した。

エレアザールがその新たな地位を用いて最初に行ったことは、すぐにセディールの方を向いて次のように言うことであった。「セディール、今後私は人間が持つ真の原動力、原初の途によって歩むことを求められました。これまで私に役立ってくれた他の手段はすべて、もはや頼るべきではありません。もう使わない方が良いでしょう。あなたと私はそれぞれ持てる力によって、最高に名誉ある企てを行うべく結びついているのですから、あなたもあなたなりにその企てに加わって下されば、業は大いに進捗します。ですから、私の手からこの貴重な器を受け取って頂きたい。器よりもさらに貴重な内部の粉によって、数多くの奇跡が生じたことは目撃されたでしょう。その成分のことも、使い方も、大体はご存知だ。訓練をすれば、さらにその知識は完璧なものとなります。これから行うべき業において、私は隠れて先頭に立たねばなりませんが、あなたはご自分のいるところで、私よりも表に立って活動しなければなりません。私からあなたに進呈するこの贈り物は、あなたの熱意に対する報酬であると共に、その戦いにおいてあなたをしっかりと支えることでしょう」

セディールは、手に入れたいなどとは微塵も思わなかったこの比類無き宝を受け取って有頂天になり、涙を流さんばかりに感動した。消え去った堂々たる人物の姿を思い浮かべつつ、招命を受けた業の実行に対する熱意に燃えて、感謝のあまりエレアザールを抱擁した。それから二人は足を速め、クロコディルが数々の驚異を行って、既に有名になった件の場所に到着した。

第九四篇　両軍が空中に現れる

いかにもそれは、球体を用いて天体から降ってきた二つの軍隊であった。まず反乱軍が、頭目を先頭に降りてきた。それぞれの球体は地面に着いて、乗っていた兵士を下ろすと、水になって砂の中に染みこんでいった。反乱軍が到着したのはサブロンの野の、正にクロコディルが最初に現れた地点であった。正規軍の方は少し後で、いくらか離れた場所に、同じ方法で着陸した。彼らを運んできた球体も確かに水となって溶けたが、その水は砂に流れ出す代わりに、きらきら輝く軽やかな蒸気となって立ち上り、それは銀の露にも喩えられそうな様子だった。

第九五篇　クロコディルが自軍を戦闘隊形にする

相変わらず男装をした〈貫禄のある女〉と〈のっぽの痩せ男〉は、クロコディルの命を受け、かくも名高く重要な場所に既に赴いていた。そうして自分たちが後ろ盾となっている反乱軍が到着し、すべての成員が着陸するのを目撃した。

しかし、その二人も反乱軍の兵士たちも、救国軍の到着には気付かなかった。正義に目配りする手の力はそれほど大きかったのである。赤茶色の球体から出てきた兵士たちの中に、例の将軍ロゾンがいた。その名は悪の頭目を意味し[1]、恐らく一人で軍全体を合わせた以上の災いを首都にもたらした人物である。

二人の悪人とロゾンは今まで以上に、互いの絆を固めた。二人は彼がいない間に起きた不思議な出来事の数々をすぐに伝えた。さらに、諸々の災いを吹き込んだのと同じ精神、同じ役割によって彼らはすぐに結びつくことになった。というのも、ロゾンとその部隊が地面に降り立つや、クロコディル自身がその場に現れたのである。その姿は人間の将軍そのままで、きらびやかな軍服を身に纏い、大きな羽根飾りのついた帽子をかぶり、指揮杖を手に持ち、見事な駿馬にまたがっていた。

傍らには三人の手下を呼んで副官として付き従え、決して持ち場を放棄しないよう誓わせた。自分自身は駿馬《しゅんめ》に騎乗していたが、三名には馬を与えず、徒《かち》のままとした。ただし、自分がどう動いてもついてこられるように、驚くべき敏捷性を与え、自らが前進、後退、上昇、飛躍する際には彼らも同じように前進、後退、上昇、飛躍できるようにした。その結果、三名はクロコディルとは別の存在でありながら、実際には一体となっているに等しかった。

このように三人の副官を配置すると、クロコディルは言った。「我が栄えある偉業に協力する勇士たちよ。いよいよ赫々たる勝利を得る時が来た。恐るべき敵が我輩の言葉にまで強力な障壁のごときものを築き、敵を倒さんとする我が計画の完成を妨げたが、ここでは奴の目論見は成就すまい。アリデルの勝利は束の間のものではあったが、おかげで敵の意に反して言葉が我輩のもとに戻ってきたのだ。恐るべき敵はここから遠からぬ場所にいることは承知している。奴が現れ次第、何としても打ち倒さねばならぬ。我らが支配を取り戻すためにはそれが唯一の手段なのだ。敵の軍隊はまだ降りてきておらぬから、我々に与えられたこの好機を利用しようではないか」

この短い訓示を終えると、クロコディルは全軍に戦闘隊形を整えさせた。軍はその場にいた悪漢でふくれあがり、彼らと暴徒たちは既に互いの計画を練るために話し合い、互いに情報を交換し合っていた。クロコディルは中央に位置し、動き出す時を待っていた。敵のエレアザールが遠からぬ場所にいると言ったことは正しかったが、乗っている馬のすぐ鼻先まで近づいていて、直後にこの恐るべき相手の力を知ることになろうとは想像していなかった。実は彼の目は見えなくなっていて、そのことが彼を敗北へと導こうとしていたのである。

このようにして、新たな将軍が反乱軍の備えを固めている間に、正義の軍隊にはまずセディールとエレアザールが加わっていた。この救国軍の兵士たちはセディールの姿を遠くから認めるや、歓喜の声を挙げ、帽子を空高く投げ上げた。セディールが近づいていくと、喜びの声はさらに高くなった。セディール自身も、満足の気持ちを外に顕さずにはいられなかった。同時に、国に身を捧げてかくも多くの労苦と、かくも多くの異常な冒険を経験した勇敢な市民たちを見て、大いに心動かされた。彼らはセディールに向かって我勝ちにその冒険の内容を聞かせようとするのであった。

するとセディールはエレアザールを示しながら言った。「その話はしてくれなくてもいい。ここにおられる貴重な友を通じて、諸君がここでクロコディルに呑み込まれてから、星の上に吹き飛ばされ、先ほど降りて来るまでのことは全部知っている。この友はもう私から離れることなく、諸君の使命を完遂する手助けをしに来てくれたのだ。この地上で、これ以上信頼し得る支え、これ以上確かな友は持ち得ない。今はそれ以上のことは言わない。時間が迫っている。一刻も惜しまず、隊列を整えて戦いの準備をして欲しい。見ての通り、敵は正面にあり、恐ろしい将軍に率いられている。エレアザールと私が最初に攻撃をしかけるから、合図があるまで動いてはならない」

その言葉が終わったときに、志願兵ウルデックが到着した。雲間から球体が降りてくるのを見て、この場に導かれてきたのである。新たな抱擁が、彼と兵士たちの間にもっと熱烈に行われた。お互いに危機を共にし、その後しばらく隔てられていただけに、再会の喜びはひとしおだったのである。ウルデックはラシェルの元に駆けつけて、この吉報とエレアザールの身の安全を告げて安心させたいと願っていた。しかし、国を救いたいという気持ちと名誉心が彼を引き留めていた。目の前に待ち受けている勲《いさお》を取り逃がすまいと、仲間たちの列に加わった。彼らには語り合うべきことがどれだけあっただろうか。現下の状況で許された時間は短かったが、それでも彼らが語り合ったことは多かった。

1—由来は不明。

第九六篇　クロコディルの変身

彼らがこうして心情を吐露し合っている間に、エレアザールとセディールは姿を消して反乱軍の傍まで、高慢な将軍が気付かぬうちに近づいた。それは彼が言葉を取り戻したことを自慢気に語った直後のことであった。エレアザールは依然として姿を見せぬまま、クロコディルに向かって言った。「言葉を取り戻したと言うが、長続きはせぬぞ。この手がお前の前で閉じられると共に、お前は言葉を失うのだ」

その瞬間、高慢な将軍は視力を取り戻した。エレアザールとセディールは両手を開いて進み、クロコディルの前で閉じる。ただちにクロコディルの唇は閉じられ、開けられなくなってしまった。彼の顔には激高が浮かび、全身が怒りに捉えられた。三人の副官たちもその激高、怒り、そして恥を共有し、口がきけなくなってしまった。クロコディルによって繋ぎ止められ、運命を共にしていたからである。クロコディルは我を忘れて馬に乗ったまま二人の敵に飛びかからんとし、部下たちに対しては身振りで彼らを取り囲むよう命じた。将軍が一歩前進すると、軍隊の両翼は半円形の布陣となった。

しかしエレアザールとセディールは彼に向かって同時に、声に出すことなく、言った。

「我々に対して、そして我々の導き手たる警戒怠りなき目に対して、立ち勝れると思ったら大間違いだ。お前の屈辱はまだこれで終わりではない。言葉を奪われるだけでなく、その変装も奪われねば済まぬのだ。その人間の格好、仰々しい飾りで我々を圧倒した気になっているが、その表面の下に何があるか、我々は知っている。我々はお前の化けの皮をはぐ力を持っている。その証に、我々の閉じられた手がお前の前で開かれると共に、お前のこけおどしの姿形はすぐに奪われる」

その瞬間、二人がクロコディルの前で両手を開くと、ただその行為のみによって、大胆不敵な将軍は一瞬で姿を変え、人間と馬の代わりに、見たこともないほど長く、信じられないくらい大きな口を開けた、醜く汚らしい鰐しか見えなくなった。

副官たちの姿はそのままで、鰐に姿を変えて動き回る将軍に相変わらず付き従っていた。味方の兵士たちはこの突然の変身に驚き、後ずさりを始めた。クロコディルは体制を立て直そうと、両翼を行ったり来たり駆け巡り、副官たちも一緒に走った。しかしその醜悪な姿は兵士たちをさらに怖れさせた。兵の闘志を掻き立てようとすればするほど恐怖を吹き込むことになって、軍勢はじりじりと後退し、エレアザールとセディールの神秘的儀式によって入念な準備が施されていた特別な場所を通り越してしまった。結果その場所は、反乱軍の後ろにあったものが今では手前側になった。クロコディルも軍隊の動きに従っていたので、そのすぐ傍に近づいた。

救国軍の方はこうした奇跡を賛嘆して眺め、自分たちも接近したいと熱望していた。しかし、セディールの命令に従って、合図があるのをじっと待っていた。打ち負かすべき主たる敵は、兵士たちの普通の武器で戦えるような相手ではなかったので、まだその時は来ていなかったのである。

実際、クロコディルは暴れ回ったあげく、体の穴という穴からどろどろとした泡を吹き出し、それは耐えがたい悪臭を放った。さらに口からは大量の炎が吹き出て、いかに勇敢な兵士でも怖じ気づかずにはいられなかった。この泡と炎は混じり合い、ありとあらゆる害獣害虫に変化して、空中を大挙して飛び回り、辺り全体を埋め尽くしてしまったため、何も見えず、息をすることもできない。

その時、セディールは怯まず、エレアザールから受け取った宝を今こそ用いるときだと感じた。貴重な器を手に取ると、中の粉をつまんで、醜悪な害獣害虫めがけて四方八方に撒いた。その儀式を四度繰り返すとようやく獣たちは消え、辺りは明るくなった。しかしそれでもクロコディルが口から火を、体の穴から泡を出すことは防げず、それらが混じりあって生じるものを消し去って無力にするだけが精一杯だった。

だがこのように視野が晴れた後、彼は何を目撃しただろうか。エレアザールその人が、炎を放つ大きく開けたクロコディルの口の中に立ち、恐るべき瘴気をものともせず、危険など何もないかのように、まったく平静に歩んでいたのである。

立ったままの人間を入れられるくらい大きい、この燃え立つ口に入っただけで、エレアザールはこの怪物を身動きできぬ状態に陥れていた。中に入って十五歩歩くと、それほど長くはない怪物の舌に到達した。その十五歩目に達するや、怪物はもはや炎も泡も吐き出さなくなった。エレアザールは入るときと同じように静かに引き下がり、口を出ると、怪物に動きを取り戻させたが、それは自ら滅びに向かう動きだった。

第九七篇　クロコディルの痙攣

クロコディルは迫り来る危険を察知し、エレアザールとセディールの業がもたらす威力を感じて、狂ったように身をよじり始めた。ある時は頭から尻尾まで全身を大きく反らし、それは剛胆な者たちでも怖れずにはいられなかったが、三人の副官たちは怯まず、彼を見捨てることがなかった。ある時は二十ピエも空中に飛び上がって、物凄い轟音を立てて地面に落下したが、三人の副官は共に飛び上がって、彼を見捨てることがなかった。ある時は彼にとっていとも恐ろしく、必死で敬遠していた場所の周りを、狂ったようにぐるぐると回ったが、三人の副官はどこまでも付き従い、彼を見捨てることがなかった。これほどの危険な境遇と不運の中で、冷静沈着に務めを果たし続けた兵士は他にいなかったとも言えよう。

しかし運命の時が正に近づいていた。エレアザールとセディール、そして目に見えぬ人物は、用意した場所に向けて強力な息を遠くから吹きかけた。これを見ているウルデックはいてもたってもいられなかったが、彼らの懸命に立ち働く姿に敬意を表して、勝利を心の内で熱く祈っていた。ラシェルは依然としてパリ市内にいてその守護のために協力していたが、かの強力な息によって引き起こされた密やかな衝撃を感じ、それによって勇気と情熱を新たに掻き立てられていた。韃靼人の女は先の二回と同様星の姿をして現れた。ジョフ夫人を先頭にした独立者の会が活動していることも疑いなかった。こうしたすべての手段に助けられたとあれば、大義が徐々に優勢となっていかないことがあるだろうか。

実際その瞬間に、用意された場所が口を開き、辺りの空気が猛烈な力でごうごうと音を立てて吸い込まれていった。クロコディルは恐れおののいて最後の飛躍を行ったが、その勢いが急であまりに強烈だったので、三人の副官をつなぎ止めていた秘密の絆が強い振動で切れてしまった。頭目から遠く離れた場所に荒々しく放り出された三人は意識を失って、傷だらけで横たわった。彼らはただちに衛兵に引き渡されたが、法の裁きが処遇を決めるまで、一切危害を加えてはならないという命令も出された。この災いによって、怪物の痙攣はさらに激しくなるばかりであった。

第九八篇　クロコディルの途方もない吐出

クロコディルは先に二つの軍隊と、体内に閉じ込められていた人間たちの内で赦《ゆる》される可能性のある者すべてを吐き出したが、それだけでは足りなかった。地上にかくも多くの災いを撒き散らすための毒まで一緒に吐き出さねばならず、あとは己の存在を構成していて、決して分離し得ない毒素のみが残った。

激しい振動のせいでクロコディルが吐き出したのは二つの文字で、その名前については伝わっていない。ただ、それらの文字は瓜二つで、実際には一つの文字であると言われている。それはまず縦の線から始まり、そこに舌を出して開けた口のような形が加わる。しかしすぐに舌のない閉じた口のような形となり、最終的にそれが二重になるのである。[1]

この二つの文字は怪物の口から出ると、強烈なヒ素の臭いを発し、すぐに人間の頭を二つ持つ生き物を作り出した。一つの頭はじっとしていて、もう一つの頭は絶えず回転しており、体は毛むくじゃらで、その毛一本一本が虫や蛆であった。さらに尻尾があって、それはあらゆる金属を混ぜ合わせたような物質でできていた。それ故、この二つの文字は、人間の思考をぐるぐる回して凝固させる役割を果たしていて、正常な実体化をことごとく妨げる、金属の万能鉱化剤であることが分かった。二つの文字によって作られたこの生物は蒸気のみからできており、口を開けた深淵の上をさっと通り抜けて、大気中に消えてしまった。

1―この二つの文字が何を指しているか不明。ラテン文字ではない可能性（ヘブライ文字など）もある。

第九九篇　クロコディルの処罰

副官たちと、そして自然とも人間の思考とも一切の繋がりを断たれてしまった怪物は、最後のあがきに打って出ようと、五十ピエの高さまで飛び上がった。しかし落ちてくるときに口を開けた深淵が引き寄せる空気の流れに耐えきれず、その中に吸い込まれてエジプトの地中まで到達し、今まで以上に強い力でピラミッドの下に繋ぎ止められてしまった。これ以降はもう世界を経巡ることもできないであろう。というのも我らが三人の術士たちは、新たに強く息を吹きかけたので、クロコディルを呑み込んだ深淵のみならず、この残虐な敵が出てきそうな地上のすべての穴も塞いでしまったのである。すると深淵の中から、次のような言葉が聞こえてきた。「我らが統治は終わった。我らの希望はすべて潰えた」

第一〇〇篇　勝利の果実

その瞬間、怪物の消滅がもたらした自然の結果なのか、兵士たちが天体の間での滞在から持ち帰った好影響なのか、二つの軍隊は自ら進んで武器を投げ捨て、あっという間に相手のところに駆け寄って、我勝ちに友好のしるしを示した。それぞれが自分の敵を抱擁し、もはや敵対する者はなく、一家の兄弟のような有様となった。心から発する親愛の情を存分に交わし合った後、再び武器を取ったが、もはや敵も味方もない一つの集団になっていた。かつて反乱軍であった者たちは正規軍と同一視されるよう望み、武器を取ったのも指示された保管場所に持って行くためであった。

同時に三人の副官たちも目覚め、クロコディルの姿が見えないことに恐れおののき、味方に見捨てられて敵軍の手に委ねられたことを恥じ入っていた。

怪物の敗北に加えて、そのような情景を目にしたことで、エレアザールとセディールは過酷な作業を支えてくれた強力な存在に対して、篤い感謝の念を抱いた。彼らの信仰が暗黙の内に協力して、心の中の敬虔な祈りが要求するところを満足させたのである。目に見えぬ人は二人に対して、自らの存在の証拠をいま一度密かに与え、セディールに対しては正義に対する信頼と献身を示した報いに、以前からずっとエレアザールに対して与えている恵みをさらに彼にも与え続ける旨、心の中にそっと吹き込んだ。

志願兵ウルデックも急いで仲間に加わり、彼らの栄えある勝利を見ていかに感じ入ったかを縷々《るる》語って聞かせた。彼にとって一つ残念だったのは、敬愛すべきラシェルが、まさに彼女の美しい魂のためにあるような、それらの感動的な光景を目撃できなかったことであった。ラシェルの元へ、この見事な勝利と、幸いに満ちた状況を報告しに赴こうとしたその時、彼は思いもよらない光景に引き留められた。その光景はすべての人が見ることができたが、三人の副官にはその資格がなく、目から覆い隠されていた。その光景とは以下のようなものである。

この世の始まりの直後からクロコディルの許に遣わされ、過酷な条件を課せられていた全ての学問が、戦場の上空に、まばゆいばかりに美しい乙女の姿となって現れた。乙女たちは雪のように白い衣装を纏い、帯には金の鍵を差し、喜びに満ち溢れた様子で手に手を取り合っていた。

乙女らは透き通った声で言った。「とうとう〈時間の鋳型〉は壊れました。ようやく、何世紀にもわたって私たちを押さえつけ繋ぎ止め、生命の原理すら奪っていた桎梏から解放されました。これから私たちは皆、永遠の絆をもって生命の原理と共に生きて行きます。私たちを解放して下さった勇者に恵みあらんことを」

第一〇一篇　ウルデックの渇望が叶えられる

この不思議な光景が現れるとすぐ、驚きの次にウルデックが感じたのは、ラシェルにこの場にいてもらいたいという、いや増す渇望であった。そこで彼はこれらの輝かしい姿の中にジョフ夫人を探したが、見つけられなかった。しかし、心の底で、ラシェルが前に言った優しい言葉を再び聞いた。「私はあの方としか一緒にいられないのです」

この追憶が強烈に作用した結果、ラシェルに対する彼の願いがさらに強くなって効力を発し、突然ラシェル自身がウルデックの傍らに現れて、誰もが驚いた。それは乙女たちの賛歌が終わらないうちだったため、彼女も最後の部分を聞くことができた。彼女はウルデックの渇望の魔術的な力によって、一瞬のうちにここまで運ばれてきたのだった。彼女は〈書物の災い〉が止み、平和と豊かさがパリに戻って、先ほどから全都に歓喜が広がっているという報せを携えてきた。思いがけないラシェルの到来を見て、ウルデックの有頂天、エレアザールとセディールの歓喜は筆舌に尽くせぬものがあった。

賛歌の最後にあった、エレアザールを称える言葉を聞いてラシェルは喜んだが、この立派な父について、彼女が感じた満足は実はこれだけではなかった。この有徳のユダヤ人自身ではないものの、彼の似姿が空中に現れ、若き乙女たちから輝かしい偉業の褒賞として、目も眩む輝きの棕櫚《しゅろ》の枝を受け取るところが、ラシェルとその場にいる人々皆に目撃されたという。

さらにこの興味深い場面の傍らに突然寺院が現れ、そこには「記憶の神殿」と書かれていたという。そして乙女の一人が声高らかに述べた。「これこそ、地上のすべての学者があこがれる寺院です」

寺院の扉が開き、内部の乱雑な大広間が見えたが、中には誰もいなかった。乙女は言った。「学者たちは、己の記憶の寺院についての考えを死後いかに改めなければならないか、これによってお知り下さい」

寺院の屋根が壊れているのも見え、乙女は言った。「天文学者たちが、考えなしに屋根に天文台を作って、傷をつけてしまったのです。彼らはもうそこで観察を続けることができません。しかも、もしも才能豊かな人々が、天空の使者たちの運行を規則的に描いて見せるだけでなく、これらの使者たちに委ねられた通信の中味も人に教えていたならば、失われたものはもっと大きいでしょう。知っての通り、人間というのは報せを運ぶ者たちの経路よりも、報せそのものに興味を持つものだからです」

煙突の天辺には、少し煤に汚れた人が何人かいて、こうした折りに煙突掃除夫たちが日常的に歌う歌を歌っていた。乙女は言った。「これは記憶の神殿に居場所を見つけられなかった詩人たちで、沈黙して人に知られぬままでいるよりは、煙突掃除夫として働いて歌を聴いてもらった方がいいと思ったのです」

換気窓からは地下室が見え、長いガウンを着た人物が、籠の中の鳥たちに向かって、高名な人物の名を発音するように教えていた。乙女は言った。「彼らは不朽の名声の寺院に自分では入ることができなかった哲学者たちで、人に知られぬまま、噂にも上らないよりは、知性を持たぬ存在である鳥たちに褒め称えられる方を好んだのです」

寺院の壁は、屋根が壊れていたせいで水をかぶり、多くの割れ目があった。同時に漆喰《しっくい》を肩に担いだ男たちが、この割れ目を修復しようと、長い梯子を登っているのが見えた。しかしあまりにのろのろと登るので、目当ての場所に届く前に漆喰が乾いてしまい、塗ろうとすると地面に落ちてしまうのだった。乙女は言った。「これは人間の空しい学問に一生を費やした博士たちで、自分の仕事の欺瞞性に目を開くことなく、このつましくも不毛な作業を行って、ここでまだ役に立てると信じています。自分が不朽の名声の寺院に重要な位置が与えられると信じ込んでいましたが、ただ寺院の表面でのみ仕事をして、ひたすら雑役夫として、絶えずやり甲斐のない修復ばかりせざるを得なくなっています」この最後の言葉が終わると、すべては消滅した。

あるものは人に歓喜を呼び起こし、あるものは驚愕をもたらしたこれらの場面が終了すると、セディール、エレアザール、ラシェル、ウルデック、そしてすべての兵隊たちはパリに戻り、全住民の歓呼の声に迎えられた。彼らはこの素晴らしい人物たちと、それに付き従う勇敢な戦士たちに、熱狂的な歓迎の意を示そうとひしめき合った。

伝えられるところによると、この後エレアザールは穏やかな生活に立ち戻り、真のキリスト教徒の信仰に対する忠誠を隠さなくなったという。それはセディールに最初に会ったときに十分伝えていた信条であったが、これ以上表明を遅らせることはできないと考えたのである。

また伝えられるところによると、ほどなくして自分の持つ至高の知識を、これ以上ふさわしい人はいないと考えて、志願兵ウルデックに授けたという。

さらに伝えられるところによれば、ウルデックのラシェルに対する、またラシェルのウルデックに対する愛情が高まるのを見て、エレアザールは二人が婚姻の絆で結ばれることを許したという。その結びつきは、いとも純粋な美徳と良識に満ちた敬虔さとに基づいていたため、エレアザールにとっても二人にとっても、通常の夫婦関係には見られないような、至福の尽きざる源となった。有徳の士セディールは、二人の親友の知識を念入りに育み、彼らの幸福を増して共有することができた。さらにセディールとラシェルとウルデックは後に独立者の会への入会を許され、会の栄誉を担う中心的な会員となった。そして、ジョフ夫人、ならびにその夫である宝石細工師もしくは見えざる人と、常にごく親密に生きていったという。

第一〇二篇　三人の悪人の断罪　減刑

（かくして親愛なる読者よ。諸君に伝えるべきは、残りこれだけである。すなわち、セディールは職務によって、三人の悪人の訴追をせねばならなかった。国の法律に従えば、極刑に処せられるところであったが、裁判所に起訴したセディールが、引き続いて政府に恩赦を求めたのであった。

　彼は残酷な判決を緩和することを望んだが
　その悪党たちを捕らえておくために
　サブロンの野を
　彼らの終身牢獄と定めた

だが砦がなかったので
三つの塔を建てさせた）

第七〇篇　アタランテの描写（続き）「観念の形成に及ぼす記号の影響とは何か」という学士院の問いに対する〈プシコグラフ〉の一時的回答

記号の性質について

自然の事物には色、香り、形態、寸法のような外面的性質があるが、内面的性質もあって、これは外皮を取り去り、内側に隠れたものを暴露しなければ把握は不可能である。金属中の硫黄、味、根源塩、植物の樹液などは、そのような条件がなければ手は届かない。

存在において外的なるものはすべて、内的性質の記号・標識と見なすことができる。意味されるものは内的な性質である。賢明なる自然は、万物の外的性質の中に、万象に伴うさまざまな記号を日々提示し、我々にとって役立ち得るものと有害となり得るものを、予感させ、前もって知らしめている。

したがって記号全般は、我々にとって隠されているか、もしくは隔てられているものの表象、指標と言うことができる。その場合、目に見える果実と樹液との関係のように、そのものが記号に内在している場合もあるし、何らかの記号と伝えようとする観念の関係のように、そのものが記号と偶然に結びついている場合もある。また、我々に感覚や観念を引き起こし得るものはすべて、記号と見なすこともできる。というのも、何事も外面的性質によらずして、我々の感覚・知性に訴えることはできず、その中に含まれる内面的性質に到達するためには、その外面的性質を貫いて、解体せざるを得ないからである。

かくして、およそ可感的なもので我々にとって記号の範疇に入らないものはない。我々の感性・知性がどれだけ開かれているかに応じて、感覚もしくは観念を我々の中に引き起こさぬものはないからである。また、我々の観念を仲間に伝えるために、記号として用い得ないようなものも、可感的事物にないからである。

偶有的もしくは協約的な記号の法則は、自然な記号の法則と同一であり、本質と形式が前者では可変的であるが、後者では固定している点だけが異なっている。したがって、自然記号と同様に、協約記号にも二つの別々なものが含まれている。一つは、記号を手段としている意味もしくは観念であり、もう一つはどのような形であれ、記号そのものである。自然物でも、これを象徴的言語やヒエログリフのように、協約記号として用いるかどうかは我々次第である。その場合に、自然物は我々の手の中で新たな性格を帯びるようになる。我々が人に伝えようとするのは自然物個々の性質ではなく、我々がこの自然物に付与する性質なのである。

どのような対象にでも意味や観念を好きなように当てはめることができるという我々の能力は、人間の卓越した権利の一つであり、それは人間対人間において特に行使される。いくつかの種類の動物においても記号のやりとりがあるとしても、それは限られた不自由な記号のやりとりである。例えば、危険が生じたときに互いに連絡し合う方法、叫び声、常に変わることのない策略や用心などであり、動物は人間と違って記号を作り出したり、記号の意味を変化させたりする能力は持っていない。

人間が持つこの権利も、完全に行使できるのは相手が知性を備えた存在のときだけである。いくつかの種類の動物に対して用いる部分もあるが、非常に限られたものである。我々が躾《しつ》けを行う動物たちは我々にとって常に受動的で、我々が求めるわずかなことに応えるだけである。我々と動物が置かれているこの限られた領域に入るよう、動物たちが自分から我々を促したことはないし、記号によって人間同士刺激したり刺激されたりする特別の交流の中に、我々を誘うことはないのである。

高名なる人々が動物を弁護して、動物が記号を用いることができないのはただ体の構造のせいであって、構造が異なれば我々と何ら違いは見出せないと言った。その言い分とは結局のところ、人間が動物なら人間ではなく、動物が人間なら動物ではない、ということにほかならない。

さらには、この記号のやりとりが我々にとって不可欠であるのは、人間が個体性によって常に別個の存在となっていて、記号のやりとりが無ければ同じ場所にいても互いに無縁な存在に留まってしまうからである。人間の動物性にのみ関わる次元を除いて、いかなる交流も無くなってしまうのである。そして、言語がこの不可欠の記号の中に含まれるのは当然である。

しかし、記号を作り、その形や意味を変化させられるという崇高な権利は、人間に与えられた特権の大きさを示しているが、そこに欠けるものがあることに目をつぶるわけにはいかない。我々は常に完全な観念というものにあこがれ、それらを表現する完全な記号にもあこがれている。この渇望こそ、そうした完全な観念と完全な記号が存在し得ることを表しているのではないだろうか。人間が幻を追いかけているのでなければ、そうした観念と記号を現在所有していないからといって、その存在自体を否定することはできまい。かくして、我々の用いている協約的で不完全な記号は工夫の産物であり、補助的な存在であるということになろう。我々は、もっと現実的で実体的な記号を奪われてしまってから、それなしでも済ませられるよう、補助的な記号を用いて必死に努力しているのではないだろうか。この問いは、私一人では解決できず、読者の省察を促す次第である。

学士院自体も、今回の論文募集計画に付した考察において、この問いに対する肯定の答えを妨げるものは提示していない。よって、学士院と共に、私は次のことを難なく認めるものである。人間は他の人間から隔てられても、観念を結びつけるためにやはり記号を必要とし、ある意味で、最も可感的で原初的な観念の存在も、記号の存在を前提とするということである。

しかし、この主張をもって勝利宣言とする前に、学士院は存在し得る記号の全体を眺めて見るべきであろう。すべての感覚は記号であるが、すべての記号が感覚とは限らないということもあり得るのである。とりわけ、この感覚という語を、人間の物質的・肉体的思念という意味で捉えた場合はそうである。これについては後に考察しよう。

さらに、我々が用いる補助的で工夫の産物としての記号については、我々が手にしている手段と願望の間を、心して調停する必要があろう。我々が日々目にしている不完全で限られた観念に対しては、我々の用いる限定的で間に合わせの記号でも事足りる可能性があり、その限界を逸脱せず必死に工夫を凝らせば、満足な結果を引き出すこともあるだろう。ただ、その限りにおいて、我々の必要と手段と結果は、すべて近似的なものに他ならないことを覚えておくべきである。

次いで指摘すべきは、これらの近似的な要素を用いて、完全な観念、完全な記号を構成しようというのは、我々の力を超えた企てだと考えられるということである。可変的なものは固定的なものを決して造り得ないのである。さらに、観念の操作においては、「形成」の語よりも「育成」の語を用いる方が正しく、慎みがあるというべきだろう。なぜなら、我々が仲間の人間との関係において、相手の中に発酵すべき種子、つまりは相手に理解させようとする観念と類似した基礎が見出せなければ、その観念の痕跡すら残すことはできないからである。

それ故、人間を白紙状態［table rase——何も刻みつけられていない板］と見なしたがった人々は、いささか性急すぎたのかも知れない。思うに彼らは、人間を「削られた板」［table rasée］とし、削られた後の根は残っていて、芽吹くにふさわしい作用を待っているだけだと考えることができたであろう。この中庸的立場によって、人間が本有観念を持っていると主張する古代の説と、その逆を主張する近代の説を調停できたはずである。どちらの説も極端に走り過ぎているのである。

実際、もしも完全な諸観念が我々の内に本有しているのなら、時間の抗しがたい法則に従い、時間をかけて知性の完成を待つ必要は無いだろう。一方で、観念の種子が我々の内に無いか、蒔かれていなければ、やむなく時間を費やして教育を行ったとて無駄である。そんなことをしても牡蠣《かき》にとって効果が無いように、人間にとっても効果はない。

よって、本有観念の有名な敵対者であるロックが、もう少し注意を払えば、彼の処女作の第一章で、「もしも真理が本有のものであるなら、それを受け入れさせるために提示する必要があるだろうか」などとは軽々しく言わなかったであろう。[1]

確かに、もし団栗《どんぐり》が樫の木なら団栗から育つ見事な大木を現すために土に埋めて育てる必要は無い。しかし、団栗が樫の木でないからといって、その萌芽、すなわち育てて樫の木を生み出す機能が団栗に無いと主張するのは、事実によって誤りが証明された説を明らかに述べている。

かくして、人間は土壌のようなものであり、いかなる種子の萌芽も作り上げることはできないが、種子に類似した性質を見出すことができ、どんな種子でも成長させ得る場所なのである。かくして、いかなる観念も、人間という〈土壌〉を通過し、それぞれ栽培されるように定められている。かくして、記号とは一般に万物の多様な萌芽の産物であり、その物質的・可感的・知的性質の表れであって、主に人間の交流を作り上げている。なぜなら人間は、記号を作り出し、選り分け、理解し、広めるのに適した土壌だからである。

記号の起源について　さまざまな記号の種類について　この問題についての誤解

鉱物界や植物界の自然物のように単純な要素は、その間に結合や活動の関係はあっても、人間にとってはともかく、これら同士が互いにとって記号となっていると厳密には言えない。相互の交流の中で、感覚や観念を伝え合っている訳ではないからである。

実際、雲が我々に嵐や風、雹《ひょう》や雨を予告し、金属や植物が己の持つ法則に従って何らかの影響をもたらしたり生み出したりするとき、こうした存在は自分が予告していること、働きかけていることを自覚していない。動物の場合は、己と同じく有形の要素との間の一連の対応関係によって、これらの結果の一部をしばしば感じ取っている。しかし彼らはこうした現象の一部と受動的に結びついているだけである。一方我々はこれらの現象や動物そのものを判断する力を持っている。これら万象を記号として自由に用いる力があるからである。

　よって、すべての自然物はそれぞれ明白な指標的性質を持ち、これによって我々がその物を容易に知ることとなる。その理由は以下の通りである。万物の内部にあるすべてはいわば、剝き出しになっていること。万物の特徴的な構成原理は明示的・規則的・恒常的に成長すること。その成長の様態はそれぞれの原理において一種類しかないこと。成長は個々の原理を縛っている圏内と同一の場所で行われ、法則を達成するためにそこから出る必要は無いこと。最後に、万物の生命・活動原理は起源から最終段階に至るまで、ある意味で一定の途を辿ること。というのも万物の相互作用は、諸形式と諸性質を顕わにすることだけに限られているからである。よって、こうした下位の存在については、これを構成する自然物自体についてのみ問いを立てれば良い。それらは至極明瞭かつ単純に我々の感覚に訴え続けているからである。人間の知性は、これらをありのままに研究した方が、諸々の学説に解明の鍵を求めるより多くの知識を引き出すことができるだろう。そうした学説は、自然物の中に解明のための鍵は無いとか、鍵を発見するのは不可能だと言い立てているのである。

かくして、記号の相互交流が人間に関して存在するためには、前述したように我々が自分の感覚を人に聞かせる必要があるだけでなく、我々が表現しようとする観念の根源的動因たる渇望の萌芽を内に持っていなければならない。この二つの条件が揃って初めて、記号は誕生し得るのである。一人の人間が、寒さから身を守るために衣服を着たいという渇望を起こす。この渇望が決意に変わると、衣服の観念もしくは計画が生じる。次いで衣服が生まれ、これを渇望した人間に、意図した享受がもたらされるのである。

この例において、衣服の観念もしくは計画は、この人間が服を着たいと思った渇望の記号もしくは表現であることが分かる。衣服はこの渇望の結果として抱いた観念と計画の記号なのである。ここにおいて、あらゆる種類の記号の最初の源は〈渇望〉であることが見て取れる。記号は、観念の次元から感覚の次元に移る際、さまざまな性格を帯びる。同様に感覚の次元から観念の次元に移る際にも性格を変えるに違いない。さらに、この操作の中に無数の結びつきがあって、知性的次元、動物的次元、感覚的次元が代わる代わる、それぞれ結びついて役割を果たし、複雑な例であるか単純な例であるかに応じて、複雑であったり簡略であったりするのである。

実際、自然記号であれ、偶有記号であれ、外的な記号が記号の種類と感覚の性質に応じて我々に働きかけるとき、引き起こされた感覚的印象は我々に向かって新たな領域を顕し、そこでは感覚と思考が同一の場所に包み込まれ、封印される。あたかも合金と黄金が同じるつぼの中に入れられるようなものである。

したがって、こうした感覚的印象が与える結果は、鉱物界や植物界に見られる例よりもずっと見えにくく、濃縮されたものになっている。その複合した多様な源がそれぞれ自分の位置に落ち着くまでの歩みは、ずっと多岐にわたっていて不確実である。その価値を判定し、とりまとめることができるためには、これらの多様な数量の項目がすべて整序されるのを待たなければならない。

それ故に、感覚を持つ存在の領域を研究する場合、植物界や動物界よりも注意が必要である。それ故また、感覚や感覚的印象について我々の認識はほとんど進んでおらず、単なる非有機的物体の相互作用になぞらえてしまう。後者は渇望が作用せず、互いに記号の役割を果たしてはいないのである。

この感覚的印象の中で、我々が受け取る受動的効果や、我々の本能もしくは思考能力を呼び覚ます主体的反応が結びつき、混じり合う。そこにおいてこの印象は外的な領域より広く多彩な領域に近づくので、非常に豊かな記号となる。これらの感覚的印象は結びつきを無限に増やすことができ、互いに知覚不能かそれに近い多くの原因の精髄であるため、非常に繊細でもある。この新たな記号の本質を正確に見定めることがなかったので、この問題について我々は多くの誤りを犯してきたのである。

人間の本能や観念における、こうした触知しがたく、複雑な記号が我々の目から遠く離れれば離れるほど、外面的記号のように剥き出しになっていればよいと我々は願った。しかるに、これらの記号の出所である多様な領域においても、記号が進んでいく多様な段階においても、記号を本来の視点において把握するために必要な注視を我々は必ずしも行ってこなかった。

さらに、これらの記号が成長して自ら凝縮状態を脱するのを待つ慎重さも我々は持っていなかった。他の記号はそれぞれに与えられた法則に従って目指す地点に達するのだから、複雑な記号も我々の不手際に妨げられなければ、時間を掛けて解き放たれることが可能だったのである。これによって、我々は二つの重大な過ちを犯すこととなった。

一つ目は、我々がかくも必要としている完全な記号が存在すべき場所について、軽率な思い違いをしたことである。すなわち、生まれたままの、まだ発達していない感覚の領域、もしくは外面的な未加工の事物の領域にそれがあることを願ったのである。後者は、我々が求めているものの本来の領域ではあり得ない。なぜなら、それは我々の精神とはまったく間接的な関係しか持てず、そこに含まれているものも、複合的なイメージもしくは、根源から多少とも離れた力によってしか、我々の精神に近づけないからである。

二つ目の過ちは、求める場所に根源的な完全記号を明白に見出せないので、自分に見えないか見えにくいこれらの記号を発見するまで穏やかに待つことをせず、軽率極まりないことに、自分で作ろうと決心してしまったことである。

その後、当てにならない協約記号と観念の関係が容易に見出せないので、成熟した記号が持っているような自然な関係ではなく、強制的な関係を植え付けてしまった。

さらに、真に類似した記号と観念との間にあるべき穏やかな調和の代わりに、我々は自分の手で創り出した記号に軍配を上げたがり、観念をその支配下に置こうとした。だが本来の秩序では、その反対の法則が支配している。そちらの方が我々も満足するし、真理にも益するはずなのである。

したがって、我々はまず、人間の感覚的印象の研究と育成を怠った。また、自然記号が活動原理に結びついているように、完全な概念に本質的に結びつくべき根源的記号の足跡を見失ってしまった。さらに、諸々の領域で、人間の観念と調和することが可能な、他の種類の記号をすべて無視してしまった。もはや認識できなくなった記号に置き換えるため、記号を創り出した。最後に、このまがい物の脆弱な記号に観念を従属させてしまった。そのあげく我々は次のように信じるに至ったのである。すなわち、観念にはこれ以外別の基礎がなく、まがい物の記号の技が、我々の研究の主たる目的であり、最高の規範であること。この技を完成に至らせさえすれば、観念の領域を占領し、観念をすっかり支配できること。我々が日々、あらゆる種類の物質を機械的に操作しているように、観念の様態・性格・形成は完全に我々に依存するようになること。一言で言えば、「観念の形成に及ぼす記号の影響を明らかにせよ」という学士院の質問を生み出すもとになった考えである。本来なら、「記号の形成に及ぼす観念の影響を明らかにせよ」という質問を提示した方が、少なくとも有益で確実な展開をもたらすことができたはずなのである。

なぜなら、観念の源が〈渇望〉である以上、記号の源も〈渇望〉であって、生成原理に対する被生成物の影響よりも、被生成物に対する生成原理の影響の方がずっと大きいと想像する方が自然であるからである。

記号と観念の目的について

現代の大半の観察者たちが行っているように、物事を下から上へ、つまりは分析の規則に従って考えるなら、記号は観念より先に現れ、観念を従属させているので、記号がなければ観念は一切存在し得ないのは確かである。これが一つの原因となって、記号の存在が観念の発達にとって不可欠であるように思われたのである。

しかし、他の観察者たちが行っているように、物事を上から下へ、つまりは総合の規則に従って考えるなら、記号は観念の表現に過ぎないのだから、観念の方が記号より先に現れるのは確実である。例えば、ある植物を考察するとき、私は胚芽の結果としての、外面的な記号のみを見る。しかし、胚芽を考察する際、それは地中に埋もれていて私にとっては未知であり、したがっていつの日か植物を構成し、萌芽の中に含まれていたものを指し示す外面的記号に先行するものである。この例において、順序は総合によって、つまりは未知から既知へと進む。

よって、コンディヤック[2]が『論理学』の中で、「総合は常に開始点が間違っている」と述べたとき、「人間の手の中では」という文句を付け加えるべきであった。というのも、総合は自然の手の中では常に問題なく、必ず自然の全被造物から始まって、その解体、もしくは再統合――自然が物体の生命原理、活動原理を取り除き、後退させて初めて生じる――にまで至るからである。それに対して我々はこの開始された再統合をひたすら分析によって、もしくはその形態と外面的性質の可視的変化によってのみ判断してしまうのである。

事実、総合はおよそすべての業の基礎である。あたかも〈渇望〉がすべての記号の基礎であるように。代数解析自体、それぞれ基礎的な個別原理を持った部分的総合を集めたものに他ならない。この原理の発展は論理的帰結に過ぎず、枝分かれして、他の総合原理に結びつく。

しかるに、いったいどのような理由で、総合は人間の手の中で常に開始点を間違えるのだろうか。それは正に、普遍の総合原理を拒否し、排除するからである。さまざまな命題が大元の公理から導き出されるように、すべての明証性は本来この総合原理から自然に発しなければならない。そしてまた、彼らが自分で言い立てているのとは異なり、既知から未知へと進まず、未知の代わりに既知を、源の代わりに記号を、大地に留まる木の根の代わりに枝を、置き換えているからでもある。

したがってコンディヤックは、真理を追い求める情熱のあまり総合全体を否定してしまい、人間の不手際の故をもって自然を罰しようとして、結論の権利を濫用したことになる。建物を建てるにあたって、まず基礎を据えたこと、屋根や壁や窓を作ることから始めなかったことを非難したようなものである。彼の彫像に関する論と方法から判断する限り、これが彼の説の言わんとするところであると、信じたくなるだろう。

さらに直截的に言うなら、総合においてひどく不手際な人々に向かって、では分析において、すなわち彼らが言うように既知から未知に進むことにおいて、ずっと巧みであるのか、と尋ねたい。そのような疑いを持たせる理由は、彼らにとって真に知られているものが何か、確実には分からないということである。(ここで私は、精密科学ではなく、彼らが論争可能であるとしている諸学問のことを語っている。もっとも、精密科学についても、さらに検討を要するであろうが。)いったい、彼らにとって知られているものが何もない場合、未知に進むために彼らはどうするのだろうか。彼らにとっての出発点はどこにあるのだろうか。彼らの分析はどうなってしまうのだろうか。

しかし、記号と観念のどちらが先行するかについての議論をここで簡単に終わらせるために、観念を別の視点から考察できないか、考えてみるべきだろう。それは、人間の幼年時代と物心がつく年齢において考えてみると分かる。すなわち、一方で観念は記号に依存しており、分析の体系を支持する人々が有利になるだろう。他方では観念の方に優先権があって、記号を支配しており、総合の体系の方が有利となる。結局、こうした妥協を受け入れざるを得ないように思われる。というのも、我々が記号の助けを借りて観念を受け取ったり、同じ記号の助けを借りて観念を伝えたりするのは明白だからである。

幼年時代に最初の諸観念が記号によって伝えられ、そこから他に広げるための手段を得るということを言い立てても無駄である。なぜなら、これらの最初の諸観念を伝えた人々が、自分たちの用いた記号をどこから汲み出したのか、示す必要があるからである。そこにはこれらの記号を創り出し、それ無しではいかなる観念も持ち得ないような、〈母なる観念〉がなければならないのではないだろうか。このようにして最終的には、問題の記号が人間の恣意に委ねられない段階に到達する。そうして固定した完全記号と、それに対応する観念の必然的関係についての、先述した概念に戻ることとなる。また、観念は記号無しで歩むことはできないが、なおさら記号も観念無しに歩むことはできないという基本的真理を提示するのである。

しかし、観念と記号のどちらに優先権があるかという問題について明らかにしてくれるのは、記号と観念の目的それ自体である。いったい、観念の目的とは何だろうか。それは外に現れること、メッセージを受け取り得るものすべての中に、自らの意味と精神を注ぎ込むことである。

逆に、記号の目的とは何であろうか。それは、自らの作用を通じて観念の萌芽の中に入り込み、それを成長させることである。あたかも、土壌中の水分が、植物に作用して成長させるように。さらに、この役割のために記号を作った隠れた原因を伝え、これを本来の完全な形において明確に示して、原因が自らに課した目的にすっかり到達することである。

だが、ここで記号に対する観念の位置、観念に対する記号の位置を見定めることに役立つ、もう一つの新たな証拠がある。

記号は観念において終結する。ここが記号の結末であり、終極である。それに対して、観念は記号において終結しない。記号は観念にとって中間段階であり、観念がさらに遠くに行くことを助けるべき補助的手段に過ぎない。結局、観念はいわば記号の領域を通過するだけで、自らの領域たる観念の領域に到達することを望んでいる。すべてありとしあるものがそうであるように、観念も己の故郷でしか満足を覚えられない。故郷に到達しなければ喜べないのである。だが、観念が通過しなければならないこれらの領域で、観念に用意されている最終的結果について、ここでまだ我々は論じていない。

観念と記号の目的の違いについて以上述べたところから、観念は君主のようなものであり、記号は臣下に過ぎぬことがわかる。観念が計画を練って描き、記号がそれを実行する。結局、支配するのは観念で、記号は服従するのである。

よって記号と観念の地位、もしくは優越性については、もはや問題とならない。この点について、人間の精神は性急な判断をして誤りを犯し、本来の途から外れてしまったが、記号と観念それぞれの職務についてはこの単純な観察によって決定されている。

生理学的成長

人間の感覚に関する研究者たちによると、感覚器官に対して対象が与える肉体的印象はすべて触感であり、関与する器官の性質に応じて微細さと繊細さが異なるだけだという。

人間の神経は感情の直接的器官であり、あらゆる部位、あらゆる四肢の働きを作り上げるという。諸感官はひとつの主体もしくは共通原理を持っていて、広がり、配置、場所の異なる神経膜に過ぎないという。それらは同一物質からできた異なる形態であって、一言で言えば配列の異なる神経に他ならないので、諸々の感覚は見た目ほど本質的に異なっていない。感覚の中にある違いはすべて、ただ神経の数や外的位置、外皮の質、繊細さの程度から発している。神経が何らかの打撃によって揺さぶられたり、傷を受けてむき出しになったりすると、我々はしばしば光の感覚を得る。激しい爆発は、耳の受ける音の感覚とは大いに異なる一種の動揺を感じさせる。(体内で聞こえたような気がする。）さらに、我々は対象が感覚や神経に与える印象によってのみ判断し、この印象は体質によって異なるので、諸感官がしばしば我々の中で混同され、感覚によって押しつけられるのだという。

この説の正当性と不都合を正しく判定するために、外的対象に目を向け、人間の存在様態、感覚様態が、これらの対象自体の存在様態と類似性を持つべきではないか考えてみなければならない。おそらくこれらの対象の性質、要素も、人間の神経において認められたように、主体もしくは共通原理を持っているだろう。それも皆、総合の普遍的な力のためである。おそらく我々の周りの有形存在の膨大な多様性は、この主体もしくは共通原理の多様な変化によるものであろう。おそらく有形存在の間にある違いは、それらの配列の多様性、あるものではこれこれの配置が支配的で、別のものでは配置が異なる、ということから来ているのだろう。それは人間の神経において生じることと同じである。おそらくはまた、外的な対象は共通の主体を持ち、この主体は本性を変えず、ただ配置を変えるだけなので、この共通主体の全性質を示すのであって、どの性質が支配的であるかによって区別されるだけであろう。それは上に述べたところから、人間の感官がそれぞれ共通主体の全性質に与っており、個々の性質の優越性によってのみ、性格を異にすると考えられるのと同じである。

この考え方から離れるべきではない。というのも、外的な対象と人間の感官はお互いのために作られているのであって、与える者は受け取る者と、受け取る者は与える者と類似の関係を持たなければならないのである。そしてこの関係が近ければ近いほど交流は容易となり、出てくる結果は見事で満足の行くものとなる。

かくして我々の一つの感官と自然界の一つの対象との交流において、明白に活動しているのは一つずつだが、諸感官全体が自然の万物全体と関係し、働いていると考えることができる。単独で現れる対象が、他の事物の全性質を帯び、これと結び付かざるを得ないということから、我々に与える作用が混乱し、我々の〈感覚中枢〉に印象の混乱が生ずるということも、驚くにあたらない。

さらに、働いている感官が他の感官もしくは〈感覚中枢〉全体の性質を担い、全体性を持ち込んでいる以上、外部の対象に対して混乱した曖昧な感覚を当てはめるということも驚くにあたらない。ここから観念の領域に移り、このように複合的で混乱した感覚をそこに持ち込むならば、観念もまたこのような混乱と混合の影響を受けるだろう。そもそも観念それ自体が、不確定な諸感覚のぶつかり合いから生じ、同種の観念の全性質と結びついているのであって、その観念なりの共通主体を持っている。この主体から生まれるものはそれぞれ特徴的な性格の下に、普遍性を提示するのである。

次いで、この複雑な集積と混乱を我々の判断力に当てはめてみよう。多様な観念の集合の中で、判断力は自らを見失い、その過剰性に呆然とし、目が曇って、いかなる決定もできないか、もしくは誤った決定しかできないだろう。そもそも我々の判断の機能・作用すべてもまた共通の主体を持ち、この共通主体の性質全体に与っているのであって、観念の領域に関して不確実性を示す。それは観念の領域が感覚に関して、感覚が自然の事物に関して顕したのと同じ不確実性である。

これが現状から自然に生じる不都合である。以下は、これまた現状から導き出される修正と打開策である。

自然は、自らの産物と人間の間に交渉を打ち立てようとして、関係経路、もしくは記号を五つに分類した。これらの被造物は、我々に見せるか、聞かせるか、味わわせるか、嗅がせるか、触らせることによって自らを伝える。こうして、自然を源として、自然が集合体となっている無数の性質を、少数の性格の下に、単純化してまとめているのである。

同時に自然は、これら五つの関係経路に類似した五つの手段もしくは五つの器官を我々に与え、我々に付与された無数の受動的機能を五つに単純化して纏めた。自然と人間を構成する無数の性質が、自然にとっても我々にとっても結びつくのはこの五つの基礎である。

これによって、自然の側から、また我々の側から発する過剰な衝撃から、我々は二重に身を守ることができるようになった。

かくして、人間の感官はそれぞれが、自然全体において、感官と関係する性質もしくは記号を分離する役目をもった分泌器官と見なすことができる。あたかも、人間の腺や内臓が、自らの体内で、もろもろの体液に対してこの機能を果たしているのと同様である。

しかしまた、我々が自然においてこのような結果を手に入れるためには、我々の感官がそれ自身、求められる性質と能力を持っていなければならない。すなわち、自らに固有のものを判別して、自らにあてはめるのに必要な完成段階に達していなければならないのである。ちょうど我々の肉体の分泌器官・内臓にとってこの条件が常に不可欠であるのと同じである。さもなければ、自らの機能の働きを止めたり、人体全体の健全さを損なう物質を内に貯め込むこととなってしまう。

かくして、感官が己の役目を問題なく果たせるために、我々は自然と調和した形で、感官の完成と保存に努めることができるし、努めなければならないのである。

人間の〈感覚中枢〉も、同じ使命を持っている。諸感官の機能を通じて届く多様な感覚を純化することを、感性の多様な基礎から任されているのである。それは個人の諸関係の中で起こることを本能として正確に報告し、保全することができるためである。

観念もまた、〈感覚中枢〉が受け取った諸々の印象によって引き起こされる作用に関して、似たような使命を持っている。その作用とは、観念を目覚めさせ、観念が持つ主要な機能を成長可能にすることである。これらの作用の雲に隠れた口の光を摑むのは観念の役割である。そのための手段はすべて、観念の本質的性格から与えられる。というのも観念のさまざまな知覚は（我々の比喩をさらに使うなら）分泌器官のようなものであって、これによって観念は雲に働きかけて光を引き出し、自らの内に萌芽がある光と結びつける力を得るのである。観念はまた、これらの分泌器官もしくは知覚手段が、記号とイメージの混乱によって閉塞しないように、これらを健全な状態に保つ必要がある。

さらに、判断力も観念に対して似たような使命を持っている。判断力もまた、自らに結びつく性質、観念自体の渦の中に包まれたかのごとき性質を、提示された観念から引き出さねばならない。観念は自分の受けた作用の中に、活力と好奇心を養ってくれる自分なりの栄養を探す。判断力は観念の中に正当性と有用性、すなわち観念と観念を引きつけるものとの合致を求める。このために、判断力はこれまで眺めてきた他の能力すべての上にあるということが明らかになるのである。

人間の判断力の優越的性質

人間の内で判断力が行使するすべての働きにおいて、判断力が自らのためでなく、自らとは区別されるものに奉仕する最初の機能らしいことがわかる。

観念作用までの人間の機能、分泌器官はすべて、まずは自分のために働いている。ところが判断力からは、人間の諸能力、すなわち人間の理性・分別はもはや自分のために存在しないと考えられる導き手、働き手としてひたすら行使されるようである。

観念作用までは、人間の諸能力は単なる市民だが、判断力からは、公吏か公僕のように思われる。しかるに、公吏とか公僕の存在は彼らの前にあって彼らを使う国家の存在を前提とする。私は、思索家たちを信頼して喜んでこの点の観察を提示するので、有益な結論を導き出してもらいたいものである。

ニュートンは自然を神の〈感覚中枢〉と見なした。この高名なる人物はこのような美しいイメージを描いてみせたが、それを完成させることがなかった。神と宇宙を繋ぐべき中間段階を示さなかったために、本来及ぼすべき効果を損なってしまったのである。この中間段階とは、人間の判断力であるように思われる。それがなければ、無窮の万物の中で、神は配下の公吏を持ち得ないのである。自然はいかに記号、象徴、表徴に富んでいても、神に対してそのような役割を果たすだけの才は持っていないからである。

かくして、人間は判断力の卓越した特権によって、可視の世界と不可視の世界、理性を欠いた事物と理性とを近づけ、対面させ、結び合わせるのである。人間の精神の普遍的な歩みを考察すれば、これが人間の日々の業であると言うことができる。

自然はと言うと、人間の使命の一部門に過ぎない。人間が配属された大天文台の中央で、万物の進行、〈天体〉の位置や運動を観察するための望遠鏡の役割を果たすために人間に与えられているのである。自然は形態の領域に限定されており、原理の領域まで直接に到達することはできない。

それ故に、私は他の書に記した[3]ことをここで再び指摘せざるを得ない。すなわち、自然が与える単なる証拠は、上位の存在の実在と、最高に美しい性質とを証明するにはいかに無力であるか、ということである。なぜなら自然は、そのような性質に与ることも、知ることもできないため、その直接的記号となって、正式の供述を行うのは不可能だからである。このような問題にあっては、知性が別の次元の証人を要求するのである。

　したがって、神性の真の証人、直接的記号であるのは人間の判断力である。そのため、判断力は我々が先に眺めてきた人間の諸機能すべての上に置かれるのである。それは自らのため以外に働く唯一の機能であり、普遍の権威の配下・公吏となっている。しかし、上位にあるだけに、先の全機能について述べたのと同じことをやはり言わなければならない。すなわち、判断力もまた、自らの働きを行う器官を純化して、外に現れ展開した全体性と、自らの法廷に出頭した、未だ隠れて雑然としている全体性との、すべての点を合致させなければならないのである。

　万物の目標であり、第一の基礎であるこの全体的調和のために、判断力が他のすべての機能と同じく、自らを正し、完成させる能力を持っていることは疑いを容れない。これによって判断力は、絶えざる普遍的分泌としか見えない森羅万象の、範型・仲裁者・調整役のごときものとなっている。全体の過剰性から生じ得る不都合、混乱を修復する力は、主にこうして純化された手段の中にあるのである。

　ただ、一つ本質的な指摘をしておかねばならない。我々が辿ってきた階梯全体において、観念は明らかに記号よりも上の地位を占めるように思われたが、どの段階においても人間ができるのは、成長させ、浄化させ、解きほぐし、修正することであった。全体として人間の力はすべてこれらの機能・用途に限られている。人間のさまざまな能力は、それぞれが多様な法廷のようなもので、管轄する訴訟を知って判断することはできても、その訴訟自体を起こすことはできない。それ故、人間に観念を作ることを教えると言う人々の主張が、いかなる限界を持つか知っておかねばならない。

　他の人間と同様、彼らのできることと言えば、自分のところにやって来る諸観念をできる限り整理し、練り上げることだけである。花屋と同じく、あらゆる種類の花を育て、魅力的な花束や素晴らしい花輪を作り上げることはできるだろう。しかし、花屋がカーネーションを作ることも、スミレを作ることもできないように、観念を形成することは不可能である。

しかし、彼らが極端に走ったからといって、彼らの持つ力を制限しすぎて、反対の極端に走るべきではあるまい。すべての人間に日々送られてくる諸観念の育成と成長において、彼らは思っている以上に重要な役割を果たすべきだと、率直に認めよう。実際、マルブランシュ[4]とクロイン主教[5]が、我々はすべてを神において見る、と単純に言ったとき、観念の表出に貢献すべき部分を一つ忘れてしまったのである。彼らが打ち立てたこの思索的な形而上学的部分に、活動的な形而上学的部分、すなわち人間の業が加わらなければ、観念は実体を持ち得ないだろう。物質的生成が与えるイメージを用いるなら、種が与えられて、蒔かれるだけでは十分ではない。これを受け入れて実体を与えることができる場所が必要である。この実体化は種を生み出した範型に従って行われねばならず、そこに人間の、つまりは思考存在の、至高の権利がある。義務としてこの権利を行使すれば、素晴らしい観念は人間の手の中でさらに素晴らしいものとなり、類縁性の力によって、他の多くの素晴らしい観念を自ずと引き寄せることになる。さらに判断力こそが、観念の育成、実体化の光であって、その資格を以て、先に我々が物事の現状における不都合と均衡を取るためにあると言った、修正・救済策を補完するのである。

観念に及ぼす記号の影響と、記号に及ぼす観念の影響では、どちらが大きいか

記号に及ぼす観念の優位・優勢はもはや問題とならないが、観念に及ぼす記号の影響力より、記号に及ぼす観念の影響力の方がやはり大きいと見なさなければならない。それだけでなく、既に予想されるように、記号が影響を与えるのは観念の成長に対してであって、観念の形成に対しては本

来まったく影響を与えない。よって、記号は観念の伝達にこそ必要であれ、現代の哲学的解釈が記号を観念の原理、生成者としようとするのは受け入れられない。逆に、観念は観念を表す記号の成長に影響するだけでなく、記号の形成、発生、創造にも影響する。この真理は、人間が協約記号に対して支配力を持っている事実から、我々自身で確証しているのである。

記号が自分のところに届いても、関係すべき観念を備えていない記号であれば、曖昧な印象しか受けることができず、果汁と中身の入っていない果実よろしく、結果として何の益ももたらさない。しかし、固有の観念を備えて記号が現れたとしても、この観念に類似し、他に伝達されることで生き生きと成長する基礎が人間の中に無ければ、与える印象は不確かか、無に等しい。あたかも自然の果実が滋養ある果汁を備えていても、これと類似する性質をもった消化液が胃の中になく、体内吸収ができなければ無駄であるのと同じである。この点の観察は、観念の領域に関して人間から基礎を奪い、中立的で無力な存在に仕立てようとする人々の攻撃から身を守り、慰めをもたらすことになろう。

また、これにより、人間の外で人間と関係ない形にせよ、人間の内で人間と協力する形にせよ、なべて我々の眼前で起こることの歩みに関して、有益で正しい観念を獲得することもできる。それは、この世界において、すべては分離しており、何事も結合を通じて初めて行われるということである。すべては分かたれているので、それぞれ対応する領域の中に活動的な部分が存在していなければならない。さもないと結合はあり得ず、生成源に類似した結果も得られない。

すべては絡み合っているので、ここにおいて、人間が概して総合を不得意としている理由が見て取れる。この地上において（上の分裂の法則のせいで）人間は観念の国でなく、記号の国に生きている。したがって、我々が己の分に留まる限り、典型的な総合、つまりは上位の観念の自由な享受を望むには、その前に苦労して分析を研究しなければならない。つまり、我々を取り囲む記号の中に閉じ込められ、縮小して部分的になった記号を精査して育てる必要がある。これらの記号は記号の源と上位の観念の源とを結びつけ、それによって我々自身をそこに結びつけることを求めているのである。

しかしこの理由は今日教育を牛耳っている人々からあまりに遠く隔たっているため、説いて見せたところで無駄であろう。彼らはこの世で典型的な観念の世界に住んでいると信じているだけでなく、さらにそのずっと上に立って、思い通りにこの世界を支配する権利と力があると思い込んでいる。そこで生まれるもの、創り出されるものすべての様態、形式、種類、性質までを左右する恣意的で絶対的な力を振るっているつもりなのである。

しかし、いま万物は皆分かたれていると明らかにしたことで、被造物の諸活動の連鎖において、万物が何によって構成されているか、十分理解できるだろう。なぜなら、鉱物の集成体においても、植物の生成においても、人間の感覚もしくはあらゆる種類の感覚的印象においても観念においても、すべての分野で同じ法則が支配しているのである。

したがって、ある記号が自分に近づいて来ると、この記号の持つ観念が、自分の思考存在に入り込み、観念が私に伝え、私の中で、私によって顕そうともくろむ情報、知見、知識の刻印をもたらすのが感じられる。それに対して記号の方は周縁で謙虚に立ち止まり、使命を果たした後は消えてしまう。あたかも託された文書を渡した後に使者が引き下がるようなものである。観念は己の使者を選んで創り出し、メッセージに付随する部分を自由にできるが、記号は正確で忠実な伝言役の立場に徹し、自分の使命については観念から託されたことしか知らないのである。

言語は文字、すなわち事物の絵から始まったと主張する学者たちがいるが、これはせいぜい協約的文字言語にしかあてはまらない。しかもそれはこの絵を描く人と、何らかの教示のために絵を見せられる人の中で、ある程度発達した知性と観念が前もって存在していることを想定している。

しかし、話し言葉に関して、彼らは精神の自然な歩みに従わざるを得なかった。

例えば、文字を読めないラップランド人に、オウムは何と呼ぶか教えたいと思えば、オウムを指し示す必要がある。しかし指し示す前かその後に、「オウム」という音を発しなければ、相手に伝えようとする観念は決して形成されないだろう。自分の言うことを理解するに十分な記憶か知性が相手の中にあり、自分の方には相手に欠けている部分、つまりは相手に伝えるべきその鳥の名前に関する知識があるからである。

しかしこの観念がひとたび相手に到達すれば、伝わった音なり言葉なりは相手の中に留まり、たとえオウムがこの地上から絶滅したとしても、彼にその観念を思い起こさせることができる。それに対し、この鳥を見たからといって、必ずその名を発するとは限らず、必要なときにのみ名を呼ぶことだろう。

したがって、事物が名に先行する場合と、名が事物に先行する場合の詳細にここで立ち入らずとも、この場合に自然記号すなわち事物それ自体と、これを表現する音または言葉との間には、大変な距離があることが分かる。というのも、事物を表現する音もしくは言葉は、人間の側で自由に存在していて、おまけにこの場にないか失われた事物を眼前に呼び出すという、ある種の生成的な性質を備えている。それに対して、自然の事物自体は、存在自体が受動的で、言葉を呼び覚ます機会手段ではあっても、人間の言葉に対しては何の力もないのである。

しかるに、人間の言葉が自然の事物に対して優位に立つことがこれほど明らかであるならば、観念はなおさら優位性を持っていないだろうか。観念より後に生じ、観念の記号に過ぎないように見える言葉そのものに対して優位に立っているのだから。

以上の事実から、話し言葉がどこから生まれたかを示し、記号と観念の相互作用において、どちらの方が影響力が強いか定めることが十分できるように思われる。それは、生成原理が被生成物に対して及ぼす影響の方がその逆の影響より大きいと、既に述べたことを確証するものである。

記号と観念は逆の歩みを行う

何らかの対象が、人間の身体器官のいずれかを刺激し、感覚（読者には「感覚」という語を、日常の生活様態から普段用いている狭い物質的な意味に限定しないよう願いたい）を引き起こす。この感覚がいわゆる〈感覚中枢〉すなわちすべての感覚的印象の源、中心に伝えられ、人間の中に本能か感情か観念かを呼び覚ます。

本能というのは感覚が個体の肉体的調和に関わる場合である。

感情というのは感覚が精神的調和に関わる（それを支えるにせよ対抗するにせよ）場合である。人間が自分の肉体存在をこの感情もしくは情緒に捧げることさえできるのは日々観察されるところである。

最後に観念というのは感覚が何らかの結合可能な対象に関わる場合である。むろん、これら三つを同時に呼び覚まし、人間の中でまったく当たり前の混合を作りだして、ほとんど区別できない場合もある。

感覚が個体の肉体的調和に関係する本能のみを呼び覚ます場合、この本能の結果として行動する存在全体は、運動を支配することがないであろう。肉体においてすべては必然的なものとなり、熟慮によって活動するものはない。

感覚が精神的調和に関わる感情を呼び覚ます場合、人間の意志はその傍らにあって、どちらの方向にも動くことができる。これはこうした平衡がなく、たった一つの方向しか持たない本能とははっきり区別されるところである。

しかし、感覚が観念を呼び覚ます場合、観念は知性の管轄下にあるので知性の中にまで入り込み、いわゆる思考、判断、結合、熟慮等をそこに引き起こす。

この判断力は、提示された観念と結びついて合体し、意志へと伝わり、意志は感情と協力し合って〈感覚中枢〉に働きかける。すると今度は〈感覚中枢〉が諸器官に働きかけ、知性と思考の中で決定された計画と配慮を肉体的に行使させるのである。

かくして、観念と知性の関係は、感覚と〈感覚中枢〉の関係に等しく、〈感覚中枢〉が無ければ肉体的意識も本能も、精神的意識も感覚も持てないように、観念がなければ知的意識も知性も持てないだろう。結局、観念とは知性に提示されるある種の可感的な図像であって、それを基に知性は判断し熟慮する。いかなる観念もこのような何らかの図像の形でしか知性に提示されないことは誰でも分かるだろう。

しかし、下位の感覚と観念が傍近くにあり、本能と知性の間に関係があるところから、注意しないと一方が他方を浸食することがしばしばある。そこからこの下位の本能を知性の中に組み入れるだけでなく、さらには思考存在の働きを下位の本能に従属させようと考える人々が多く現れる。

だがこうした観察者たちが人間の全行動を本能のみによって説明できると主張しても無駄である。人間が日々行っていることに基づいて判断すべきではない。なぜなら、人間は最も力強く活動的な機能を絶えず変質させ、麻痺させて、下位の本能のくびきに縛り付けられているからである。本能はもはや、人間の錯乱と逸脱の張本人でしかないのである。

実際のところ、翼を縛りつけ、さらには切り取ってから、人間には翼がない、と言う根拠はない。人間の目の前で日々行われていること、さらに精神に対して語られることはすべて、人間の内の知性の領域よりもずっと本能の領域を揺り動かしている。人間を判断するためには、少なくともその前に、本能の領域と同じくらい知性の領域を揺り動かさなければならないだろう。

さらに、この下位の働き手のみで考えるには、存在の規則的もしくは不規則的な意志の働きすべてをこれによって説明できなければならないだろう。この点での結論が有効となるためには、肉体的な働き手の傍らに、知的な働き手だけでなく、精神的働き手の存在も想定する公正さをもたなければならない。この精神的な働き手は、他の二つと同じく「感覚」によって召喚されるだけでなく、記号の国と観念の国の境界に住んでいるため、人間が両者を同盟させるために最も効果的な手段の一つとなるであろう。このように大きな問題において、下位の本能や単なる物質的感覚は何も教えてくれることがなかったし、これからもないのである。

私が人間のすべての機能を働かせるために感覚を出発点にしたからといって、唯物論者は私を自分たちの仲間だと考えるべきでない。「感覚」という語に彼らとは別の意味範囲を与えていることに加え、私は観念に対して、さらには記号に対しても、彼らが認めていない源、彼らには隠されている源、すなわち渇望という源を与えているのである。唯物論者にとってこの源が隠されているために、彼らは無分別にも人間を外の事物に、したがってそこから発する感覚に、絶対的に依存すると考え、感覚から発するものすべてを宿命化している。それに対して渇望は、本来の配慮と栄養分が与えられれば、観念、記号、感覚、事物を自らの支配下に置き、多様な結果を生み出すべく協力させることができる。この主張が間違っているとは思わない。なぜなら、人間のすべての活動と業が、日々その真実性を示しているからである。人間は肉体的・知的な渇望充足を確かなものにしようと、さらにはこの充足を思い通りに呼び起こし、増やし、永続化できる対象、手段を手に入れようと努めているからである。

しかしこの重要な問題は単なる試論の主題とはならないので、本題に戻ることとしよう。それは、観念の歩みと記号の歩み、強いて言えば下降的漸進と上昇的漸進の間にある違いを提示するということである。

後者において、すべては感覚に関わる。ただ、感覚性が人間の中の各段階で同じ性格を持つわけではない。すなわち、外部の事物が、己の領域の法則に従って人間に刺激を与え、これに類似した感覚を引き起こす。この感覚が人間の中に、本能か、感情か、観念かを呼び覚ます。本能は抗いがたく、感覚的なものである。感覚の動因となり、決して傍を離れない本能は、感覚のことだけを考えて、それを満足させることのみを目標とするからである。感情も同様で、反省によって鎮められるまでは激しく荒々しい。

観念も同様に感覚に関わる。観念が知性に提示される際は常に可感的形態をとるからである。さらに、観念を呼び覚ました〈感覚中枢〉の作用の痕跡・名残をも担っている。しかし観念が知性に訴えかけるとき、下位の感覚の名残は捨て去り、この知性の中にもっと強力で浸透力のある作用を引き起こす。観念は下位の性質において〈感覚中枢〉と結婚していたようなものだったが、次いで上位の性質において知性と結婚する。アルキメデスが風呂の中で、懸案の問題の答を見出したときに感じた歓喜と興奮を考えれば、この結婚がいかに明確で強烈なものか分かるだろう。

それに反して、下降的漸進の場合、人間が辿るどの段階においても、可感的なものは見られない。ただし、人間が外に顕す結果は、周囲で目撃する者たちにとって可感的であるか、可感的になり得るのである。

よって、知性が熟考し、提示された観念と合体してこれを受け入れる行為から、出てきた結果を実現すべく諸々の手段を結びつける際、その働きにおいて可感的なものはもはや何もないように思われる。

次いで知性が熟考の結果を意志や感情に送ると、同意もしくは拒絶が平穏に行われる。

この意志が結果を〈感覚中枢〉に送るときも、内側で、沈黙の内に、穏やかに、まったく非可感的に行われる。

この〈感覚中枢〉が器官に働きかけ、知性と意志の命令を行使させる際も同様である。

私の知性が何らかの思考を身振りか合図で表現しようとして、私の腕を振るように仕向けるとしよう。これについて知性が意志の命令を受け取るときも、意志がこの命令を〈感覚中枢〉に送るときも私は感覚を持たないことは確実である。さらに、この〈感覚中枢〉が私の腕を振らせる筋肉を動かすときも私に感覚は無いし、腕が振られるときも感覚は無い。もっとも、腕を強く振って空気に当たり、空気が私の器官に働きかける外的事物の役割を果たし、印象を引き起こす場合は別である。その際にこの印象は、上昇的漸進の起源もしくは第一項と見なし得る。

この単純で自然な観察から、次のような結論が導き出せると思われる。すなわち、上昇的漸進に属するものは皆、逆行するかのように、つまりは円周から中心へと進んで働き、逆に下降的漸進に属するものは皆、順行すなわち中心から円周に向かって進むということである。また上昇的漸進に発するものはすべて興奮、暴力、刺激、さらには痛みによって働くのにたいして、下降的漸進に属するものはすべて充足、平静、平穏をもたらす。さらに、上昇的漸進に発するものは皆、記号と同じく受動的な範疇にあり、可感的なのは内的で受動的なもののみであるのに対して、下降的漸進に発するものは皆、観念と同じく能動的な範疇にあり、高級で能動的なもののみが穏やかで、非可感的でほとんど感知不能である。以上のことを人は誰でも自分の内部で起きることから納得できる。真理への愛が持つ柔和で穏やかな動きと、怒りやその他の情念が持つ痙攣的で並外れた動きを対比してみれば良いのである。

このことは記号と観念の歩みを大いに解明する。というのも記号は主に上昇的漸進に属し、観念は下降的漸進に属するからである。それ故、記号はそれが伝えられる人に対して逆行によって働きかけ、円周から中心に進む。観念と思考と知性は順行すなわち中心から円周に進み、源の座から降りて自らを知らしめたい場所に移る。これら二つの異なる漸進から生じる可感的結果、非可感的結果の観察については各人に任せよう。

ただ、以上の真理を深く研究する余裕がある人々は、記号も観念も上昇と下降の両方の漸進を行うことができ、昇るか降るかに応じて能動的にも受動的にも、可感的にも非可感的にもなるということが分かるだろう。そこからすぐに、万物の普遍的照応の手段となる大いなる階梯を辿っていくと、二つの漸進すなわち記号と観念がきれいに合体する地点に到達する。そうして両者の違いはほとんど感知できなくなり、二つに分かたれた源がもはや我々にとって一つとなるのである。

第一の問い[6]――「感覚は記号を通じて観念に変化し得るというのは真実であろうか。もしくは畢竟同じことになるが、人間の最初の観念は本質的に記号の助けを前提としているのであろうか」

これは、問題の幅広さから、学士院が生じることを予想している多くの問いのうちの一つであり、応募者は忘れずに答えるよう促されている。

「感覚」という語について述べたところから、私はためらわずに繰り返すが、いかなる観念も我々の内で、記号の本質的な助け無しに生まれることはあり得ない。

この真理は実際、我々が観念の誕生について、下から上へ、分析により考えると、反論できないものである。我々を取り囲む対象のすべて、それを通じて受け取る感覚的印象のすべては、我々の思考にイメージと作用をもたらすのであり、それがなければ思考は目覚めることがない。

さらに、観念の誕生を上から下に、総合を通じて考えてみると、この真理はなおさら反論できないものとなる。私に働きかけて観念を伝えようとする思考存在は皆、記号を用いることによってしかその目的を達せない。乳母でさえ赤ん坊に対し、絶えず身振り手振りと言葉を用いていることからもそれは証明されている。

さらに、人類の起源をどのように考えようとも、思考の根源的萌芽は記号によってしか人間に伝えることができなかった。母と子の間には、生殖と栄養付与と教育の様態があって、子孫の生命の伝達・維持にとって不可欠の記号群を提示しているからである。しかるに前に述べたことをここで捨て去る訳にはいかない。すなわち、母なる観念がなければ我々はいかなる観念も持ち得ないということである。そしてこの母なる観念もあらゆる母が己の子孫に対して従う法則に従わない訳にはいかなかったのである。

だが何よりも先に、この母なる観念が存在するということについて確認しておかねばならないだろう。ここでそのための証言をしてくれるのは判断力と知性である。判断力と知性に問いかけるなら、一方で母なる観念の普遍的優越性と、他方で人間との間に打ち立てられた普遍的融合性をすぐに見出すことだろう。我々の正しい動きも間違った動きもすべて母なる観念に向かっているのであるし、人間のすべての観念、すべての言語は母なる観念を目指したものである。

実際、母なる観念に対し、我々の精神は二つの感情しか抱かない。一つはそれと一体になったときに感じる喜びであり、もう一つはそこから怠慢にも目を逸らしたときに不平や不満、罵りすら引き起こす感情である。

しかしこれら二つの感情の標的になるのは常に母なる観念である。この観念の敵であることを公言している人々は、己の同志たちから支持されてしばらくは思い違いをしているが、本来彼らに必要なのは母なる観念自体から受ける支持なのであって、否が応でも支持を引き出す手段を、その観念の周りに絶えず必死に求めているのである。人々と大いに戦ったあげく、母なる観念に鎗を向けて、そのままの状態でいなければならない。しかるにこのように向けられた鎗はそれ自体が人差し指の代わりをし、母なる観念が宿る場所を我々に知らしめているのである。

そのため、我々が母なる観念と分かち持つ、この断ちがたい絆を少し調べてみれば、人間のあらゆる観念には同一の中心しかなく、観念はその周りをただ二つの方向で回っていることが分かる。この抗いがたい法則の結果、すべての対話とすべての書物は同じことを語っていて、支持するか対抗するかの、二つの側面から考察したこの母なる観念のみに関わっている。そしておそらくはたった一つの語に関わっていて、この語はその〈表〉と〈裏〉を持ち、母なる観念の支持者も敵対者も、自らの多様な構想から描く絵画の中にこれを溶かし込んでいるのである。

というのも、奔流に流される人々もまた、他の人々と同じくこの唯一の語を探し求めている。彼らによれば、この語は思考のすべての領域を圧倒的に支配し、すべての難点を解消するものだと言う。しかしながら彼らは不幸なことにこの語の〈表〉よりも〈裏〉ばかりを標的にしている。すなわち、彼らが求めている語はすべてを麻痺させ、硬直させ、曇らせ、打ち砕くことしかできない。それに対して、彼らが本来求めるべき語は、すべての中心にあるので、すべてを見分け、本来の場所に置き、賦活することで、すべてを明らかにするであろう。

この母なる観念についてもう一つ指摘すべきは、我々の諸観念は他に伝えることができる前に、ひいては我々自身がしっかり知る前に、我々の内部で形を得、実体化するということである。然り、観念は働き出す前に、我々の知性の文書館にはっきりと書き留められ、記載される必要がある。それは自分にとっても他人にとっても観念が失われたり混乱したりしてはならないからであり、必要な際は自分も他人も記録を調査することができるためである。そして種が己の木と外皮とを生み出すように、観念が自らに対して生み出す生来の基本的記号（ほとんど原初言語と言いそうになったが）がここにある。それが本書の最初の節に書かれたことを理解する助けとなるのである。すなわち、すべての感覚が記号であるとしても、すべての記号が通常の意味の感覚でないこともあり得るということである。

よって、母なる観念もまた、我々の思考、精神の中に伝えられるにあたって、同じ歩みを行ったし、日々行っていることをどうして疑えるだろうか。然り、人間の悟性が知性の中で我々の立てる計画を実体化するように、母なる観念も自らの計画に性格を与え、実体化しなければならない。母なる観念の行うことが公のものとなるためには、外的で本質的な記号を備えている必要がある。人間の精神の文書がいたるところで精神に伴い、付き従うように、母なる観念も自らの文書を携えて歩まなければならない。しかるに母なる観念が自らの最も重要な法令を集めて預ける場所として選んだのは、純化され濾過された人間の思考である。母なる観念は己の計画とすべての決定をそこに書き留め、記録したのである。

人間の権力が自分の印の作った法律や議決すべてに自らの印を押し、傍に文書係や法官などを置く様は、これらの真理をことごとく現世的に描いたものだと言ってもよいだろう。人間が自らの中に本性によって、その原初的要素を持っていなければ、こうした記号（象徴的なものであっても）を我々に提示することは決してなかったであろう。

ここで私は筆を慎んでいる。しかし、こうした種類の思索に心を開いている人々が、ここに示された短い観察の中から、いくらかの糧を見出されんことを期待するものである。

その他の、既成概念と人間の不毛な力の限られた円内を闇雲に巡っている人々に対しては、先の問いに対する我々の答えを確証するために、ただ次のように繰り返しておこう。固定的な次元にせよ、恣意的な次元にせよ、原初の諸観念（およそすべて存在し得る一連の観念をここに付け加えてもよいだろう）は、上昇するにせよ下降するにせよ、本質的に記号の助けを前提としている。だからと言って、観念の形成の秘密を捕まえるという彼らの期待が、根拠のあるものだとも言えない。なぜなら、人間の観念の成長、形成、創造には固定的記号の次元があるのは事実だとしても、変動する不確かな次元だけを暗中模索したところでそこには決して到達しないからである。乾燥しきった土地を行く旅人に、空を覆う黒い雲が次々と流れるのが見えても、土地を潤し、地平の視界を晴らしてくれるという二重の恵みを与える雨は、一粒たりとも落ちてこないのである。

第二の問い――「記号に関わる技術が完璧なものとなったら、思考の技術は完成するか」

原初の基本的思考が公理のごとく固定したものであれば、それに付属した記号もその種類ごとに固定したものとなるはずである。あたかも、自然の事物の可視的形態は、それらの内的性質が不変であるがゆえ恒常的であるように。

かくして、原初の観念の次元において、固定的記号の技術は完成の域に達していると言えるだろう。それを作ったのが我々ではあり得ないからである。それ故我々が学ぶべきは、これらの記号を我々の目と精神に提示されたそのままの形で観察しさえすればよいことになろう。そしてもしもこれを思考の技術の完成のために我々が用いないとすれば、それらの記号がいくら我々に訴えかけ続けても無駄だということになる。それらの記号の存在すら信じていないのに、どうしてその有用性を信じることができるだろうか。

ここで自然が与える証拠を用いてみよう。自然が日々示す数多くの記号は、それぞれの枠内で完璧なものであることは否定できない。その結果、確固たる原則に従って、これらの記号の数が多く、完璧なものであればあるほど、それらが内包し我々に伝える観念も数が多く、完璧になるはずである。しかしながら、眼前にこの規則的で固定した光景を見て、人間の思考はこれまでどのような果実を引き出したであろうか。

自然は固定した記号なのだから、自然という存在の深遠な理由が眼前に展開されているはずなのに、それを解明しようとするどころか、自然の機構を調べることに人間は集中してきた。そうしてこの機構が物質と運動の結果であると述べて、知性の全欲求を満足させたと主張してきたのである。彼らは、運動と物質が合体することに理由があるかどうか探ろうという気さえ起こさなかった。物質は休止にばかり向かうのに運動がこれを揺り動かす。運動は停滞と限界を欲しないのに、物質がこれに反抗して止めようとする――このような激烈な状況の中へ両者がどうやって自発的に入るのか、理解しがたいのではないだろうか。

でありながら、真理に仕える者として、運動と物質の合体が示している豊かで鮮烈な諸観念を凝視し、念入りに収集し、我々に伝えて見せることをせず、彼らは己の狭い概念から汲み出した観念と性急にも置き換えた。自分の持つ最も美しい称号を放棄して、どうやって本当の鍵を見出すことができたであろうか。その鍵は人間の矯正された思考の中にしか現れないのである。では彼らが引き出せるはずの明瞭至極な答えの代わりに、この驚くべき合体に付与した観念とは何であろうか。それは偶然という観念であり、これすなわち、すべての観念の虚無である。かの素晴らしく広大な記号が、彼らの頭の中で到達した地点とはここである。観念と記号の間に存在する関係・法則に従えば、この記号は自らよりもさらに素晴らしく、広大無辺な観念の結果・表現であるし、そうでしかあり得ないにもかかわらず、である。

一方で、文法学者たちは（『百科全書』を参照せよ）、いかなる語も観念の本質的表象ではあり得ず、したがってすべての語は協約的なものであると言う。それに対して、文法の原理全般は固定し、永遠で、普遍的なものであると彼らは認めている。

固定していない観念を表現する語について、彼らの説が正しいということはあり得る。しかし、我々が用いる概念より固定した観念があり、文法の原理よりもさらに普遍的な永遠の原理があるとしたらどうであろうか。文法の原理は多様であって、それよりも先に存在する大いなる公理の帰結に過ぎず、人間の観念の導き手や案内図にはなっても源ではない。このような固定した永遠で普遍の原理は、自らと同じく固定していて、永遠で普遍の手段を持たなければ、何に基づき、いかにして自らを働かせることができるだろうか。すなわち、その活動の永遠の主体であり道具であるべき記号、あるいは表現様態がなければならないのである。

他の人々と同じく、私もこの手段を享受できていないという事実は、この原則を否定する証拠にならない。襁褓《むつき》をした赤ん坊は我々が用いる日常の言語を一語も知らないが、だからと言ってこれらの協約的日常言語がしっかり働いていることについて、我々の確信は揺らがないのである。そもそも、固定した完全な記号が存在しなかったなら、それを探し求めて何の益があるだろうか。もしも存在するとするなら、たとえ所有していないことを慰めるためにせよ、それについて語る理由はあるということになる。もしも所有しているなら、享受するのに忙しく、それについて語る暇も必要もないだろう。

結局人間が望む協約的記号の技術は、どんなに野心的に熱望しても、完成の域には達していないし、決して達することがないだろう。なぜなら、記号の完全な技術を打ち立てるためには、それ以前に思考の完全な技術を所有していなければならないからである。固定記号も恣意記号と同じく、その記号の中に人が込めた意味をもたらすだけであり、記号が完全な観念をもたらすためには、前もって完全な観念を備えた人間が、記号の中にそれを打ち立てて作っておかなければならないからである。

よっていま一度繰り返しておこう。完璧な記号に到達するためには、手段を求めてそこに向かう人々が、正にこの手段に期待するものを前もって所有していなければならないだろう。一言で言えば、彼らは完璧な思考を持っていなければならないのである。

しかるに、彼らがこの利点を手にしているのなら、手段としての完璧な記号術に頼る必要がなくなるのは明らかである。証明済みのあらゆる原則に鑑み、総合において記号に先行し、記号を生み出すのは観念であり、観念が完璧なら、それを表す記号もそれなりに完璧なのである。

第三の問い――「諸学問で真理が反論の余地無く受け入れられている場合、それは記号の完璧性の功績ではないのか」

その通りである。しかし、協約的・恣意的な記号ではなく、必然的で固定した記号の完璧性のおかげである。

真理が反論の余地無く受け入れられている諸学問、例えば数学において、固定した記号は完璧である。それは人間が作ったものではない自然の法則、すなわち運動、延長、長さ、数、重さ等の法則に発しているからである。

かくして、力学の定理、助変数の値（明示値か暗示値かは別にして）、座標比率、数の厳密な法則、これらが完璧な記号であるのは固定しているためであって、万物の運動、存在、生命をひそかに作り上げている隠れた真理を、感覚できるように表現しているからである。

しかし、我々が数学において用いている協約記号は、これらの固定した記号とはまったく隔たった別物である。我々は固定した完璧な記号を易々と使いこなせないので、これを縮小したまがい物の模像たる協約記号の手助けを借りざるを得ないのである。

これらの二次的な協約記号がある種の完璧性を備えているのは、数が極めて少ないからに他ならない。それは記号というより、それ以前に存在している固定した完璧な記号の外皮である。その主たる長所は、良くできた外皮が備えている長所に等しい。すなわち、なるべく多くのものを包み、中にあるものを損なわず、逆に保存に貢献するということである。

実際、代数、分析、超越計算等における恣意的協約記号の唯一の長所はここにある。その意味で、こうした記号が持つ有用性は正当に評価しないわけにはいかない。それは固定した完璧な記号の外皮、標識であって、それらなしには容易に近づけない完璧な記号、不変の関係性のもとへ我々を確実に連れて行ってくれるのである。しかし、それらは不確かで相対的な完璧性しか持っておらず、ほとんど固定していないので、我々が自由に変化させることが許されている。ただし、変化させる場合に、その数と協約との鍵を提示する必要がある。

かくして今一度繰り返すと、いくつかの学問で真理が反論の余地無く受け入れられているのは、既成の記号が完璧なためではない。それらの記号の利点は操作が迅速で容易だということだけである。それらが無くとも、固定した完璧な記号の痕跡をじっくりと辿り、それらを結び合わせるなら、同じ地点に到達するであろう。

結局、固定した完璧な記号は肉体の眼にとっては幾何学的図形の中に、精神の眼にとっては命題や公理の中にあるのだが、我々のまがい物の恣意的な記号がこれらの近くにあるせいで、いくつかの学問において真理が反論の余地無く受け入れられるのである。なぜなら人間が創り出し、用いている記号は、我々の手の中で間違った歩みを行うことがあるが、完璧な記号がこれを矯正してくれるからである。我々を導くのはそれらの完璧な記号であって、それらの代わりに一時的に据えられた記号ではない。このことは、次の第四の問いに答えるにあたって、大いに役立つであろう。

実際のところ、これらの補足的な記号はそれ自体少しも完璧ではないので、もしも計算にせよ幾何にせよ数学の真理に関する概念を持たない人がいて、その人に代数計算のやり方と働きだけを教えるなら、伝えようとする数学的真理はすべて、その人にとって意味なく無縁のものとなることは間違いない。

それ故、人間の協約言語に対し、そこに付随していない長所や力を付与するのは控えよう。そうして厳密科学に対して、人間が努力して創り出したものより前に所有している長所や力をためらわずに与えることとしよう。

第四の問い――「永遠に論争の種を提供している諸学問において、意見の相違は記号の不完全性から発する必然的な結果ではないのか」

そうではない。まがい物の恣意的な記号、つまりは体系的定義や書記言語・口頭言語が固定した完璧な記号から遠く隔たっていることが原因である。実際のところ固定した完璧な記号は我々の手の届くところにあって、その最上位に、かの上位の公理、絶対的かつ基本的な真理、つまりは母なる諸観念がある。それらは感覚に発するものではなく、人間のすべての言語の基礎、すべての言語の調整器の役を果たすべきものである。

しかし、混合した不自由な次元にのみ眼を向けたあげく、人間は固定した完璧な記号の存在を信じなくなってしまう。おまけに、それらの記号は真理の単純かつ自由な次元の管轄下にあるのだが、その次元の存在すら信じなくなるのである。なぜなら、我々はこの光まばゆい領域から離れているために、間に厚い雲が生じ、その領域が覆い隠されているからである。しかし我々がその領域に近づくべく、さらなる熱意と信頼と関心を注ぐなら、その雲は消え去るか、そもそも生じないであろう。

しかるに現状では、この永遠不動の領域に自分から目を塞ぎ、その領域の見取り図を描いて踏破するために、自分で創った恣意的な記号の助けを借りて歩んでいる。本来ならその領域の記号を自らに近づけ、数学において可能なように、自分たちの過ちを矯正すべきであるにもかかわらず、その領域を我々の記号に従属させ、縮小しようと望んでいる。我々はその領域を我々の記号に隷属させようとしているが、本来我々の記号こそ、その領域の記号に従属すべきなのだ。そうして、その領域からお墨付きを得なければ我々の記号は一歩も歩めないし、厳密科学で行われているような、あらゆるものの比較対照はできないのである。

よって、厳密ではないと考えられている学問において、扱う対象から遠い距離を置きながら、諸々の学説、議論、闇雲な推測で過誤と堂々巡りとを繰り返しているのは驚くにあたらない。少なくとも、その責は我々の用いる記号ではなく、我々の軽率さのみに負わせるべきであろう。我々は事物の本性を捕まえ、自分の運動に結びつけることができるまで、細心かつ恭《うやうや》しく追いかけるべきなのに、これを変質させ、歪曲し、押し戻し、でっち上げているのである。

ここで、前節の最後の指摘をさらに反論の余地無く示すことも可能である。数学の知識をまったく持たない人々がいて、この学問について偶然に聞きかじった単語を絶えず用いたり、円錐曲線や、立体の形成・寸法、画法幾何学等々について云々したりすることで知識を得た気になったとする。そのくせ、自分では曲線や多面体、長方形など、数学という学問の目に見える基礎となるものをまったく考察したことがないとすると、彼らは完全な深い闇に留まったままであり、この美しくも明晰な学問が、誤解と論争の種を永遠に提供し続けるばかりであろう。

厳密ではないと見なされる高尚な学問について、必死に熱弁をふるう人々が日々行っている歩みはこの通りである。彼らはこの学問の用語をお互いに絶えず用いているが、その学問の基礎たる明白で確実な基礎に近づこうとしない。逆に、それらの基礎を拒絶し、滅ぼすことだけに心を砕いているように見え、他の基礎を創ってその用い方を教えてもらいたいと願っている。

この間違った歩みのために犯してきた誤謬の詳細には立ち入らないが、こうした誤謬を免れた学問はほとんどないということだけは言える。さらに、我々は弱さと惰性からこの混合・混乱した領域にどっぷりと浸かってしまったが、人間の精神に立ち現れる学問がこの領域よりも高いところにあればあるほど、そこから生じる誤解と帰結は大がかりで有害かつ悲惨なものになったのである。そのことを納得するには、宗教と神に関わる学問領域を歪曲し、闇の中に陥れたあらゆる種類の迷妄を考察しさえすればよいだろう。

哲学と論理学に関する受動証拠と能動証拠の違い

自らを思想家と見なす人々はほとんど誰でも、高等哲学、知的次元に関わるすべてにおいて、自分とは無関係に自立している証拠、数学の証拠と同様に自らの知性の活動に依存しない証拠を与えてもらいたいと願う。

このように多種多様な事柄に、同じ性質を持った証拠を要求するのは間違いであることを示すには、彼らに問うて見さえすればよい。自分の肖像を描かせるときと、解剖学を学ぶときで、同じ手段を用いる必要があるのか、と。間違いなく否と答えるであろう。

というのも、自分の肖像画を描かせるときは、画家に己の容貌を見せさえすればよい。画家はその特徴をすべて観察し、正確に表現して、モデルが絵の中に自分の姿を認めると言えるようにする。しかし、解剖学を学ぶ際は、人体を構成するすべての線維と有機的な働きをすべて明らかにすることが何としても必要である。そしてこの学問を死体によって学ぶのは、病気の状態から健康の状態に変えるべく、次は生きた人間の身体で実践するために他ならない。それ故この技術の師たちは弟子に向かって、訓練に用いる死体を、繊細極まりない感性を備えているものと常に見なせと教えるのである。

数学と、議論の絶えない学問との間には、同じ区別、同じ応用をあてはめる必要がある。自然学の研究は全体として人間に関し、事物の表面と相貌のみを対象とする。そのため、精神を働かせはするものの、人間の根源存在に対して努力を要求しない。顔を描かせるため、また鏡で自分の姿を見るために、肉体存在に努力が要求されないのと同じである。

しかし、触知できない人間の本質に関わることについての研究と理解にあたっては、肉体的次元と同じことが要求される。すなわち、人間の最も隠された線維すべてを明るみに出し、同時に激烈な痛みを伴う手術を受けさせねばならぬということである。というのも、人間はここにおいて解剖の被験体であると同時に、全身が傷ついた病人でもあるからであり、生きたまま絶えず完全に解剖を受けないと、この学問の目標には到達しないのである。

しかるに、奔流に流される人々がそこにどりやって到達できるか、真理を守る人々が彼らにどうやって真理を垣間見せられるか、考えてもらいたい。彼らは、人間の真の構造を知るために〈死体としての人間〉に施すべき、これらの調査と教育の業を何一つ行っていない。ましてや、全身の機能を回復し、己の力を知って、己を形作る諸性質を正す能力を取り戻すための外科手術は一切行っていないのである。

よって、受動証拠と能動証拠の間にある本質的証拠を否定するべきではない。そしてその多様な働きの場所と管轄領域を他所に移し替えることを止めねばならない。

第五の問い――「不完全な記号を修正し、すべての学問を証明可能なものにする手段はあるか」

ここまでの論述はこの問いに対してある意味で肯定の答えを用意して来た。したがって、この手段は厳密に言えば存在すると答えよう。しかし、学士院も、既存の学説を支持する高名な博士たちも、この答えには満足しないだろう。

というのも、この手段について語るということは、記号が固定して完全である領域、公理が計算を支配して誤りを正すように、記号がすべてを修正するような領域に、彼らの目を向けさせることになるからである。しかるに彼らはこの領域の存在も、こうした記号の存在も、信じてはいない。

そうした手段があるということは、彼らが用いる記号、彼らが議論で用いるすべてが、こうした固定した完全な記号の外皮に過ぎぬと考えることにつながる。彼らは自分の用いる記号だけが完全な記号の代わりになり得ること、さらに言えば、真理の源であり導き手であり終着点であることを望んでいるのである。

結局、本来はあらゆる学問が証明可能だが、すべて同じ証明が行える訳ではなく、それぞれの学問には固有の種類の証明があると、我々は信じているのに対し、基礎も手法も目的も多様であるすべての学問に、たった一種類の証明を彼らは望んでいる。

　不幸なことに、彼らの主張では混合した不自由な領域に発する下位の学問が、固定した自由な次元にある上位の学問の範型となることが求められている。しかし、実際は固定した自由な次元にある上位の学問の方が、混合した不自由な領域で行われることすべてを正す役を担うのである。それは人間の思考というものが、人間存在の自由な運動も不自由な運動も、すべての調整役となると考えられるのと同じである。

　おそらく学士院は、不完全な記号の改良を望むにあたり、人間の言語や定義の改良のみを視野に入れていたであろう。自然界の固定した事物は、人間の操作によって存在様態が変えられる訳ではないので、観念の完成に関連して、人間の能力や知性を働かせられるのは人間の記号だけであるからである。しかしこうした手段は、学士院の第二の問いに関して我々が挙げたものと同じ不都合に見舞われる可能性がある。

　実際のところ、我々が用いる定義が正確なものとなるための不可欠な条件とは何であろうか。定義しようとする対象、もしくは述べようとする公理や命題についての、明確な観念を持っているということではないだろうか。しかるに、定義しようとする対象や述べようとする公理を我々が本当には知っておらず、我々の知的見解に委ねられている場合、どうやってこの明確な観念を持てるだろうか。

　定義が正しいものであるならば、伝えようとする対象もしくは真理についての観念を、ある程度までは相手の頭の中に生み出し、目覚めさせることができる。しかしその相手に委ねられる部分がある場合、ただ定義を学んだだけで、対象や真理の完全な知識に至ったとは言えないだろう。こちらの側でも自分でそこに到達したことにはならず、もっと近くに寄ったことがなければ、明確な観念を持つことも、ましてやそれを伝えることも不可能となる。

かくして、定義というものは、それを用いたいと思う人の内部に、この定義によって獲得しようとする事柄について、確実な知識があることを前もって想定している。それ故、定義に頼ろうとする前に、逆に定義の使用を極力控えることから始めなければならないだろう。定義しようとするものにさらに近づき、いわばそれと一体化することによって、定まった定義とすることができるようになるのである。

この慎重さが欠けているために、厳密諸科学を除いて、定義はすべてを台無しにしてしまったのである。厳密科学において、それほどの被害がなかったのはなぜかというと、他の学問と異なり、そこでは定義が自ら立ち現れ、自らを定義するからである。

ここで定義について語ったことは、言語についても言える。言語はあらゆる種類の定義を次々と集め、組み合わせたものに他ならないからである。我々の発話のどんなに細微な部分も、また何らかの対象、行動、観念、情念、感情等々に関する陳述も、定義でないものはない。

広く人間の関心事となる日常的でありふれた事柄において、常用言語は十分な役を果たしている。対象がいつでも我々の手の届くところにあるので、そうした言語はその言語なりにたやすく改良され得る。また、対象とある意味で一体化しているので、的確な定義のみを提示し、対象がそこにあることによっていつでも修正可能なのである。

しかるに、上位の言語、つまりは触知不能な学問で用いる言語が、同じ役割を果たすためにも、同じ条件が必要になるのではないだろうか。そしてもし我々が対象と遠く離れているなら、対象を描くための言葉に努力して配慮を加えることで、距離を無にすることができるだろうか。

この問いにはきっぱり否と言うことができる。その理由は以下の通りである。人間の言語の大部分において、とりわけ他の言語よりも完成度が高く、上位にあると我々が考えているフランス語においても、我々は観念を改良すべく努めざるを得ない立場にいる。フランス語がどれほど豊かであろうともその筆に描写を任せようと思う領域にまで、我々自身が向かわなければ、求める目標に届くには足りない。

このことの正しさについては、フランス語を操るさまざまな人が、フランス語にもたらしている多様な効果を見れば、さして慧眼の人でなくても判断できるであろう。作者が機知と才能に恵まれていればいるほど、フランス語は力と可能性を広げる。才能のない、無力な精神の持ち主に扱われれば劣化する。だから、誰かが言っているように、知性が言語を導くのであって、言語が知性を導くのではない。さらに言語の真の豊かさとは、我々が意志を通じようとする人全員の利益のため、深遠な知性と感性と趣味を用いて記号を駆使する技の中にこそあるのであって、記号の多さにあるわけではない。

すべての学問を同じように証明可能なものにするには、それぞれの学問の性質なりに、それぞれに固有な法則に従うしかない。それと同様に、不完全な記号を正す手段としては、記号によって表現しようとする対象、もしくは記号を生み出す源に、各自で記号を近づけるほかないのである。

諸言語の豊かさと貧しさについて

もはや、他の言語よりも多くの記号と表現を含む言語を豊かな言語と呼ぶのは、大きな間違いであることは疑いを容れない。この称号は、真の観念、知性、見識において豊かであるような言語にのみ与えられるべきであった。すなわち、人間の思考の持つ能力と真の欲求に調和する手段が豊かだということであり、これらは人間精神の諸性質の中にあるものばかりなので、我々が総合の利点について語ったこと全体をさらに確証する。

そもそも、こうした偽の豊かさを手に入れるために、我々はどう振る舞ったのだろうか。学士院が求めているように、言語の改良という手段だけで完全な観念を十全に享受するに至ったとしても、手に入れた完全な観念と同じだけの完全な記号を記憶するというのは、我々の能力を超える企てであろう。

とりわけ、歩みの鈍い言語と素早い思考とを同時に進ませるのは、我々の能力を超えた企てであろう。人間の知性から絶えず流れ出る激しい奔流には、人間が口にする言語、ましてや文字はとても追いつかない。この点の考察は、この世で人間の置かれた悲惨な状況に関し、賢明なる人々の目を開かせるであろう。人間は観念の国に住んでいるわけではないが、それでも自らの内で成長し得る観念の多さは、記号の数をしばしば超えており、沈黙する以外の策はなくなってしまうのである。しかしながら、我々に示されたやり方で、どうやってこの難点を打開することができるだろうか。学士院の言う方法では、この克服不能な困難にあえて身をさらし、完全に敗北するだけではないのか。というのも、記号の完成に頼って観念を完成させるとすれば、妥当な観念を手に入れる前に、まずは完全な記号を備えていなければならなくなるからである。

しかし、記号を用いて完全な観念を形成しようとして、完全な観念の源泉ではなく、下位の源、不完全な概念の中から水を汲み出そうとすれば、どのようなことが起きるだろうか。そこからすべての部分を引き出して、言語の単語に当てはめて行き、それをもって言語を豊かにする、というのだろうか。こうした問いに答え、この悲惨な手法が生み出す結果を想像できる人は誰もいない。

したがって、基本的な原動力を失ったまがい物の言語が、人間精神の提示する観念に見合った記号を提供できるほど豊かになれると主張するのは間違っている。そうした豊かさは、人間にとってやがて有害なものとなるであろう。

言語が観念の必要を満たす場所があるとすれば、それは本質的にすべての精神が産みの苦しみにあるような、我々が住む限られた領域ではない。そのような言語が存在する領域では、人間の機能が一切妨げられないよう、言語が観念と同時に歩むことがどうしても必要であろう。この根本的必要性をしっかり考察していないために、かつての中国と同様に現代のフランスでも学者は悩み、結局は欺かれずにはおかないのである。

実際、最も名声高く、尊ばれている諸言語でさえ、人間の精神が絶えず要求している完璧さからはほど遠いものがある。諸民族の観念は数を増やしてきたが、同じ割合で言語を増やしてはこなかったので、タンタロスと同様、のどの渇きが常に増すばかりなのに、水が口に近づくことがない。人間の精神は常に前進するのに、言語は留まるのである。もしくは、時の重さに絶えかねて消滅し、諸国民の精神的原動力も巻き添えになる。

他方で、糧を見出せなくなった観念が急に立ち止まり、まがい物の言語が先に進むこともあった。それが、人間の業が生み出した果実である。

未開だと見なされることもある古代の言語において、同じ単語が多くの異なった観念に当てはめられることがしばしばある。それはその言語の貧しさを示す指標だと考えられた。しかしその問題を決定するためには、これらの単語に含まれる多様な観念と、その後の文明と改良なるものとが現代諸語の中に導き入れた観念を比べてみなければならないだろう。

現代諸語の中に溢れている、うんざりするほど浅薄で虚しい新観念の数々は、古代の観念ただ一つと比べて色あせて見えるかも知れない。

我々は、崇高で堂々としていて、圧倒的に壮厳な観念を、価値が低い無数の観念と取り替え、さらにその観念を源から引き離し、重さを犠牲にして表面にだけ光沢をつけていると気付くかもしれない。

言語の起源については、学者たちが野蛮人の自然な本性にのみ探し求めて我々に教えているが、古代の未開言語の方が、現代諸語よりも言語の真の起源に近いと気付くかもしれない。

そのため、古代の未開言語の方が原初言語の持つ全性質に与ることが可能で、人間精神の全欲求を満たすことができたかもしれない。それは省察のための言語であるよりも、むしろ行動と愛情の言語であったかもしれない。それは書かれるよりも話される言語で、生き生きとした活動によって、文字よりも常に話し言葉に属すべき力と優位性を持っていたかもしれない。これによって、自らの内から熱と生命を生み出すこともできたであろう。それは我々の冷え切った思索では精神と言語によって表現できなくなり、華美な文体によって置き換えようとしているものである。

そのために、言語の真の起源から遠ざかり、言語精神の持つ偉大な力から離れれば離れるほど、人間は用いる言葉が明確に示さなくなった意味を理解させようとして、形容詞や婉曲表現に頼らざるを得なくなった。さらに、低い領域の錯覚に身を委ねれば委ねるほど、自分がいかに真理から遠く隔たっているか気付かれないように、しばしば余分な修飾を山ほど用い、その華々しさで人の目を眩ませようとした。これについて、詩と雄弁はどこまで過剰な技巧を発達させ、同時にどれだけ虚偽に従属するものになったかが分かるだろう。

よって過つ恐れなくここに明言しよう。先に見たように、人間の精神が常に先に進み、言語は留まるということは真実だが、言語が先に進んで精神が留まった、もしくは本来精神が発見し、人に知らしめる責任があった健全な観念の領域にまで昇らなかったというのも同様に真実である。逆に、精神はそれとは正反対の観念の領域に飛び込んでいった、もしくは言語によってそこに引き込まれていったのである。もしも言語が精神によって単純な領域に導かれていれば、統一性と明晰性と純粋性を手に入れたはずなのに、多種多様な混乱が求める欲求を満足させるために、無数の形態をとらざるを得なくなった。これによって言語が奔流の中に飛び込み、まがい物の装飾が豊かになればなるほど、人間の誤謬と悪徳とを成長させる手段を手に入れ、思考の真の糧に与えるものは少なくなった。こうして、言語が豊かになったと見えたとき、実際は貧しくなったのであった。

というのも、言語の豊かさが真に目的とするのは、こちらの話を聴ける人々の中に、上位の力と光とを呼び覚ますことである。しかるに、言語というものは受動的な道具なので、人間の手の内で言語にこの崇高な特権を享受させようと思ったなら、まずはその言語を話す人が、伝えるべき上位の力と光を豊かに持つことから始めなければならない。ここでは特に、感覚を観念に取り違えないこと、またすべての種類の観念を光と力に取り違えないことが肝心である。

また、野蛮な言語が現代言語にある偽の装飾を欠いているからといって、我々が言う真の豊かさにより近いなどと考えてはならない。野蛮な言語はほとんど動物の言語に過ぎないのであって、奔流の泥土にはまり込んでいる。知性の豊かな領域に向かう上昇という点では、我々の言語よりもさらに低いところにあるのである。

言語の豊かさと貧しさを正確に決定するためには、以上のような基礎に依拠しなければならない。

観念には最終目標が無くてはならない。その最終目標とは何であるか

我々は先に、いかなる記号もそれ自身では完結せず、到達すべき目標に向かって進んでいくと述べた。

しかし、観念もまた記号であるとも我々は述べた。というのも、観念とはそこから稲光が生ずる黒い雲、火事が起こるべき火花なのである。しかるに観念が記号であるとすると、他の記号と同じく観念もそれ自身で完結せず、到達すべき目標に向かって進んでいく必要がある。我々の関心事たるこの小論を完結するにあたって、これは観念に関して論じておくべき重要な点であろう。観念自体は単純な図像であるが、観念の最終目標がそのようなものでないことは確かである。それはもっと滋養に富んだもの、強烈な生命、つまりは渇望の充足、人間存在全体を満たす感情もしくは愛情である。それに対して、観念それ自体は人間の知性だけを占め、満足の予感だけしか与えない。建物を建てようとして構想する計画のようなもので、そこに住むという目的を完全に成就して初めて完結するのである。

実際、観念とは光と闇の混在した絵、そこから光が生まれてその観念よりも高い愛情を引き起こすような、一種の小さな混沌に過ぎない。あたかも、自然の事物を眺めることで、我々を魅了する印象が我々の内部に育つように。また、感覚を抱くことによって、その感覚よりも優れた観念が我々の内部に育つように。

この充足、この感情、この愛情こそ観念の最終目標であり、観念を通じて、新しく、完全で、平穏で、光輝く領域に我々は到達するのである。そこは思考を懸命に働かせた後であるだけに穏やかな領域に見え、人間の諸機能は安らぎを得る。その領域は我々に類似し、我々と調和するかのようで、精神に宝を顕して見せて我々の賛美を引き出す。のみならず、我々と言わば一体化することで極めて魅力的な関心を引き寄せ、強い幸福感で我々を満たす。そのような感情はこの領域だけが与えてくれるもので、それはこの領域のみがこうした感情の原理であり、いわば〈母なる印象〉とも呼べるものに我々を近づけてくれるからである。

というのも、〈母なる観念〉というものがあることは既に述べたが、〈母なる印象〉というものも疑いなくある。〈母なる観念〉が無ければ我々は一切の観念を持てないように、この〈母なる印象〉がなければいかなる印象も持てないのである。何となれば、本源的な渇望があって、自ら生まれ、すべてを満たして至る所に入り込まなければ、なにものも愛し合うことはなく、なにものも引きつけ合うことがないからである。

人間は皆、その存在を否定するにせよ、まだその高みにまで達せないときにこれと一体化したふりをするにせよ、〈母なる印象〉に関心を抱いている。人々は皆さまざまな意味で〈母なる観念〉に関心を抱いていて、〈母なる印象〉は〈母なる観念〉の中で描かれ、絶えずその記号となっている。

ここで以下の点を認めておこう。観念がこの領域に我々を導いて初めて、著作家たちがあれほど探り続けている〈崇高〉について知ることができる。まことに、崇高な愛情こそ、観念の真の最終目標である。あらゆる観念は、人間がその本当の方向を見失わないよう付き従うならば、この広大で充実した、魅力的な目標に人間を導くのである。我々は感覚的印象を日々歪めなければ、健全な観念のみを持つことになる。それと同様に、観念が変造されたり、自らを変造したりしないよう慎重でいるならば、深遠で有益な印象だけを手に入れることになるだろう。その結果、人間存在が持つ機能はことごとく満足させられる。それは健全で純粋な観念の領域が人間の中に自らの言葉を持つように、崇高な愛情の領域が自らの言葉を持っているからである。後者の領域は高く、優れたものなので、人間の観念の言語そのもの、さらには人間のすべての運動をやがて支配するようになるだろう。

我々が観念をうまく支配しておらず、人に慰めを与えるこの目標に達することができていないとしても、このような逸脱は次のような原理を否定するものではない。すなわち、人間の観念の最終目標とは渇望の充足であり、良くも悪しくも愛情であるということ、そして記号は自ら完結するものではないので、観念そのものが観念の最終目標として役立つとは決して考えられないということである。

だが、充足と愛情はなぜ観念の最終目標であって、同時に、人間精神の働きすべての円環を閉じるように思われるのだろうか。それは、先に述べたように、観念が〈渇望〉の記号、表現に他ならないからである。そのようなものとして、観念は己の原理と類似し、これと同じ性質をもつべき最終目標に我々を連れ帰るからである。観念の原理とは〈渇望〉であり、その最終目標において〈渇望〉の激しさの中に濃縮され、圧縮されていたものすべてが完成し、所有されるので、目標はそれだけ巨大で、興味深いのである。

同時に、崇高きわまりない充足、高尚きわまりない愛情が、なぜ我々を最も魅了し、筆舌に尽くせぬ魅力を持つのであろうか。それは、生み出す力を持つのが純粋な〈渇望〉、真実の愛情だけだからである。生きた精神は、自らと同種の果実を生み出さぬかぎり、幸福にはなれないからである。太陽の光は、この天体から発した熱が地上に生み出した産物すべてを我々に照らし出してくれる。しかし、光が私の知性をこの熱の本源まで高め、その全性質を私が自分と他の人々のために用いることができなければ、私に対する光の務めは半分も果たされたことにならない。

したがって、ここまで辿ってきた記号に関する分析的・上昇的漸進の全段階において、人間が切望し、準備することができるのは、このいと高き業である。そこにおいて人間は〈母なる印象〉もしくは原初の〈渇望〉の、至高の領域とそれに固有の言語とを見出す。その時人間は総合的・下降的漸進を再開するのだが、それは本源的性質、原初の権利によって人間に課せられた仕事であり、今度は観念に対して、また己の感覚存在の通常法則に対して、能動的かつ恵み深い影響を与えることになる。さらには既に述べたように、自然記号それ自身に関する知識、使用、方向にも影響を与える。かの生成的な〈母なる印象〉はそうした事柄の最終目標かつ調整器の役割を果たすので、そこにまで我々が到達していなければその歩みを正すことはできない。

しかし、この真の目標に目を向ける人はほとんどいないので、人間の精神が日々自然に反した結託を行い、しばしば不毛な外観を示し、生命を伝えられない野生的で奇形の果実ばかりをもたらしているのも、驚くにあたらない。

結論

この小論で考察したことに従えば、以下の点が導き出される。記号とは最終的に、〈渇望〉から生じている。人間が完全に記号のやりとりを行えるのは、知性を持つ存在との間だけである。上昇的漸進にせよ、下降的漸進にせよ、人間は観念の展開のために記号を用いぬわけにはいかない。記号とは観念の果実であり、観念を刺激するが、観念を創り出すことはない。人間の手の中で、記号は人間に役立つ以上に人間を迷わせてきた。常用の観念を展開するために、人間によって伝えられた記号の助けが必要ではあるが、それよりももっと固定していて、協約に依存しない記号が必要である。したがってこの観点からすると、人間は他の人間から隔てられても、完全に見捨てられたと考えてはならない。すべての種が地中を通過するように、すべての観念の領域は人間の精神を通過しなければならない。この世界ですべては分かたれていて、我々は観念の国に生きてはいない。自然の歩みは総合であって、我々が堕落していなければ、それは我々の歩みでもある。分析はそれ自体部分的な総合に過ぎない。母なる観念というものがあって、それなしに我々はいかなる観念も持てないであろう。この母なる観念に属する固定した記号が完全なものであるのは、それを生み出す母なる観念自体が完全であるからに他ならない。それに倣って、我々は記号の修正に取りかかる前に、観念の修正に努めなければならない。人間の判断力は神性の〈感覚中枢〉であり、その記録文書の保管庫である。厳密科学が明晰である原因は人間の協約言語ではなく、基本的記号、つまりはこの科学に常に付き従う原理にある。論争の絶えない学問も、その学問に固有な基本的記号の位置まで昇るなら、同じ利点を持つであろう。諸学問は多種多様なので、それぞれ特有の証明を持っている。諸言語の目的は我々に母なる観念の諸性質を明らかにすることだけである。諸言語は実際にそのことに関わっているが、進む方向が逆である。これによって、諸言語は豊かだと言われていながら実際は貧しくなっている。母なる観念があると同様に母なる印象というものもあって、人間精神のすべての働きが到達できる、そして到達しなければならない最終結果がここにある。これらの崇高な前提を逸脱し、学士院のように観念の形成を言語と記号の改良に従属させるということは、我々を狭小な可能性に閉じ込めるということであり、そこから期待できるものはほとんどない。生成の源が観念の萌芽を与え、人間がこれを有形化する。観念に対する記号の影響は受動的で反作用的なものだが、記号に対する観念の影響は能動的で生成的である。記号の改良に関して学士院が要求し、一般から提出されることになる秘訣は、我々を最終目標に導いてはくれないだろう。すなわち、すべての人間の思考が向かうべき、正しい崇高な印象という目標には到達せず、それどころか観念の改良という主要な手段にも導いてくれない。学士院の唯一の目的と思われる協約記号の改良ということが行われたとすると、観念の改良という主要な手段が消滅し、崇高な愛情という最終目標も消滅する。というのもその二つとも自由な空気の中でしか生きられないのに囚われの身となるからである。畢竟、人間の学問が無知のために歩みを止めず、本来の目的と正反対に歩むことがなければ、人間にもたらす貢献とは以上の通りである。

1―ジョン・ロック（一六三二―一七〇四）の『人間知性論』への言及。

2―エティエンヌ・ボノ・ド・コンディヤック（一七一五―一七八〇）。フランスの哲学者。『論理学』は一七八〇年の出版。

3―サン＝マルタン『タブロー・ナチュレル――神と人間と宇宙の関係について――』（一七八二年）第四章など。

4―ニコラ・ド・マルブランシュ（一六三八―一七一五）。フランスの哲学者。オラトリオ会修道士。

5―ジョージ・バークリー（一六八五―一七五三）のこと。アイルランドの哲学者、聖職者。

6―懸賞論文には応募者に回答を促す以下の五つの質問が用意されていた。

解題

今野喜和人

「秘事の愛好者の遺作」と銘打たれて一七九九年に出版された、この何とも不思議な作品について、まずは出版時に新聞に載った無署名の書評を紹介しよう。

『クロコディル［…］』。これがこの風変わりな作品のタイトルである。著者はここで、首尾一貫した寓意のヴェールに隠してではあるが、いとも高い真理の数々を詳説しており、ひとつの哲学の種を諸処に蒔いている。その哲学はこれまでにないまったく新しいもの、もしくは現在までごく少数の人にしか知られていなかったものである。

今日、人々を支配している諸々の制度のみならず、誤って「学問」の領域と呼び慣わされてきたところで、大きな発酵状態が生じている。この発酵は人が想像するよりずっと以前から存在しているのだが、その内部で高い精神を持った人々が立ち上がり、何故すべてがこのように発酵するのか、真理は固定したものであるはずなのに、何故人々の思考と習慣に休息が決して訪れないのか、探求したのである。

このような探求とそれに続く思索の結果、人がこれまで空しくも携わってきた虚偽の、そして矛盾した要素に満ちた学問とは全く別の学問が生まれた。似非学問が分割したものを結び付け、似非学問が殺してしまったものを蘇生させ、万物に理由を、それも死んだ理由ではなく永遠に活動する理由を与える学問、神をも除くことなく万物に対してその〈何故〉と〈如何に〉を、その実在の大きさと数とを、付与する学問である。そして世界に対してその運命を明らかにし、人間に対してその隠された歴史を教える学問、ありとしあるものの大胆な解剖によって、万象を在らしめているもの、それなくしては何物をも知り得ず、何物も説明し得ないものにまで、段階的に上昇して迫る学問である。

いくつかの著作がこれまでにも現れ、常に神秘のヴェールを通してであるが、この学問の原理と基礎を垣間見させてくれた。本書でもヴェールは失われていないが、ずっと容易に中を見通すことが可能である。きっといつの日か、もしかするとほどなくして、このヴェールは完全に落ちることだろう。それまでの間、真の学問とは実際どのようなものであり、どのようなものであるべきなのか、知ってみたいと思う人は、出版されるこの奇妙な書の中で以下のくだりを読まれたい。独立者の会におけるジョフ夫人の演説、万物の生成と展開等々についてのクロコディルの演説、義勇兵ウルデック、未知の人などの話。ユダヤ人エレアザールがセディールに授ける教えについて、また彼の役割全体――教えるところ多く、高度な思想に向けて精神を開いてくれる役割――について考えて頂きたい。とりわけ最後に、アタランテの描写と、我が国の学士院によって提起された重要な問い「観念の形成に及ぼす記号の影響とは何か」に関連して、記号と観念に関する深い省察に、目を留めて頂きたい。ロックと彼の二人の弟子コンディヤックとボネを読んで形而上学者を自任している人々は、きっとこれには満足しないであろう。しかし、人の意見や書物や評判に騙されない賢明な人々はいるものである。そのような人々はこの論考を読んで収穫があるだろうし、彼らが真理を発見せんと真剣に努めるのであれば、いかなる途をたどるべきか示すにはこの論考だけで十分だと、きっぱり言うことができるのである[1]。

思想小説としての本作品の意味について明確に共感を寄せている好意的書評だが、それもそのはず、この文章の作者は原著者自身であったことが諸般の事情から明らかになっている。その著者とはルイ＝クロード・ド・サン＝マルタン Louis-Claude de Saint-Martin（一七四三—一八〇三）であり、思想史的には反啓蒙、かつロマン主義の先駆という位置づけがなされる神秘思想の潮流「イリュミニスム」の代表的存在である[2]。サン＝マルタンが「知られざる哲学者 Philosophe inconnu」の筆名で発表した難解な哲学的作品は、散文詩的な体裁の『渇望する人』（一七九〇年）を除くと広範な読者を獲得したものはなく、一八世紀思想の専門家か、一九世紀ロマン派作家（例えばバルザック）の材源に関心を寄せる研究者以外に、その名を知る人も稀であろう。しかし、フリーメーソン運動とさまざまな意味で関係する神秘思想「マルチニスム」の始祖の一人として、一部では現在なお熱烈な支持を受けている存在でもある。

『クロコディル』はサン＝マルタンが著した唯一の小説であり、「秘事の愛好者」というペンネームもこの書だけで用いられた（むろん「遺作」でもない）。読まれることの少なかった彼の作品の中でもとりわけ忘れ去られ、二〇世紀後半に至るまで、いかなる文学史においても扱われなかった。理由として、サン＝マルタン愛好者はよりサン＝マルタンらしい作品の解読に力を入れるであろうし、一方幻想文学の愛読者は本書に被された「ヴェール」に接近を阻まれていたせいもあるだろう。しかしながら、単なる「啓蒙の世紀」という規定では収まりきれない多層的な一八世紀を理解するために「イリュミニスム」が徐々に脚光を浴びるようになるにつれ、『クロコディル』も一九六二年、一九七九年、二〇〇八年と立て続けに再版されて一般の読者にも手が届くようになった。フランス革命二百周年の際には本作を脚色した戯曲まで、パリその他の地で上演された。

本書は『クロコディル』の全訳であるが、訳者の知る限り他言語に訳された例は無く（サン＝マルタンのいくつかの作品は著者の生前から英・独・露語などに訳されているにもかかわらず）、これが初の翻訳ということになる。実際、著者の言う「ヴェール」の存在が障害となる上、まともな校訂版が存在していない段階で取り組むには、かなりの困難が伴う訳業である。それでもこうして世に出そうと思った理由は二つある。

ひとつは言うまでも無く、サン＝マルタンを一八・一九世紀思想史の中に正当に位置づける必要性からである。処女作『誤謬と真理』[3]（一七七五年）から始まるサン＝マルタンの著作の多くは、一見平易な哲学的文体に所々謎めいた表現が埋め込まれて本意を捉えるのが難しく、なかなか全貌を伺いきれない。ところが、右の紹介文にもあったように、本『クロコディル』の登場人物が発する言葉は、著者が批判する「似非学問」と、世に広めようとする「真理」との対比を所々で明確に提示してくれている。むろん、両方向の言説はしばしば混じり合って（とりわけ第四一篇、アカデミーにおける長演説）、人を戸惑わせるものの、ある程度予備知識のある（サン＝マルタンの好む植物関係の比喩を用いれば「土壌」のある）読者にとってはかなり理解しやすい形で差し出されている。真理は言葉によって伝えられないとするのが神秘思想の極地であるとするなら（第七一篇「沈黙の講座」を参照）、沈黙とは逆の饒舌に紛らせて中心的主張を汲み取らせようというのが本書の狙いだと言えるだろう。

今ひとつの理由は、単純に本作品の小説としての面白さである。大革命前のパリに鰐の怪物が現れて暴徒を操り、天地開闢から当代に至るまでの人類史になした介入の歴史を長々と語る、という着想だけでも興味を惹かれるのに、物語は正に時空を超越し、世界中の海、陸、地下、天上を舞台として、古代ギリシアへの擬似タイムトラベルまで組み込まれている。魔術的道具立て、笑劇的な場面、SF的とも言える奇抜な発想にも事欠かない。なぜこの作品が文学史から長い間完全に無視されていたのか、理解に苦しむほどである。[4]

もっとも、第一の理由として挙げた思想的言説の存在と第二の盛りだくさんの筋立てとが、互いに互いの価値を打ち消し合っているきらいがなくもない。特に（本人による書評では最大級に評価されていた）第七〇篇を構成する論文は全体の約六分の一を占める長大なもので、物語を純粋に楽しみたい読者には邪魔になるばかりだし、言語哲学的な興味で取り組むには物語とは別の枠組みが欲しいところだろう。そのため、本書ではこの部分をいったん削除し、補遺の形で巻末に訳出することにした。

しかし本書の独自性は正にこの二つの側面の存在にあるので、両者が共存して相乗効果を挙げられるように、以下いくつかのテーマに沿って、解説を施しておくこととする。

〈善〉と〈悪〉

表題の中にあって、物語に神話的色彩を付与している「善と悪の戦い」とは何を象徴するのであろうか。登場人物たちはほぼ完全にこの二つの陣営に区分けされているので、それぞれを概観していこう。

まずは悪の陣営の頭領クロコディル。ユダヤ＝キリスト教の動物表象において、鰐は古くから〈悪〉の権化とされていた。悪魔がしばしば鰐のかたちをとることは知られており、『ヨブ記』等に現れる怪物レヴィアタンも、少なくとも一部は鰐のイメージを反映している。また『エゼキエル書』(三二章)では、鰐によってファラオが象徴されており、エジプトの地とも密接に結びつく存在であった。

クロコディルは徹底して〈暴力〉的な存在であり、人間の中に数々の戦乱、諍い、暴動、圧政を吹き込むだけでなく、多くは大地震の形で自然災害ももたらしている。その被害者たちはクロコディルの体内に取り込まれ、地獄の責め苦を受けて、持てる知識を絞り出される。すなわち、クロコディルが本当の意味で支配しようとしているのは人間の頭であり、ありとあらゆる学問がそのくびきの下に置かれている。その支配の手先となるのが、全世界と宇宙にちらばる精霊たちであり、生身の人間としては〈貫禄のある女〉femme de poids と〈のっぽの痩せ男〉grand homme sec という、外見描写とも渾名ともつかぬ呼称を与えられた存在である。後者のモデルがカリョストロことジュゼッペ・バルサモ(一七四三―一七九五)らしいことは注(四四頁)に述べた。さらにその下ではロゾンというピカレスク小説的な悪漢が暴徒を扇動する。

しかし〈悪〉の側の策謀は完璧には働かず、常に〈善〉の側からの妨害を受けている。その先頭に立つのがエレアザールであり、スペイン系ユダヤ人という設定といい(物語の最後で〈真の〉キリスト教に改宗することを含めて)、超人的な異能ぶりといい、明らかにサン=マルタンの第一の師、マルチネス・ド・パスカリ(一七一〇?―一七七四)をモデルにしている。マルチネスの出自ははっきりしないが、フリーメーソンの一分派「エリュ・コーエン」教団をフランス各地に作り、霊的存在者との交流(いわゆる「降霊術」)を足がかりに、転落を被った人間に原初の神的性質を認識させる、という活動を行っていた。サン=マルタンはマルチネスに導かれて、神秘思想の途に入ったのであった。[5]

エレアザールを支える超自然的存在としては、ジョフ夫人(JOF が信仰 FOI のアナグラムであることは二四八頁の注に記した）、その夫である〈宝石細工師〉（キリストのイメージが投影されている）、善良な精霊たち、クロコディル体内にいた〈韃靼人の女〉がおり、通常の人間としてはエレアザールの娘ラシェル、警察長官セディール（Sédir はサン＝マルタン思想のキーワード désir＝渇望のアナグラム）、義勇兵ウルデックがある。彼らを束ねる神秘的結社〈独立者の会〉については、後段で項を改めて解説しよう。

フランス革命

サン＝マルタンはこの小説を革命勃発直後の一七九〇年から書き始め、九二年に一応完成させた後、何度か手を入れて九九年に自費出版していて、これは正にフランス革命の動乱から一応の終息までの時期にあたっている。物語の時代設定としては「ルイ一五世治世下」（在位一七一五—七四年）とされており、八九年に始まる大革命そのものを扱っている訳ではないが、革命に関わる現実のエピソードを数多く反映しているのは明らかである。天変地異による食料危機、終末論的予言の横行、財務総監の失政、都市での暴動等々、小説の冒頭は革命直前のパリをそのまま描き出している。さらには近未来予言的に革命に関わる事物に触れている箇所もあり（第一七篇における、人々が「頭部を失う」という噂、第三五篇でのエコール・ノルマルへの言及、など）、フランス革命が本書を執筆する大きなきっかけになったのは間違いのないところである。

では、反乱を操っているのがクロコディルである以上、大革命の首謀者たちは〈悪〉の側に立つこととなり、小説におけるその最終的敗北は革命の失敗を象徴しているのだろうか。ことはそれほど単純ではない。ここでサン＝マルタンのフランス革命観を詳述している余裕はないが、革命の暴力的側面には一切同情を寄せなかったにせよ（著者の平和主義は徹底しており、物語の中で一滴もと見なしており、物語中では〈時間の鋳型〉の破壊（二四頁など）として予告されるのである。
タンはそれを「終末」や「千年王国」の開始と直接結びつけはしなかったが、歴史の流れの転換点
契機となるべき大変動であった。当時の社会が多く輩出していた予言者たちと異なり、サン＝マル
政治的変動と直接関係はなく、虚偽の知が倒され、「真理がこの地上で権利を回復」する（五六頁）
人類史の一大エポックとして基本的に評価している。それは王政から共和政への移行というような
血が流れないことも想起されたい）、彼は大革命を神意による宗教戦争、精神革命と捉えていて、

啓蒙主義

では、クロコディルが太古から人々の頭に吹き込み、最終的に打ち倒されることになる虚偽の知、似非学問とは何であろうか。その筆頭に挙げられるべきはむろん、啓蒙哲学である。それはクロコディル自身の言葉、「［障害さえ無ければ］百科全書主義からどんな成果でも引き出すことができるのだが。そうなれば百科全書主義は止むことなく繁殖して、我が支配を地上に遍く広げるであろう」（一一二頁）からも明らかである。

サン＝マルタンによる当代の哲学・科学に対する批判については、物語の諸処にあるアカデミー会員への揶揄や、クロコディルの学術講義その他から読み取って頂くしかないが、批判の標的として無神論・唯物論、そして結局はそこに繋がるものとして感覚論哲学があることは指摘しておいた方がいいだろう。ここでサン＝マルタンの念頭にあったのはコンディヤックの系譜を継ぐ「イデオローグ」（観念学派）と呼ばれる一派であり、テルミドールの反動後に作られたエコール・ノルマルやフランス学士院がその「牙城」と見なされていた。エコール・ノルマルにサン＝マルタンが郷土アンボワーズから選抜されて受講生として参加し、イデオローグのリーダーたる教授ガラと公開

論争を行ったのは本文の注（一二四頁）で述べたとおりであり、学士院の提起した懸賞論文への答えが、既に言及した第七〇篇を構成する長大な論文である（実際に応募はしなかった）。この論文についても詳しい解説を行う紙幅はないが、言語論の史料としても、現代の記号学的視点から見ても、なかなかに興味深い主張が展開される。ここでは観念の形成において記号の影響を決定的なものと見なし、語彙の増大をもって精神の進歩と見なすような啓蒙＝感覚論的言語観がまず否定される。その上で、すべての観念に先行し、記号に全く依存しない（もしくは通常の記号で表現できない）神的直感「母なる観念」idée-mère の存在、およびこれと非恣意的な関係をもつ原初の言葉が想定されている。本有観念論とも感覚論とも距離を置こうとするサン＝マルタンの独特な言語論は、この後の時代の「スピリチュアリスム」やロマン主義的な芸術論との関連で読まれると、思想史上の位置がよりはっきりするだろう。

他にも書斎的な知への執拗な批判なども啓蒙主義攻撃の一環と言えるが（ただし本作品には古今の書物の引用が頻出する）、サン＝マルタンのこうした反〈啓蒙〉の立場が単なる蒙昧主義ではなく、啓蒙の推奨する諸価値の全否定に繋がるものでもないことは付け加えておくべきだろう。この後で見るように宗教の世界における狂信や迷信は正にクロコディルの影響下にある〈悪〉であって、植民地主義批判や宗教的寛容の主張など、むしろ啓蒙側に置かれるべきテーマはいくらでも見出される。サン＝マルタンが一貫して死刑反対の立場に立ったことも、物語の大団円との関連で付け加えておく。

教会

サン＝マルタンにとって人間の精神の再生を妨げているもの、それは哲学者たちの無神論や唯物論であると共に、啓蒙主義の台頭に対抗して有効な救済手段を提示し得ない既成教会でもあった。先に述べたように、フランス革命によって教会が打ち倒されたことに宗教戦争・精神革命としての意義を認めようとする革命論を、彼は一七九五年に発表している。元来地上的教会に重きを置かず、個人の内面における神との接触を目指す神秘思想家にとって、神と人との間を媒介する聖職者の廃絶は目標達成のための一段階と見なし得るのである。

しかしながら、『クロコディル』中の既成教会批判はそれほど直截でなく、出版当時（九九年）のフランスで既に始まっていた教会回帰の方向に配慮してか、特に宗教問題に関して筆の暴走を抑制している。自伝的文章の一節に、「私は『クロコディル』の中に、『神学は正真正銘の教皇学 papologie となり、調停の冠たるべき教皇冠はおよそ知り得る限りの人間を苦しめることに専念する荒廃の冠になってしまった』と書いた。人はこれを削除するよう勧めたので、私は喜んでそれに従った」[6]とある。ありとあらゆる虚偽の教説を人間の頭に吹き込む怪物クロコディルも、カトリック教会自体を直接の支配下に置いているのではなさそうである。しかし、歴史上教会が示した不寛容性は、小説中でたびたび攻撃の対象となる。なかでも宗教裁判所について、クロコディル自身がはっきりと語る。「彼ら［スペイン人］の国には宗教裁判所を授けてやったが、これは我輩のなす業すべてを縮めて精製したようなものである」（一一八頁）。十字軍に至ってはクロコディル自身にも「考え出せなかった代物」（一一七頁）だとされている。

ところで、以上のような既成教会批判と合わせ、本書にはサン＝マルタンの理想教会論も顔を覗かせている。既に指摘したように、サン＝マルタンは思想家としての出発点をマルチネス・ド・パスカリに負っているが、マルチネスの指導した「エリュ・コーエン教団」では、降霊術的な儀式を行って団員に霊的な確信を与えようとしていた。こうした「外面的手法」に限界を感じたサン＝マルタンは教団を脱退し、ヤコブ・ベーメの作品を第二の師として内面的生活に没頭しつつ、その後はメスメリズムの結社〈普遍的調和協会〉への一時的加入を除いて（ちなみにメスメリズム＝動物磁気説もクロコディルの配下にある）、いかなる教会、結社にも属さなかった。「私の宗派、それは摂理である。私の布教相手、それは私である。私の宗教、それは義である」[7]と言う彼にとって、求める教会とは地上的なものでも、目に見えるものでもなかった。

そのような理想教会は物語中で超自然的な結社、「地上で唯一、神的な性質を持った会の実質的似像」（二六八頁）たる〈独立者の会〉として寓意的に描かれる。小説の結末で〈独立者の会〉への入会を許されるエレアザール、セディール、ラシェル、ウルデックにとってクロコディルとの戦いはその会への加入礼の試練として捉えられよう。特にウルデックが怪物の腹の中に呑み込まれ、冥府下りを経験する箇所は、イニシエーションの試練の古典的モチーフとして興味深いものがある。

オカルティズム

啓蒙主義哲学、既成教会の狂信的側面以上にクロコディルと関連づけられるのが妖術、占術、隠秘科学など邪な魔術的実践である。最大級の〈悪〉としてのオカルティズムへの言及は極めて多く、パリ、クロコディルの体内、古代ギリシアのアタランテ等、至る所を舞台にしてその蔓延ぶりが描かれる。オカルティズム批判は本書全体を貫く最大のテーマのひとつである。

ここで問題になるのが、サン＝マルタン自身の奉じている神秘思想と、彼が批判するオカルティズムの境界はどこにあるか、という点である。既に指摘したように彼の思想家としての出発点は降霊術を実践していたマルチネス・ド・パスカリの教えにあったし、オカルティズムの理論的基礎となる類比的世界観、照応の法則は本書でも肯定的に提示されている。〈善〉の側のリーダー、エレアザールもたびたび魔術の力を借りてクロコディル一味と戦っている。

実はこの点に関する議論も、本書を通じてサン＝マルタンが訴えたいテーマのひとつであった。例えば、キリストのイメージが被せられている〈宝石細工師〉は占星術的発想にほかならぬ天体と人間の照応を語った後、次のようにセディールに向かって語りかける。

いま一つ、あなた個人に益することを付け加えると、人間の中のこうした符号［＝天体上に表示される人間の運命の表象］の矯正にこそ、人間の本当の変容がある。そこにこそすべての人間が地上で勝ち取るべき真の勝利を特徴付けるものがある。この狭い道を通ってのみ、人間は平和と光と真理の領域を征服できるのだ。

生涯の残りの日々を倦まず弛まずそのために努力するがいい。この業に根気強く従事すれば、やがてその果実を摘むことになろう。その主要な成果は、天体の領域たる運命の領域の、あらゆる桎梏から解放されることにある。また天体の領域よりはるか上にのぼって、時も運命もない、人間の故郷である領域に霊において帰還することになる。そこでのみ、人間を原初形作っていた要素・性質である休息と、生命と、知を見出すことができるのである。（二六四頁）

すなわち、本来神的な能力を持って創造された人間は原初転落を被り、自己を取り巻くさまざまな影響に振り回される存在に堕した。しかしこうした影響を乗り越えて自由を回復し、自らの運命を支配できる存在に上昇することに、人間の再生の奥義があると訴えているのである。

また、神秘思想における再生への前進的な階梯は、しばしば錬金術の用語によって言い表されるが、「真の」錬金術は「石炭を用い」ないと〈宝石細工師〉は言う。「私たちにとって真に有益な錬金術と宝とは、私たち自身の存在の変容であり一新なのである」（二五九頁）。この言葉はマテリアルなオカルティズムに対するサン＝マルタンの態度を要約している。エレアザールが最終的に魔法の器を放棄してセディールに委ねるエピソード（第九三篇）は、エレアザール自身のイニシエーションが完成したことを象徴しているとも言えよう。

以上、膨大なテーマが盛り込まれた小説の解題としては意を尽くせぬものがあり、また訳者自身、謎解きができずにやむなく注に「不明」とした部分が多々あるが、サン＝マルタンの言う「ヴェール」を多少なりとも薄くしたと信じて、二一世紀の日本語読者に委ねることとする。

最後に、サン＝マルタンに関する素晴らしい研究サイト（philosophe-inconnu.com）を運営するDominique Clairembault, Marie Frantzのお二人、フランス語について度々教えを乞うたマリー・フーシェ、その他あえてお名前は挙げないが訳者の質問に答えて下さった方々、また出版と面倒な編集を引き受けて頂いた国書刊行会の清水範之氏に、この場を借りて御礼申し上げたい。

1―*Le Propagateur*, no. 468, 16 germinal an VII (5 avril 1799), cité par Robert Amadou, «Introduction», in Louis-Claude de Saint-Martin, *Œuvres Majeures*, t. IX, *Le Crocodile*, Hildesheim, 2008, pp. 18-19. なお、本書の翻訳にあたって主に依拠したのもこの『主要著作』版である。

2―サン＝マルタンの人と作品については、拙著を参照。今野喜和人『啓蒙の世紀の神秘思想――サン＝マルタンとその時代』東京大学出版会、二〇〇六年。

3―Saint-Martin, *Des Erreurs et de la Vérité*（今野喜和人・長谷川光明訳『誤謬と真理』、『十八世紀叢書X　秘教の言葉――もう一つの底流』国書刊行会、二〇〇八年、所収）。

4―ピエール・ヴェルサンの『ユートピア旅行記・SF事典』では、『クロコディル』に正当な位置が与えられ、特にアタランテの描写（第六四篇以降）を高く評価するほか、人工授精（?）への言及（第三五篇）、文字通りの「スター・ウォーズ」（第八六篇）、記号論的考察（第七〇篇）等に注目している。Pierre Versins, *Encyclopédie de l'utopie des voyages extraordinaires et de la science fiction*, Lausanne, 1984 [2e éd.]. 同書の索引を参照のこと。

5—なお、「マルチニスム」の語は本来「マルチネス・ド・パスカリ」から作られたが、後にはサン＝マルタンと主に（本人の意図と関わりなく）関係づけられるようになった。

6—Saint-Martin, *Mon Portrait historique et philosophique*（*1789-1803*）, publié par R. Amadou, Paris, 1961, No. 757. 傍点原著者。

7—Ibid., No. 488.

＊本書の出版にあたっては、静岡大学人文社会科学部長裁量経費—研究成果刊行助成費の補助を受けた（静岡大学人文社会科学部研究叢書 No.35)。

今野喜和人　こんの　きわひと

一九五四年東京都生まれ。東京大学大学院博士課程単位取得退学。博士（文学）。現在、静岡大学教授。専攻、比較文学比較文化。

著書に、『啓蒙の世紀の神秘思想―サン＝マルタンとその時代』（東京大学出版会、二〇〇六年）、訳書に、フランソワ・ダゴニェ『面・表面・界面』（法政大学出版局、一九九〇年、共訳）、『キリスト教神秘主義著作集17　サン＝マルタン』（教文館、一九九二年、共訳）、『十八世紀叢書X　秘教の言葉―もうひとつの底流』（国書刊行会、二〇〇八年、共訳）他がある。

クロコディル

一八世紀パリを襲った鰐の怪物

二〇一三年三月一五日初版第一刷印刷
二〇一三年三月二三日初版第一刷発行

著者　［ルイ＝クロード・ド・サン＝マルタン］
訳者　今野喜和人
発行者　佐藤今朝夫
発行所　株式会社国書刊行会
東京都板橋区志村一―一三―一五　〒一七四―〇〇五六
電話〇三―五九七〇―七四二一
ファクシミリ〇三―五九七〇―七四二七
URL：http://www.kokusho.co.jp
E-mail：sales@kokusho.co.jp
装訂者　アルビレオ
印刷所　株式会社シナノ　パブリッシング　プレス
製本所　株式会社ブックアート
ISBN978-4-336-05640-5 C0097

Charenton
Place Maubert
LA RIVIERE DE SEINE